賢者大叔的
異世界生活日記
1
Kotobuki Yasukiyo
寿安清
Kadokawa Fantastic Novels

茨維特
路賽莉絲
傑羅斯
克雷斯頓
Characters

伊莉絲
貝拉朵娜
德魯薩西斯
瑟雷絲緹娜

這、這片森林……
是怎麼回事啊啊啊啊啊啊啊啊啊啊啊啊啊啊啊啊！
哥布林們異常地不斷增加。
雖然聽不曉得，但這片廣大森林是未開墾之地，
它受人畏懼，並被稱作——
法芙蘭的大深綠地帶。

賢者大叔的異世界生活日記

1

Kotobuki Yasukiyo

寿安清

Kadokawa Fantastic Novels

Contents

序章　大叔死亡

虛擬實境角色扮演遊戲「Sword and Sorcery Ⅶ」。

——自最新遊戲機「Dream Works」發售以來，它就是款很熱門的體感型角色扮演遊戲。

遊戲本身在這一代上完成了第七次升級改版，狂熱玩家人數目前還在持續增加中。遊戲機藉由電子設備刺激神經突觸使人體能夠同步感覺，因此臨場感遠勝其他公司的遊戲。即使是虛擬世界，但增添了現實世界中的五感，吸引了更多深深為這個世界所著迷的玩家投入其中。

儘管機體售價有些昂貴，但多數玩家為了追求充滿臨場感的刺激，仍沉迷於這個廣大且充滿冒險的世界。

身為其中一名狂熱玩家的「大迫聰」，以「傑羅斯．梅林」作為玩家名稱，與同伴一起在遼闊的虛擬世界中盡情冒險。

他的虛擬角色放任瀏海恣意生長，長到遮住眼睛，一臉未經修整的鬍子，外型像極了未來沒翻身機會的中年男子。身上穿的是最高級的裝備，卻都是不顯眼的樸素設計。

他的角色是身材適中，一身法袍打扮的魔導士。灰色法袍上的髒汙讓他顯得很可疑。應該誰都不會認為他就是名列前五的其中一名頂尖玩家吧。

然而，他在這個世界裡是位頂級「殲滅者」。

這款遊戲的戰鬥傷害，基本上會按照技能與個人等級而有所不同。

可以製作裝備或道具這是當然，然而可說是這款遊戲最受人矚目的賣點的，就是能創造魔法吧。這個虛擬世界裡的魔法術式，基本上是由56個表音文字，與10個表示數字的記號排列組合，產生出各式各樣的魔法效果。

這個叫作「咒文迴路」（烙印在潛意識內的魔法陣的總稱）的術式，會因為玩家親手改造初期魔法，而改變其威力或效果，但魔法愈精緻、複雜，就愈會產生威力增加、耗魔率卻降低的奇怪狀況（不知為何耗魔量也會降低）。

照理來說，攻擊力怎麼計算都會變成零，魔法卻頻頻發揮出稀有的不尋常威力，所有玩家便因此展開了調查。

這個現象在遊戲剛發售時曾帶來混亂，有一段時間這款遊戲被稱作糞GAME也是件相當出名的事。

玩家在那之後拚命探索，結果釐清了那是隱藏設定。據了解，以虛擬角色保有的魔力作為媒介來使用場地內的魔力，威力才會有所提升。

只要那是符合條件且能有效運用的魔法術式，無論是多麼拙劣、粗糙的內容，魔法似乎都能完成。

棘手的是，場地內的魔力不會以數值顯現，因此需要使用多少耗魔量作為媒介，目前尚在摸索階段，仍須調查。

剛發售時的騷動是因為有人在遊戲毫無提示的情況下隨意改造魔法才引發的，純屬偶然。

像這樣的隱藏設定，玩家要徹底調查場地或迷宮來獲得提示，要去挑戰或是無視，都任由玩家自己去決定。

就遊戲來說，它的自由度高得嚇人，但沉迷於此的玩家都是在現實中擁有相應知識的人，大多數玩家還是會直接使用既有的魔法。製造魔法極為麻煩，一般玩家都認為比起製造魔法，自由享受冒險還比較有建設性。

但改良後的魔法在發動的時間差上，有可能使技能冷卻時間或詠唱時間變為零。其他玩家們也因為這段威力差距而有所不滿。

然而，深陷其中無法自拔的聰完全不在乎他人的意見。

聰他們的隊伍認為享受遊戲的方式是個人自由。他們沒有把自己創作的魔法製成「魔法卷軸」販售，因此經常在網路上因為不公開強力魔法這點而遭到譴責。即使如此，聰他們也無視旁人的中傷言論，以超常的熱情輕而易舉地拋開了常識。他們不在意旁人眼光，就這樣無拘無束地開發出各式魔法。

這款遊戲自發售以來已經過了七年歲月，聰他們卻持續獨占著上段頂尖玩家之位。可以說是相當誇張的遊戲廢人吧。

那些魔法複雜得異常。雖然以攻略遊戲為目的的其他玩家，都對這令人費解的系統面露難色，但說起來，關於製作魔法的知識，是只要探索大地或作為據點的城鎮，便可以輕易獲得的技術。

「別依賴別人的努力！」……聰他們是這麼說的。

聰過去曾經作為一流企業的程式工程師而聲名遠播，卻因為某種理由被宣告裁員，現在正過著孤單的鄉下生活。

每天的生活就是耕作田地或沉迷在遊戲裡。要說的話，狀態就近似於家裡蹲。

他在這個架空世界裡是「大賢者」，身為人人稱羨的實力者，也是他自己更加流連這個世界的原因。

他年過四十卻還是單身，除了姊姊之外也沒其他稱得上是家人的人。對他來說，這個電腦世界就是個可以顯露出自己內心的安穩世界。

明明只要打扮得體就會很受歡迎，然而隨便的生活態度卻讓他錯過了婚期。

擁有這段經歷的聰，將部分技術運用於創造強力魔法，而其他成員也擁有類似技術，無庸置疑他們能夠因此創造出更凶猛的魔法。聰的小隊成員在這個虛擬世界裡，真是些既傲慢又愚蠢的研究者。

他以半是好玩的心態不斷創出威力強大又省能源的魔法，攻略了許多高難度任務。目前則是在故事模式中與伙伴一同與對抗感覺是最終魔王的邪神。

不知道戰鬥了多久。不過可以說他們已經來到要完全打倒邪神的階段。

邪神充滿不祥氣息的第三段變身型態，經由他們五人之手，露出了淒慘模樣。

他們雖是魔導士，卻裝備著獨自改造的各式武器，始終以強大到凶猛的火力與暴力壓制著邪神。

『真頑強，也差不多該倒下了吧？』

『這可是最終魔王，是不會這麼簡單就倒下的喲！』

『啊～祂要攻擊了吧？要展開魔法防禦嗎？』

邪神的強力魔法攻擊，彷彿要撕裂大地一般往聰他們射去。

他們展開了數個多重魔法障壁，完全抵禦住這道攻擊，接著瞄準破綻出現的瞬間，各自拿起武器同時往邪神身上砍過去。

邪神的手臂被砍了下來，落地的同時發出了巨響。

明明所有人的職業都是法師系，卻辦得到這種行為，很大一部分是因為他們共同創造出的魔法及裝備的成果。他們毫不吝惜地投入自己基於興趣所做出的最強裝備、魔法及道具，隨心所欲地把敵對怪物當作對象來反覆實驗。

他們已經數度挑戰討伐邪神，但每次都慘敗，這次也是為了雪恥而再次挑戰。

『那麼……差不多該給祂最後一擊了吧？我等下還要去打工。』

『好！趕快宰了祂吧！』

『就由我來掩護你們吧，你們可要感謝我喲？』

『真期待會得到怎樣的稀有道具♪』

『那最後要以帥氣的陣型進攻嗎？畢竟對手是最終魔王，要是沒在此表現一番，可是會丟頂尖玩家的臉。』

玩家們露出無畏的笑容，同時用具有壓倒性威力的魔法以波浪式連續攻擊包圍邪神，邪神的ＨＰ轉眼間便趨近於零。

以打怪為樂的荒唐玩家們，毫不留情地對邪神砸下簡直令人感覺做得太過火的超凶猛高強度魔法。

邪神還顯得比較可憐。

邪神被無數爆炸火焰給包圍。一面發出極其悲傷的死前慘叫，一面從空中緩緩地，像是要使大地崩裂似地倒下。

『結束了呢……不愧是最終魔王～真難對付。』

『接下來要做什麼呢？我不參加慶功宴，這就要去睡了……』

『我等會兒也有工作，所以不參加。馬上就要關機了。』

『我也是。抱歉啊，下次再補。』

『那麼，今天就此散會吧。我要去打工了，各位晚安～♪』

『『『『晚安～♪』』』』

當伙伴們一個接著一個傳送出去、登出時，只有聰留在邪神城堡裡確認自己獲得的道具。

然而，聰留在此處這件事，卻成為一切的開端。

他沒發現眼前的邪神身軀微微動了一下，還在看自己的能力值，看著升級累積的點數，煩惱接著要習得哪一項技能。此時，邪神的身軀忽然在他身旁動了起來。

祂散發出不祥的瘴氣，並以充滿憎恨的眼神怒瞪眼前的敵人。

『饒不了你……我絕饒不了你們這些消滅我的傢伙！』

『什麼？這怎麼可能！祂的ＨＰ明明就歸零了……』

『受詛咒吧！可恨的女神們……封印我的傢伙們，和什麼都不知道便與我為敵的愚者們！我要帶你們一起上路！』

『不會吧，事件還沒結束！這怎麼可能……』

邪神宛如要發洩所有憤怒般釋放出充滿詛咒的力量。

四周籠罩著暗紅色的光芒。

當天，日本所有電力供給系統都停止了。
政府在這情況之中發現大約數十名國民死亡，但並未查明死因。
修復供電的作業成了當務之急，他們的事就在騷動中逐漸被遺忘。
相關報導僅刊載在報紙一隅，便隨時間逐漸消逝。

第一話　大叔轉生異世界

回過神來，聰便身在綠意盎然的森林之中。

他環顧周圍，對自己為何會在這種地方毫無頭緒。

雖然頻頻環顧四周，但不論看向哪裡，都被樹木層層包圍繞，當中甚至有未曾見過的植物。

「我應該是在房間裡玩遊戲的……這裡是哪裡？」

——咕嗄！咕嗄！

「……………………」

看到從上空飛過，色調夢幻的鳥兒，令聰不禁啞口無言。

那明顯不是地球上的生物，這讓他感到愈來愈混亂。

不如說這裡可能不是地球。畢竟莫名其妙地置身在鬱蔥的叢林中，天上還掛著兩輪月亮，也難怪他會啞口無言。

「起碼這裡看起來不像日本。究竟發生了什麼事？還長著奇怪的植物，應該說那是連圖鑑上都沒見過的植物……」

像是霸王花加上豬籠草的植物，正以藤蔓狀的某物捉住眼前如狼一般的生物，把牠送到巨型花朵中央，發出絞碎骨頭般的聲音，捕食著獵物。

至少地球上不存在這種危險植物，也根本就不會有那種超過兩公尺的食獸植物。更是不可能會有那種花朵中央長滿牙齒，悚然蠢動的植物。

這時，他感到腰間有一股異樣感，徐徐移動目光。不，雖然他有隱約察覺到，但理性上拒絕接受這件事。然而看見它之後，聽不禁說不出話來。

他的腰際有兩把裝飾很少，但明顯是拿來戰鬥的武器。在遊戲裡熟悉的物品映入眼簾。不用說，那當然是劍。

那是俗稱短劍，能單手揮舞的細劍。那把劍是由遊戲裡身為生產職業的聰所鍛造出的利刃，是用了大量稀有素材製作的強力武器。劍懸掛在他的腰際。他有想過這個地方會不會是遊戲裡的世界，但他僅有的常識否定了這個想法。

這太荒謬了。可是他身上穿的是灰色的微髒法袍，這也是他的虛擬角色身上的裝備。就算不願意，現實也擺在眼前。

那乍看是有點骯髒的法袍，實際上是從團隊討伐名為貝希摩斯的怪物身上剝下的素材所製，防禦力極高的裝備。他也穿著使用同一種魔物的素材製成的皮革護甲。

「哈、哈哈哈……這怎麼可能。轉移到遊戲世界裡？又不是什麼輕小說常見的設定……」

也只能笑了。因為再怎麼否認，答案都已經出來了。

即便如此，受到想要認為這只是夢境或幻覺的心境驅使，他的些微理性依然否定著現實。

「開啟……能力參數……開玩笑的啦……」

這是他想開個玩笑，不禁脫口的一句話。然而他眼前竟浮出自己在遊戲裡十分熟悉的能力參數畫面。聰的思考頓時停止。

「怎麼會……是說，這是開玩笑的吧！這不可能。要說是某人的惡作劇……這規模好像也太大了～我的身上到底發生了什麼事啊？」

＝＝＝＝＝＝＝＝＝＝＝＝＝＝＝＝＝＝＝＝＝＝

【傑羅斯・梅林】等級１８７９

ＨＰ　８７５９４５０３／８７５９４５０３

ＭＰ　１７９３２４５８／１７９３２４５８　職業　大賢者

【職業技能】

魔導賢神Ｍａｘ　鍊金神Ｍａｘ　鍛造神Ｍａｘ　藥神Ｍａｘ　魔裝具神Ｍａｘ

劍神Ｍａｘ　槍神Ｍａｘ　拳神Ｍａｘ　狩神Ｍａｘ　暗殺神Ｍａｘ

烹飪８５／１００　農耕５６／１００　酪農２４／１００

【身體技能】

全異常抗性Ｍａｘ　全魔導屬性Ｍａｘ　屬性抗性Ｍａｘ　身體強化Ｍａｘ

防禦力強化Ｍａｘ　強化魔力Ｍａｘ　操縱魔力Ｍａｘ　魔導極限Ｍａｘ

武道極致Ｍａｘ　生產極限Ｍａｘ　鑑定Ｍａｘ　陰陽眼Ｍａｘ　洞悉Ｍａｘ

夜視Ｍａｘ　隱匿Ｍａｘ　搜敵Ｍａｘ　警戒Ｍａｘ　探索礦物Ｍａｘ　探索植物Ｍａｘ

察覺氣息Ｍａｘ　遮蔽氣息Ｍａｘ　察覺魔力Ｍａｘ　製作修正Ｍａｘ

支解修正Ｍａｘ　強化改造修正Ｍａｘ　自動翻譯Ｍａｘ　自動解讀Ｍａｘ
自動筆記Ｍａｘ　怪物辭典Ｍａｘ　素材辭典Ｍａｘ
界線突破Ｍａｘ　臨界點突破Ｍａｘ　極限突破Ｍａｘ

【個人技能】

梅林的魔導書Ｍａｘ　道具製作配方Ｍａｘ　亞空間倉庫Ｍａｘ

＝＝＝＝＝＝＝＝＝＝＝＝＝＝＝＝＝＝＝＝＝＝＝＝＝＝＝＝＝＝＝＝＝＝＝

「是說，這……不是遠遠超越人類所能達到的領域了嗎？各方面都很不妙耶～這應該是超人了吧？真的假的啊……」

這很明顯不是人類的能力。

雖然不清楚這個世界的基準，但這再怎麼想，都只能說是異常。

事實上，聰在遊戲裡是舉世無雙，有關他創作出的魔法，也已經和邪神等級相同。倒不如說，當時雖然是五人一起上，但想到他們贏過邪神，就已經算是超越人類的領域了。

聰邊點著能力參數畫面，邊帶著面如死灰的表情不停盯著畫面。

「咦，這是……郵件？嗯……寄件者……不明……真可疑。」

他發現能力參數畫面正下方的指令顯示上，正閃爍著指示自己收到郵件的紅色文字，他用顫抖的手指打開那封郵件後……

「呃——什麼什麼……女神？」

郵件標題是：『來自女神～關於你現在發生的事♡』

他看見文字開頭，只有不好的預感。愛心符號使可信度大大打了折扣。他懷疑著現實，心想自己是否捲入了某種事件。

然而對現況毫無頭緒的聰，即使不想讀也不得不讀。他無奈地觸碰「開啟」指令。

『哈嘍～♪初次見面，我是女神弗雷勒絲。頭抬得太高啦，低下去一點～♡』

看到這段文字，聰已無力地感到後悔。

「我可以刪掉這封信吧……總覺得它散發著惡臭等級的糟糕氣息。這絕對是有什麼人在背後搞鬼的狀況。」

他隱約覺得——不，是覺得這肯定非常麻煩。

在精神混亂之際又看到這像是被追加攻擊似的高昂文字，實在讓人難受。

『因為沒時間，我就長話短說嘍。從現在算起大約兩千四百八十七年前，勇者封印了邪神～但其實封印地點，就是在你們的世界的遊戲裡喲～

在這個世界裡～我們付出了莫大的犧牲才把祂封印起來，但祂好像快要復活了，我們只好再次將祂封印到異世界了～這被稱作邪神戰爭喲～啊哈哈哈♡』

內容果然不妙。聰心裡有些想法，但還是壓抑情緒，繼續讀下去。

『叫我別擅自把不可燃物丟到人類世界？你說得沒錯～但當時除了這麼做，就別無他法了呢～然後、然後呀～我想如果是在遊戲裡，就算是你們應該也可以打倒邪神，結果你們還真的漂亮地替我們打敗了祂呢。謝謝。祂真的是個很煩的傢伙～明明長那麼醜，真難相信祂居然是女神！』

「……那是女神？看起來只是團噁心的內臟啊……真的假的？」

聽回想起那融合了其他生物的噁心部位，令人費解的未確認生物。是那種由內臟拼湊成團，令人萬分毛骨悚然，搞不清楚其真面目的不確定生物。

就算現在回想起來，也只有一句「噁心」。他實在不覺得那是女神。

『但我沒想到祂居然會帶著你們自爆嘛。我當時真的很焦急喲～？

然後啊～我們就決定要讓當時死亡的數十名人類轉生到這裡的世界～我當時是和其他三位女神合作的☆（閃亮），還是以遊戲資料為基準喲♡』

「難不成，那數十名也包含我在內？而且還是被殺死……到底有幾個人成了犧牲者？這不是太糟糕了嗎……」

他們完全成了因工業廢棄物受到汙染，結果死去的受害者。

『因為你們打敗邪神，所以我們就特別～直接以遊戲資料為基準，讓你們轉生了呢♡因為遊戲世界的設定和這個世界沒什麼差異，所以真的很輕鬆就完成轉生了喲。這根本就是無雙開到飽嘛。真是太好了呢♪唉，雖然你們不是自願想轉生的啦～』

「好想扁祂……讓玩家處理廢棄物，還毫無反省之意。真想狠狠把這些人打到哭……」

享受遊戲樂趣時，人生卻突然被單方面的計謀奪走。

成為犧牲品的人們，應該也有各自的夢想、未來以及人生吧。因為如此隨便的理由就接手燙手山芋，以結果來說還死了，根本就無法讓人接受。

『你持有的素材到裝備，都已經由這個世界的東西再次構成，加油吧♡

不過消耗性道具你得自己做喲？作法應該已經植入你的腦袋裡，就請你就慢慢確認嘍～年紀則是按照原本世界的年齡設定，如果想返老還童，就只能製作道具嘍。抱歉呀，抱歉～

哎呀～管理你們世界的諸神再三抱怨……沒辦法，只能讓你們轉生了呢。雖然因為人手不足有請人幫忙～但復活死者違反自然法則，所以會很辛苦──雖然辛苦的是你們世界的諸神啦～♪就是這樣～請你在這個世界快樂地度過餘生嘍♡那麼，再見啦～拜～拜♡』

「說什麼沒辦法……這女神到底有多自我中心啊。話說回來，這些傢伙根本就沒做半點善後！奪走我的人生還要我快樂？開什麼玩笑！」

雖然知道了理由，但情勢完全沒好轉。因為他現在連自己身在何處都不曉得，只是呆站在森林裡。重要的是，他對這女神隨便的態度已經不只是憤怒，甚至起了殺意。

「……姑且是掌握了現狀，但問題是『這附近有沒有人住的地方』呢……這裡怎麼看都是原始森林的正中央啊～」

既然連自己在哪裡都不知道，漫無目的的移動很危險。這裡類似遊戲裡的世界，就表示這個世界裡徘徊著魔物的可能性很高。

他考慮該怎麼做之後，決定先從高處試著環視四周。

「要是可以用就好了……『闇鴉之翼』。」

「闇鴉之翼」是聰在遊戲裡創造的飛行魔法。

這魔法是考慮到基礎的飛行魔法效率太差，使用龐大的術式，成功地將魔力消耗量抑制到最低的傑作。在遊戲世界的設定中，世界上的居民可以把魔力構築的魔法術式保管在腦內的潛意識領域裡。

把基本的魔法術式保管在腦中，就能以安裝好程式的感覺來運用各式魔法。另外，玩家也可以拿出記憶中的魔法術式來改良，所以也有以此為目的的必備的魔法陣。

如果獲得的資訊是正確的，他認為在這個世界應該也可以使用自己做的魔法。

聽的頭上、腳下、左右出現了魔法陣。把兩個四角形合而為一的八芒星魔法陣在四周展開，互相共鳴，進而造出更複雜的魔法陣。

有如扭曲生命樹圖形般的魔法陣，以包覆全身的形式顯現出來。魔法陣形成反重力場，將聽從重力的枷鎖中解放。

「哦？喔喔！好厲害。飛起來、飛起來了耶！」

不惑之年的大叔吵鬧得像個孩子一樣。他很高興自己做的魔法顯現出來，但馬上就想起自己的目的，從上空環顧周圍。但是……

「放眼望去全是森林……哪裡有城鎮呢？我只感受到一股衝著我來的惡意，是我的錯覺嗎？」

延展開來的遼闊原始森林與宏偉的山脈。這裡沒有像是有人居住的地方。

他拚命尋找城鎮或村莊，但沒能如願。

「……再怎麼想都是處罰遊戲吧？這個……」

他邊發牢騷，邊朝著好奇的方向不斷飛去。

就像漫無目的的流浪者……

◇◇◇◇

他在魔力消失前靜靜著陸，重複好幾次再次施法這種麻煩事，並不停飛行了好幾個小時。果然還是沒看見城鎮或村莊的蹤影。

這麼一來，就不得不考慮確保食材和露宿野外的事。

雖然這是理所當然的，但人既然活著，就必須要吃飯，也有可能會餓死。

睡眠更是比什麼都重要。現在的他事實上就是遇難者。

「就算這麼說……」

郵件上寫著素材也有再次構築，但他一窺道具欄的項目，連食材的影子都沒看見。雖然他在玩遊戲時也有好好蒐集食材，與伙伴一起四處冒險。然而總覺得現在變成了真正的野外求生。

幸好似乎有調味料，不過他完全沒有可調理的素材。

「只能狩獵了嗎……這世界有可以食用的動物嗎？」

聽邊這麼說，邊從道具欄拿出弓，將箭筒揹在身後。

雖然目標是小動物，事到如今卻出現了大問題。

「這麼一想，我沒有獨自狩獵的經驗。雖然常和鄰居山田先生一起去……但我究竟能不能支解獵物呢？」

聽居住的地方，是可以從山間看見瀨戶內海的偏僻鄉下，因此鄰居來往很熱絡。他記得自己狩獵過會給農作物帶來損害的豬，並在獵人的指導下將豬支解，但那是有獵人在他身邊詳細指示才能辦到。

這是他獨自狩獵的初體驗，無法確保食材便會在這片野獸蠢動的森林中餓死。為顧全大局，他決定像在玩線上遊戲時那樣，使用技能遮蔽氣息並尋找獵物。

使用技能意外地順利令他很驚訝，但確保糧食才是目前最優先的課題。

「有了……」

兔子把臉探出草叢，一面警戒，一面吃著長在地上的草。

＝＝＝＝＝＝＝＝＝＝＝＝＝＝＝＝＝＝＝＝＝＝＝＝＝＝＝＝＝＝＝

【森林兔】等級３００

ＨＰ　２３２１／２３２１　ＭＰ　５１４／５１４

＝＝＝＝＝＝＝＝＝＝＝＝＝＝＝＝＝＝＝＝＝＝＝＝＝＝＝＝＝＝＝

兔子的戒心強，有著即使是微小聲響也會逃跑的習性。

甚至有食糞習性，是讓人很討厭的地方。但他只需要肉，不需要內臟。

把箭矢搭在弦上，從樹上瞄準目標。他屏氣凝神等待數分鐘。在森林兔背向他的那一瞬間，從弓上放出箭矢。

——轟隆隆隆隆隆隆隆隆隆隆隆隆隆隆隆！

響起轟鳴，那股無法想像是弓的攻擊威力，連同地面一併將兔子給打飛。

「威力太強了嗎……是我使用的弓不太妙嗎？話說，狩獵兔子的難度好高……」

真哀傷，兔子先生的身影變成悽慘的肉片。他使用的武器性能太強大了。

聰目不轉睛地盯著弓。

＝＝＝＝＝＝＝＝＝＝＝＝＝＝＝＝＝＝＝＝＝＝＝＝＝＝＝＝＝＝

【魔改造弓三二一號】

攻擊力　＋１０００００

肌力強化　威力倍增　攻擊力增加

命中率提升　一擊必殺　目標爆裂

＝＝＝＝＝＝＝＝＝＝＝＝＝＝＝＝＝＝＝＝＝＝＝＝＝＝＝＝＝＝

「不小心做了無謂的殺生……」

這不是用來狩獵的那種武器。雖是和伙伴一起以半開玩笑的心態做出的弓，但這怎麼看都是兵器。聰沒想到它會不實用到這種地步。

在煩惱能否順利支解的問題前，獵物會爆炸四散的話就毫無意義了。這樣根本不可能籌措糧食。

「等等，冷靜下來……我記得戰鬥技能中應該有『手下留情』。只要利用那個，就有辦法……」

獵物因「一擊必殺」死亡，接著因「目標爆裂」而粉身碎骨。既然如此，只要使用技能「手下留情」把兔子逼到瀕死，再用刀子給牠最後一擊就行。他這麼想，便再次找起獵物。

「這次一定要成功……」

他再次發現兔子，謹慎地放出箭矢。這次確實地將兔子逼入瀕死狀態，接著俐落地裝備上刀子，給森林兔最後一擊。

因為處於瀕死狀態，所以兔子還活著。以要幫獵物放血的意義上來說，這實在是很好的狀況。幸好目標沒有爆裂就得以了事。聰終於可以鬆口氣。但問題是要在哪裡支解獵物。

「可以的話，在水邊會比較好呢。」

他又殺掉三隻兔子，接著在森林裡徘徊，尋找水源。雖然飢腸轆轆，但現在可不是說這種話的時候。

因為聞到血味，難保其他肉食怪獸不會襲擊而來。

——嘎、嘎嘎、嘎嘎嘎！

就像這樣……那是奇幻界的基本款。只要看見一隻，就應該判斷有一百隻的嘍囉之王——G開頭的經典怪物。

哥布林一發現聰的存在，就宛如時代劇的捕吏那般鳴笛。森林開始騷動起來，從森林深處湧出無數的哥布林，數量逐漸增加。

「哥布林？別、別開玩笑了！」

聰急忙飛奔而出。

在打獵中殺掉的兔子就算了，他不怎麼想把人形怪物當作對手。

他並不是贏不了，但活在現代社會的人對殺人懷有厭惡感。而且在那之前，聰對於要在嚴酷環境下生存的覺悟還不夠。

得耗費一段時間，才能發覺自己的這種想法很天真。

聰全力逃跑，哥布林軍團不斷追逐。聰逃得比較快，但無奈對方數量多，出現其他哥布林堵住他的退路。往其他方向逃去，又會出現其他哥布林軍團擋路。其逐漸增加的數量，足足超越了一百。

「這、這片森林……是怎麼回事啊啊啊啊啊啊啊啊啊啊啊啊啊啊啊啊！」

哥布林們異常地不斷增加。雖然聰不曉得，但這片廣大森林是未開墾之地。它受人畏懼，並被稱作「法芙蘭的大深綠地帶」。

這是棲息眾多魔物，當中也存在尚未發現的生物的野生王國。

其中也有著數量遠超過上千的魔物群，而哥布林只是其中的基本款。

他想過用飛行魔法逃跑，但周圍飛來無數箭矢，他沒有閒工夫往天上逃。真是多數暴力。聰死命地逃，看見前方有些許光線。

聰就像被光吸引的飛蛾，本能地前往那裡。

映入他眼簾的是村子。不，就規模來說，就算說是城鎮也不奇怪。

「得、得救了……唔呃！」

他這麼想也只是彈指之間的事。他馬上就意識到自己搞錯了。那是因為在那裡的是哥布林的大軍。沒錯，他到達的目的地是哥布林的村落。

以結果來說是闖入敵營的他，如今也只能笑了。

「啊哈……啊哈哈哈哈……哇哈哈哈哈哈哈哈哈哈！」

他的精神被一路狠狠緊逼，已出現危險的前兆。

——嘎嘎！咕嘎嘎嘎！

哥布林是雜食性動物，什麼都吃。在嚴酷環境下，人類對野生動物來說，也是寶貴的蛋白質來源。對持續在狩獵的哥布林們來說，截至目前為止，聰是很好的食材。

然而，哥布林們尚未察覺一事。

在他們眼前的聰，絕對不是牠們可以出手的存在……

「統統……都給我飛走吧吧吧吧吧吧吧吧吧吧吧吧吧！」

忽然間，四周颳起魔力的暴風雨。其猛烈的威力，以恐懼震撼了魔物們。

但現在為時已晚，聰正打算解放禁忌魔法。

「『闇之審判』。」

現場出現了以龐大魔力構築成的漆黑巨型球體，從那兒生出的同色小型球體，毫不留情地吞掉數隻哥布林。

巨大的黑色球體放出雷電，刮起如暴風雨一般的旋風，把所有哥布林連同大地一併吞噬，在消滅時引發了大爆炸。這是單方面的破壞與殺戮。

那是他在遊戲裡與邪神戰鬥數回，將那些攻擊科學性地解析後所創造出的最凶猛魔法。

這場蹂躪戲碼兩三下就消滅了哥布林的聚落，即使如此仍像在說還不夠似的，魔法的餘波在廣大森林中造出了一片空地。

超重力魔法「闇之審判」，簡單來說就是製作出臨界狀態前的黑洞，然後四處亂射的魔法。會把哥布林壓縮到量子單位，並且把牠們當作範圍破壞攻擊的火藥。

敵人數量愈多，攻擊威力就會愈強大，在敵人完全消滅之前，攻擊絕對不會停止。

實在是噩夢般的魔法。

在這之後聰恢復理智，他所看見的光景，簡直就像是隕石墜落過的巨型隕石坑群。附近的大地上刻劃著大大小小無數的隕石坑，說是月球表面也不奇怪。

「……我……鑄下無法挽回的錯誤。這樣只是在破壞自然，而且還大量虐殺……這比核彈還更難收尾。」

雖說是為了求生，但那強力魔法的痕跡實在超乎想像。

破壞環境後所留下的，就只有曾經是哥布林們的大量魔石。

儘管肉體被破壞，留下的魔石也是比鑽石還堅硬的魔力結晶體。因此就算是強力殲滅魔法，還是會留下魔石。

其中當然也有碎散的魔石，但就算這樣，他也成功獲得了多到有剩的魔石。不過問題不在那裡。

「怎麼擊碎到量子等級，還會留下魔石啊？算了……來找水源吧。」

聽知道了這裡還存在著他不知道的法則，也更進一步地察覺自己的力量是等同於戰略兵器，不合常理且與平穩生活相去甚遠的威脅。他的腳步沉重得像條幽魂。

聽回收掉落的魔石，開始移動。三小時後，拖著疲累的腳步，不斷走著的他成功來到一條河川。十分透明澄澈的湧泉成了一條河，還能看見在水中游泳的魚。

「支解啊～怎麼辦咧？我只跟山田先生學了入門……」

忍受不了飢餓感，他打算在河邊開始支解獵物。

遊戲中用來支解的刀好像也重現了。所幸他有狩獵經驗，能夠支解動物，不過獨自作業還是第一次。加上周圍是野生世界，不知何時魔物會襲擊而來。

待著不動，可能又會被魔物襲擊。

當聽下定決心要動手時，眼前卻呈現出一片令人吃驚的光景。

「等等……我是幾時支解好的啊！完全沒印象……」

沒錯，森林兔不知不覺就被支解成了漂亮的肉。

而且毛皮上滴血不沾。他對這明顯異常的事態感到困惑。

「沒辦法。我再支解一隻……什麼！」

聽的手臂在拿起森林兔的瞬間，就像下意識做出反應似的，支解出感覺很美味的兔肉，還是以恐怖的準確速度。

連看著的本人都感到驚訝。

「這難不成……和職業技能有關？」

他的技能裡有「狩神」和「支解修正」，這些技能可以大幅提升狩獵能力。網路遊戲時的職業技能，主要分成「士」或「見習」、「師」、「鬼」、「帝」、「神」五個階段——例如，要成為劍士，就必須鑽研「劍術」技能，達到「劍師」、「劍鬼」階段。依職業不同，稱呼方式也可能會有所差異，但基本上就是這樣。

再加上個人擁有的身體技能，技能威力就會有顯著的提升。

職業技能也會因為鍛鍊到較高的階段，而大幅改變提升的能力值。聽的職業技能全是「神」，大部分技能都已經封頂，故實力壓倒性地超越了高手的程度。

真的是以神乎其技的速度在支解，其精準度是令人無法望其項背的洗鍊專家技巧。

「這已經……不是人類該有的水平了……我是不是去找個地方隱居比較好？畢竟就常識而言，我根本完全不合常理……」

不累積相當經驗就不會提升的技能，能力卻高得嚇人。雖然這就是他沉迷於遊戲的事實，但假如這成為了現實，事情就不一樣了。

要是被哪個國家盯上，那狀況肯定會變得很麻煩。

「我想避免棘手的事，可能的話也想結婚……但像我這種怪物應該沒辦法找到對象吧？唉……」

對至今仍單身的聰來說，無論哪一個都是切身的重要問題。

他有足以製作返老還童祕藥的素材，但現況無法如願。

更進一步地來說，沒有這世界的錢是個問題。

「唉，雖然這個世界的貨幣基準跟日幣相似算是不幸中的大幸……」

他查看附加在腦內的知識，得知貨幣為一金代表一圓。接著是五金、十金、五十金、一百金、五百金這樣往上提升。

全部是金幣，但根據大小不同，價值好像也不一樣。如果是一千萬金就會是金條。鍊金術師拚命鍊成黃金，好像就是這世界的常識。

這裡和地球不同，相對容易以便宜的價格取得黃金。但等他知道這點，已經是後來的事情了。

森林被黑暗籠罩。在世界開始轉為夜行性動物活動的時間時，大叔在營火前邊烤兔肉，邊陷入沉思。那樣子看起來真是落寞。

即使如此，聰仍設法排解孤獨。

「如果參考輕小說，這個世界的生命好像也很廉價。要是盜賊出現，我可以殺掉他們嗎？唉～盡是些令人頭痛的問題耶～不過，先做好覺悟也比較好吧……」

如果把遊戲中或輕小說一類的設定換到現實中來思考，這個世界也會有好幾個國家。在這個情況下，根據他屬於哪個國家，受到的對待方式也會有所不同。

某些國家對魔導士很冷漠，某些國家會歧視亞人，某些國家則是會為了強化軍力，強迫人從軍。雖然這是故事設定，但目前這絕對不是不可能的事情。

況且，如果他對犯罪者猶豫不決，今後也會活不下去。偶爾也會被要求做出毅然的決斷。為了盡量降低生存風險，不要太引人注目會比較好。

「算了，現在想也沒用……先吃飯吧。畢竟也不知何時會被魔物襲擊。」

他邊這麼說，邊把烤好的兔肉送到嘴裡。

「真好吃……但我好懷念白飯啊。」

大叔在廣闊的深綠地帶一隅，孤獨地吃著肉。

不發一語、狼吞虎嚥地吃著獵來的兔肉，那副淒慘模樣，簡直像回到了原始時代。

但他還是繼續吃著，因為他就是這麼餓。後來他用繩子將自己綁在樹上，決定就寢。

他判斷這比在地上睡還安全，但隔天早上屁股很痛，讓他決定不再用這個方法。

野外求生生活，第二天。

「睡得真是有夠糟的。屁股好痛……」

總覺得這說法會被別人誤會。

「今天也邊狩獵，邊掌握技能吧。不知道用劍方面怎麼樣？如果無法隨心所欲地使用自己的力量就沒意義了。最糟糕的是，有可能會不小心殺人。」

現在他拿著的武器種類，在威力方面無可挑剔。不如說讓人覺得戰力過剩。

插在腰間的兩把劍看似樸素，卻是很凶猛的武器。裝備本身樸質，因此很不顯眼，但感覺也有可能會被別人瞧不起。

畢竟他的外表看上去就是個不起眼的大叔魔導士。然而，就算不是最強的裝備，他在遊戲裡還是以異常的強度所向披靡。假如實際上存在著擁有這種不合常理力量的人，周圍人們會心生畏懼也是顯而易見的事實吧。他想避免被人以羨慕、嫉妒的眼光看待，但也不想就這麼孤獨地活著。他無論如何都不想度過寂寞的人生。

既然如此，他就只能盡量在不使出實力的情況下贏過對手，還要在安全的立場上對人手下留情，但他不知道關鍵的評判基準如何拿捏。

「到頭來，我也只能習慣這副身體了嗎……真麻煩耶……」

他在鄉下過了近十年的慢活生活，因此對於主動去做某些事很消極。他已經不是那種腦中會浮出「我超強的啊啊啊啊啊啊！」等想法的年紀。

就算是為了想要擁有極為普通的家庭這個微小的夢想，他也只能掌握自己的力量了。

「哪兒會有好對手呢……」

他這麼說著，便在戒備領域中感應到某種生物反應。

像這種能夠感應生物活動的技能實在很方便。

——喀沙……

他傾聽草木摩擦聲，同時拿起腰際的劍。

現身的是長著豬的頭部且身形肥胖的魔物。那是大家都熟悉的獸人種。

「『肉獸人』……這應該可以吃才對。要打倒牠嗎……」

就是俗稱可以吃的魔物。正因為名稱中有肉，所以以肉來說，是種可以津津有味地享用的魔物。

同時，牠作為奇幻界的色情怪物也很知名。這點在這個世界上也沒有不同。

牠的繁殖力很強，性慾強到不論有幾隻母獸人都不夠發洩。在遊戲裡也是大量繁殖，常有發展至大規模戰鬥的事件。

因為牠好戰又是雜食性，所以是經常被討伐的魔物，但肉獸人與其說是人型怪物，模樣更像以四腳走路的豬。

牠的雙腿很短，兩隻手臂與其說是用來拿東西，更像是為了在地面奔跑的前腳。若說牠是獸人種的祖先，這模樣倒是可以理解。雖然牠也拿著道具，不過牠的三隻手指頭很粗大，無疑很不靈巧。

由於看起來不像人型，聰對於食用牠一事並未猶豫。

聰在眨眼間便與牠拉近距離，並在瞬間以雙手上的劍斬殺獸人。

「手下留情之後秒殺……該怎麼說，我究竟是怎樣的怪物啊？」

獸人發現了聰。然而，就算這樣牠也來不及反擊。這也就意味著聰的攻擊速度很快。簡直就像某處的流浪劍客。他變得愈來愈不懂自己的力量。

他俐落地支解獸人並且開始移動。他持續著找到魔物就反殺對方的這種行為一陣子後，所得到的結論只有「自己太強，強到笑不出來的程度」。

「雖然確保了食材，但只有肉的話……根本就沒用……」

三餐只吃肉也會膩。由於這樣下去營養會不均衡，他試著去採一些山蔬，但不知為何，只找得到藥草或種子這類東西。像「血腥顛茄」這種除了猛毒以外沒有其他用途的植物。

「這個毒性可以轉為藥效成分，但既然沒有器材，也是空藏美玉呢。雖然還有魔導鍊成這個手段……可是我沒有容器裝做好的魔法藥。」

對現階段來說只會增加沒用的物品。

「要……要是起碼有麵包就好了～啊……好懷念白飯……」

野外求生生活第二天，聰就已經開始叫苦。

他是由上班族轉行的農夫，儘管多少可以忍耐一些生活上的不便，但在這種宛若陸上孤島般的地方過著流浪的野外求生生活，實在很難受。要現代人過原始生活還是沒辦法吧。

走在路上出現的不是原住民，全都是認為自己是食物而襲來的凶猛生物。接觸的頻率很高，高到令他不禁認真思考是不是死了會比較輕鬆。

食材增加，用餐內容卻沒有改變。他開始討厭這種殺氣騰騰的情況。

「怎麼都找不到山蔬之類的野草啊？都是肉的話，不是會營養不均嗎……」

技能「探索植物」派不上用場，他滿嘴牢騷。

「神根本就不可信……那些傢伙是敵人啊啊啊啊啊啊啊啊啊！」

——GYUOOOOOOOOOOOOOOOOOOO！

這是侮辱神的罪或懲罰嗎？天上飛來了那個東西。

身體覆蓋綠色鱗片，有著長脖子的天上魔物。牠的雙腳有銳利的爪子，口中則長滿利牙。

「飛、飛龍！」

飛龍死纏爛打地追著聰，想把他收入腹中，反覆不斷地攻擊他又離去。

畢竟對手是天上的魔物，要以不熟悉的身體應對還是有困難。聰只能一再地迴避攻擊，持續逃竄。

森林中沐浴著飛龍的吐息及響徹四周的爆炸聲。

賭上性命的鬼捉人，一直持續到了日落。

第二話　大叔碰上慣例劇情

轉生到這個世界，已經一個星期了。

聽擺脫漫長的野外求生生活，終於成功抵達人類所開闢的道路。

法芙蘭的大深綠地帶是個嚴酷的戰場。

以哥布林為首，獸人、飛龍、山怪、食人獸、奇美拉，以及其他諸多怪物接連向他挑起戰鬥，讓他根本沒辦法放鬆。想在洞窟睡覺卻找上殺人蟻的巢穴，在河邊稍作休息就被蜥蜴人襲擊，想在岩場上睡覺就被瘋狂人猿給盯上屁股。

他的精神狀態在這一個星期裡極為萎靡。

「太好了……總算啊……總算可以到有人的城鎮了……好漫長啊……呵……呵呵呵……」

看他的身影就知道他非常憔悴。然而，現在他的體力依然充沛，魔力也只用了一點點。

他只是對可以脫離充滿殺氣的弱肉強食世界感到放心，回想起至今為止的生活有多麼嚴酷，就令他感到悶悶不樂。但那也因為來到道路上而畫下了句點。

「那麼，該往哪邊走才會有城鎮呢……有兩個方向，哪邊離城鎮比較近呢……真猶豫。」

聽撿起掉在眼前的樹枝，想以樹枝倒下的方向決定目的地。因為第二十三次是往左邊倒，所以他決定走右邊。

嚴酷的野外求生似乎讓他的性格徹底扭曲了。

那是條只把樹木砍倒、路面整平開拓出來的簡易道路。

沒有以石塊鋪路，只是草率地裸露出地面。四處雜草叢生。

儘管心想著要是下雨，這裡肯定會變得像條河，他的步伐依然相當輕快。

畢竟接下來要去的方向或許會有人。那麼一來，至少能跟人有所交流，也許還可以交到朋友。

他在長達一週的野生王國活了下來，現在很懷念人類。

「就算是山賊也好，可以請你出來嗎～？」

老實說，只要可以和人對話，不管對象是誰他都可以。

然而要是遇見山賊，一定會演變成壯烈的廝殺，肯定會是他單方面在虐殺對手。

畢竟他在這一週內過著賭上性命的野外求生生活。事到如今，他已經不會對殺生感到猶豫，他做好了如果自身有危險，就要毫不留情殺掉對方的覺悟。

反過來說，那就是會將人的精神逼到如此地步的嚴酷環境。

現在他發現了一件事……

「說起來，我好久沒洗澡了耶……會不會臭啊？」

一直維持在連洗澡都沒辦法的狀況下，他開始在意自己的體味。

平時就沒認真整理儀表的他這麼說實在沒什麼說服力，但光是會注意到這點，就是很大的進步。

「先把身體弄乾淨吧。要是有河就好了。現階段還是不要見人比較好～無論怎麼想，現在的我看起來都跟山賊沒兩樣。」

他邊這麼說，邊沿著道路往前走。

不知是運氣不錯還是神的指示，確實有條河。而且，他還注意到有人工築成的橋。雖然是寬度頂多只有七公尺左右的小河，但有水就很令人感激了。

聰為了找個不顯眼的地方，前往從橋上看不見的下游地帶。他脫掉裝備，一溜煙地跳入河裡。久違的洗澡——應該說是沖涼。意外地很舒服。

下面就先不說，他細心地清洗身體、弄掉髒汙。他甚至洗了衣服，在衣服鋪在岩場上晾乾的期間也做了用餐的準備。如果要提出什麼不滿之處，就是食物還是老樣子，只有肉……

在衣服晾乾之前，他眺望著河邊的景色。樣貌奇怪的魚從他眼前游了過去。

因為很久沒有度過這麼平穩的日子，他便耗費時間，悠閒地轉換心情。

雖然他的臉上不時出現笑意這點有些噁心。

「差不多乾了吧？濕濕的很不舒服呢……」

在日正當中之際，他迅速地穿上脫下的衣服，並習以為常地套上裝備。他在這一週內就像是早已習慣穿戴裝備似地，自然而然地就學會如何穿脫裝備。

那對現代人來說，是不可能會有的裝備，但這就是人只要迫於需求便無所不能的好例子吧。

他偶爾會看見像是商人的馬車過橋。光是因為這件事而得知附近有人類居住的聚落，他的心情就變得很輕鬆。他為了渡橋溯溪而上。爬上堤防，往馬車前進的方向走去。

一輛感覺相當奢華的純白馬車從他身旁駛過，但他對當權者沒興趣，所以並沒有特別留意。他踩著輕快的腳步，直直沿路前進。

他在途中使用強化魔法，藉由提升身體能力加快移動速度，持續跑了三十分鐘。此時大叔感受到前方有集團群聚的跡象，而稍微加強了警戒。

能夠感應到敵人都是受惠於搜敵技能。該技能無關自己的意識，會自動發動，感應敵對生物。這在廣大的森林中，是很寶貴的能力。

「照慣例來說，應該是碰上盜賊了吧？唉，突然出手攻擊也不太對，先隱蔽氣息觀察情況吧。如果是盜賊的話……到時候再來處理吧。」

就算是性命不值錢的世界，忽然揮劍或是二話不說就以魔法攻擊，依然很野蠻，不是文明人該做的事。雖然要視情況而定，但大叔還是先隱蔽了氣息，藏身在森林之中，窺伺狀況。

就結果來說，前方是一群打扮有點骯髒的男人。他們全都帶著武器，團團圍住了商人們。不好的預感總是會應驗。

「嗯～這無疑是犯罪現場耶……不過現在只是狀況看來如此而已，等他們真要動手，再決定是否介入吧……」

他們目前只有包圍住商人。說不定他們是被貪婪的商人給欺騙了才打算報復。他認為等到了解現況後再介入也無妨。

「到底是吉是凶呢……」

總之他打算暫時觀望。

◇◇◇◇◇◇◇

一輛馬車奔馳在法芙蘭的道路上。

那是由純白的沉穩配色，加上些許金飾的奢華馬車。

兩名騎士在馬車的駕駛座上待命，馬車裡則坐了兩名儀表堂堂的人物。

一位是年事已高，沉穩地靜靜坐在座位上，宛若魔導士的老人。他身穿純白法袍，是統治這一帶領地的大公爵，和「索利斯提亞魔法王國」的王族有血緣關係。不過他現在已經退休，只是個疼愛孫女的爺爺。

他是「克雷斯頓．汎．索利斯提亞前公爵」。

因為讓位給長子，兩位孫子的對立漸漸加劇，最近只有孫女「瑟雷絲緹娜」可以療癒他的心靈。

而他的孫女瑟雷絲緹娜，正掛著一張苦思不解的表情坐在座位上，看著翻開的書本。

她在公爵家中遭受冷漠對待，在這個魔法師握有權勢的國家裡也被眾人所輕視。這是因為她沒有什麼行使魔法的才能。

既然活在這個世界，所有生物都具有能夠行使魔法的魔力，但她顯然缺乏那項能力。即使不提這些，由於她不是公爵夫人們正式的孩子，出於嫉妒的迫害情形十分嚴重。

說穿了，她就是現任公爵對宅邸傭人出手所生下的側室之女。再加上無法行使魔法這一點，現在仍遭受苛刻的虐待。主要來自公爵夫人們。

克雷斯頓很疼愛這唯一的孫女，在自己隱居的宅邸和孫女一起生活。儘管他盡可能地試圖增長她的魔法才能，但至今都未能有所進展。

他拜託過國內知名的魔導士當家教，但不論是誰，全都失敗了，她因此被烙上沒才能的烙印。他其實只是想看見孫女喜悅的表情，結果卻成了把她逼入絕境的推手。

克雷斯頓看著她的表情很溫柔，其中暗藏著憐憫之情。

相照之下，瑟雷絲緹娜也是知道祖父的溫柔，才會不斷努力。

面對就算是側室之女也一視同仁傾注關愛的祖父，她心中懷抱著感謝與尊敬。可是不管她再怎麼想回應那份愛，只要努力沒有成果，就沒有意義了。結果她變得經常會露出極為悲傷的笑容。

對克雷斯頓而言，這也是件讓他很難受的事。

「啊……」馬車從道路開到橋上時，瑟雷絲緹娜叫道。

「怎麼啦，緹娜？看見了什麼嗎？」

「是的，爺爺。那裡有位魔導士……而且還是個帶著雙劍的魔導士。」

「雙劍？對方是魔導士吧？有那種人啊？」

「嗯，他穿著灰色法袍，非常地……那個……」

「打扮得很寒酸嗎？嗯……灰色法袍是下級魔導士。或是從其他國家來的旅行者吧。」

以法袍的顏色來表示魔導士的階級，是這個國家的習俗。灰色代表低階，黑色是中階，深紅是高階，直屬國家的精銳魔導士則是白色。穿著灰色法袍走在路上的話，就只有可能是低階魔導士，或是從其他國家旅行至此的魔導士。正因為是魔法王國，他們的魔法研究最為先進，不過內部卻是彼此分成數個派系並且互扯後腿的情況。

不論是在哪個世界，權力鬥爭都不會停止。

「不過帶著劍啊……那應該是為了彌補身為魔導士的不足，但可說是相當艱辛的選擇呢。」

「這樣呀？」

「嗯……就和魔導士專精魔術一樣，劍士也只會專精劍術。兩者兼具的話，通常會變成半吊子的魔法劍士。」

魔法與劍，兩者都各有其優缺點。魔法在遠距離戰鬥及輔助上很優異，近距離戰鬥時卻非常弱。反之，劍士的近戰能力強，對遠程攻擊的防禦卻很弱，根據魔法威力不同，受到遠程攻擊可能會直接被打倒。

如何運用便是戰略，絕對不是哪一方就肯定比較優秀。

如果要專精兩者，就必須在一生當中完成無論如何都辦不到的嚴苛訓練。剩下的，就是可以持續熬過嚴苛修練的精力與才能的問題。

「不過，他也許只是為了防身才帶著劍。因為魔導士要是被人逼近，就會變得很弱呢。」

「他真是做了種種努力呢。我何止是差得遠，根本毫無進展……」

儘管很沮喪，瑟雷絲緹娜還是把視線移到魔法學院的課本上。

她雖然學會了魔法術式，但要發動還是很困難。她在想理由會不會在於術式本身，所以調查了好幾次。遺憾的是她仍舊沒有找到答案。

馬車不顧兩人的心境，奔馳在道路上，接著冷不防地降低了速度。克雷斯頓察覺此事，出聲詢問在馬車駕駛座上握著韁繩的騎士。

「怎麼了？」

「閣下，商人們好像動彈不得，我們無法前進了。」

「動彈不得？發生了什麼意外嗎？」

「似乎是倒下的樹木堵住了道路。商人和護衛傭兵們好像正在試圖搬開障礙物。」

「嗯……倒下的樹木嗎……你們警戒一下四周吧，老夫有種不好的預感。」

「知道了……唔喔！」

在馬車駕駛座上的騎士突然出聲，克雷斯頓知道自己不好的預感應驗了。潛藏在周圍森林裡的盜賊們把箭搭上弦，同時攻擊了過來。

「是、是盜賊！」

「護衛快來保護我們！唔啊！」

「可惡，是埋伏嗎！」

「把載貨馬車當掩護！拿弓的去迎擊！」

在商人們慌亂之時，傭兵與盜賊之間的戰鬥開始了。被射到一箭的商人慘叫，難看地倒了下去。所幸沒有性命危險，但傭兵還是放聲大叫。

「爺、爺爺！」

「乖乖待在這裡，老夫也要出去了！」

克雷斯頓拿著短劍下了馬車，從劍鞘拔出白銀色的刀刃。

那把短劍注入了魔法，是會在持有者周圍展開障壁的防禦魔劍。騎士們也架起了盾，設法熬過飛來的箭矢。

「嗯……這可不成。盜賊數量太多。而且四周還早已被團團包圍了。」

雖說是魔劍，但它注入的魔力有限，如果魔力耗盡，防禦就會變得薄弱。

如果成了混戰，戰場上的人數便會左右勝負。就算弱小，數量較多的那方還是會獲勝。

盜賊們封鎖了道路，應該打算把商人或傭兵全殺光後，再搶走所有貨物或錢財吧。

不過，既然攸關孫女的性命，克雷斯頓也別無選擇。

雖然他想用魔法攻擊，但在被包圍的情況下，費時詠唱會讓他成為極佳的標靶。更何況要轉為攻擊就必須解除防禦障壁，那麼一來就很有可能會陷入被一網打盡的危機之中。畢竟比對方晚出手，可以對應的手段就很有限。

同樣地，也可以看出傭兵們面露焦急。

「馬車周圍的解決了，但四周正被包圍！爺爺，那把魔劍可以撐多久？」

「嗯，畢竟只是充入劍裡的魔力，效果幾時消失都不奇怪。」

「他們應該沒打算讓我們逃走吧。」

「應該吧……既然敢露臉，他們肯定打算殺了所有人。」

「現在無計可施嗎……」

既然魔劍的魔力有限，長期戰就會很不利。不過解除障壁就會被周圍的箭矢攻擊，沒有空檔反擊。

盜賊們似乎準備了相當縝密的作戰計畫。

「嘻哈哈哈！你們都得命喪於此了。我會收下值錢的東西以及女人和小孩。小鬼們賣去當奴隸可是很值錢的呢。女人們我會好好享用過再拿去賣的啦。」

「這些傢伙……居然敢得意忘形。」

「怎麼可能這麼簡單就被你們殺掉！」

「氣勢真不錯～不過啊～這種狀態下你們能做什麼？反正都是一死，你們就別費事地乖乖去死嘛。」

像是盜賊首領的男人得意忘形了起來。

魔劍的力量有時限是眾所周知的事，只要知道對應方法，就可以將受害抑制到最小限度。既然他們犯行的手法如此熟練，過去可能也曾遭遇過同樣的狀況。

「不妙……魔力快沒了。」

「要博命賭一把嗎？」

「或許只能這麼做了。要是可以使用魔法就好了，但如果詠唱中被瞄準……」

「喂，你們仰賴的魔劍力量變弱嘍？放心地下地獄去啦～之後就交給我們吧！嘻哈哈哈哈！」

首領與盜賊們心情極佳。他們絲毫沒懷疑過這個作戰會失敗。不過，凡事都會有可能會出現始料未及的外力干涉。

那是突如其來、毫無前兆的攻擊。

「這樣會阻礙通行，請你們消失吧。『冰凍花』。」

忽然間，環繞住商人們的森林染上一片雪白，連盜賊一併結凍碎散。

弓箭手因為剛才的攻擊而完全被擊倒，剩下的就只有堵在前後兩方的盜賊們。

「雖然說是『見義勇為』，但平穩度日可是我的座右銘呢……」

「是誰！給我滾出來！」

首領喊道，接著就有人像是被叫出來似的，輕快地降到白色馬車上。

簡直就像是等待出場時機的慣例發展。

那人穿著灰色法袍，有著一頭長到遮住眼睛的邋遢頭髮。

是個身材適中，蓄著未經修整的鬍子的魔導士。

◇◇◇◇

聽沿路前進，卻有群顯然形跡可疑的人堵住去路。為了觀察情況，他隱藏身影，從樹林間隙偷窺並蒐集情報。

從對話內容及現狀得知對方是盜賊而無法見死不救的他，以拯救性命為優先，無可奈何地決定介入戰鬥中。畢竟被包圍住，商人們便無處可逃。

「你這傢伙……竟敢殺害我的伙伴。」

「伙伴啊，你是不是把他們和用完就丟的工具搞混啦？你只把他們當作是那種程度的東西吧……」

「囉嗦，就算用完就丟，也不准你擅自殺掉他們！這些傢伙是我的工具。」

「這說法還真過分。算了，對我來說是無所謂啦……『黑雷連彈』。」

聽的周圍浮現無數小小的黑色顆粒。盜賊們見狀不禁失笑。

因為只是浮著無數小鋼珠般的黑色粒子。他們實在不覺得那是多有威力的魔法。然而那些笑容隨即轉為恐懼。

無數顆漆黑子彈貫穿了盜賊們，更以強力雷擊從內側將人燃燒殆盡。面對瞬間化為黑炭且送命的伙伴模樣，盜賊們十分混亂。

畢竟那是他們不曾見過的魔法，當然不曉得該如何應對。

「你們運氣不好呢。別看我這樣，我很擅長混戰喔。你們這些傢伙是不錯的對手呢，因為集中在一塊兒，所以我也不需要瞄準……那麼，這是最後通牒。你們很礙事，我希望你們消失。要是繼續留在這個地方……可會化成灰喔？」

他的最後一句話並不是以輕描淡寫的口吻，而是以讓人背脊發涼的冷徹語氣說出的。

「怪、怪物啊……這魔法是什麼鬼啊？完全不知道，聽都沒聽過……」

「我是第一次殺人，心中卻沒湧現任何情感呢。我也終於崩壞了嗎？」

「閉嘴！忽然冒出來做些卑鄙的事，有種堂堂正正地決勝負啊！」

「盜賊還有臉說我？算了，既然這樣我就成全你！」

聽把盜賊不合邏輯的話當真，縮短了彼此的距離後，輕易地砍下盜賊首領的手臂。

首領一時間還不知道發生了什麼事，看見自己的手臂才了解現實。

不知不覺間，魔導士拔出了腰際的劍，握在雙手上。

然後，首領看見自己被砍下的手臂，恐懼竄過了背脊。

「如你所願，我正大光明地從正面攻過去了。這樣有滿足你的期望嗎？」

「呀啊啊啊啊啊啊啊啊啊啊！我、我的手臂啊啊啊啊啊啊！」

「……不是說這種話的時候啊？沒辦法，我找其他對手吧……人世間也是弱肉強食。真是要不得呢～」

誰都追不上聰的動作。

他以輕鬆的口吻說話，卻如電光石火一般忽然現身在敵人眼前，瞬間砍下首領的手臂。實力完全不像是個普通人的強者出現，令盜賊們染上了絕望。

聰在眨眼間便壓制住這些盜賊。為了獲取食材，在與魔物間嚴苛的生存競爭中存活下來的他，對敵人早就已經捨去了不必要的同情。

弱肉強食的法則，使人變得凶暴。

「好……好快。那速度是怎樣啊……」

「而且還使用了魔法，手法感覺相當老練……」

「劍加上魔法……毫無破綻！簡直令人無法想像的熟練！」

傭兵們也對強力的援軍感到驚訝，甚至感到顫慄。

假設是在戰場上碰到他，被殲滅的就會是自己，可能連逃走的時間都沒有就會被殺掉。

就算從他們的角度來看，也知道實力差距有多懸殊，光是對方不是敵人就值得慶幸了。

「這太扯了，我要退出！」

「快、快逃啊！大家都會被殺的！」

「我不當盜賊了啦，我要去鄉下種田了啦啦啦啦啦啦啦啦啦啦！」

「是惡魔……惡魔出現啦啦啦啦啦啦啦啦！」

畢竟是門外漢，只要出現強大的對手，盜賊們就會馬上瓦解。

「居然把人家說得像是怪物一樣……完全不提自己的野蠻行為，多沒禮貌的一群人啊。你們想要被好好教育一番嗎？雖然費用是你們的性命……」

聰愕然且不悅地嘟噥。雖然光看強度，他足以稱得上是怪物了。

「別放過他們！把他們全殺了！」

「竟敢做出這種事，別想活著回去！」

「我們要報仇，你們這些混帳！」

傭兵們追逐瓦解的盜賊們，彷彿要發洩心中憤恨似地拿盜賊們做血祭。

本來就沒有戰鬥技術可言的盜賊們，以傭兵為對手簡直是有勇無謀。雖然以人數彌補了不足，但也因為意外的第三者現身而以失敗告終。

盜賊們不知道該往哪兒逃竄，面對氣瘋了的傭兵們，就連反擊都沒辦法，不久之後就全滅了。

「世事本無常嗎……還真是空虛啊。不對，該說人生如幻影嗎？」

「哎呀呀，這次多虧有你相助。請務必讓老夫答謝。」

突然間被搭話，令聰一時之間不知所措。從對方的打扮看來，是位上流階級的老人，感覺很有可能是貴族。

因此他故作冷靜，不想被人發現自己的動搖，決定自然地與對方交談。雖然外表如此，但他其實是個性謹慎的膽小鬼。

「別放在心上，只是因為我要走的方向剛好跟你們一樣而已。」

「不過，幸虧如此，老夫的孫女才不用暴露在危險之下。光是這點就足以向你道謝。」

「那我就恭敬接受您的謝意了……啊，前面有城鎮或聚落嗎？說來實在丟臉，但我迷路了。」

「前方是有老夫領地的城鎮……什麼，你迷路啦？」

「實在是丟臉至極，不論是道路還是人生，我都很迷惘。」

「雖然老夫不是很了解，但你好像很傷腦筋……」

他使出渾身解數的自嘲被對方無視了。

克雷斯頓想不到，這位惶恐地搔著頭的寒酸魔導士，和剛才彷彿打破常識般地行使魔法的人會是同一個人。

但仔細一看，他的法袍是以沒見過的魔物為素材製成的。他因此體認到對方是相當高階的魔導士。如果是別國的魔導士在旅行，那他若不是為了暗地探查敵國消息，就很有可能是因為某些理由遭到排斥。

克雷斯頓內心戒備，仍監視著聽的行動。

「你叫什麼名字？」

「我嗎？大迫……不，我叫傑羅斯·梅林，是個微不足道的魔導士。」

從這天起，聽正式成為傑羅斯·梅林。

原本世界的名字在此處顯然很奇特，他認為要是不小心出名，一定會快速廣為流傳。即使風險很微小，但少一點還是比較好。

「嗯……沒聽過的名字。你為什麼要來這個國家？有你這種程度的本領，在其他國家應該也很搶手吧？」

「因為我年紀也不小了，想靜靜度過餘生，正在尋找有沒有住起來很舒適的城鎮。事到如今為國效命也很麻煩啊。」

「原來如此，你是天生的探究者啊……那些都是老夫從沒見過的魔法……」

「說來真是丟臉。我探求知識過了頭，導致錯過了婚期。」

「你還很年輕吧？需要這麼悲觀嗎？」

「人生只有五十年，如此短暫，但之後十年又會變得怎麼樣呢……我想建立家庭，並在餘生中種種田，安靜地度日。」

這實在是很無欲無求的微小心願。不過克雷斯頓不認為他在說謊，而且他非常中意這名叫傑羅斯的魔導士。

貴族中有許多沉溺於權力，只顧彰顯力量的魔導士，他非常厭惡那些無意增進自己實力的魔導士們。

說要探究魔術而硬討預算，他們順從欲望，為了和貴族們搭上線而拚命，把預算用於賄賂。緊緊依附著權力的模樣，實在是既卑劣又腐敗。

在這情況下說不需要權力的傑羅斯，給人的印象很好，光是這樣就令人想和他有私交。

『嗯……以魔導士來說很優秀。這樣或許可以拜託他擔任緹娜的家教呢。如果是探求者，應該也會有許多個人的研究，更重要的是他是別國的魔導士，可能會有和這個國家的人不一樣的點子……那麼……』

克雷斯頓的腦袋裡只有孫女的事。

『況且，他也許可以解決緹娜的問題。啊……緹娜啊，重拾歡笑吧。如果是為了妳，老夫、老夫我……哈啊哈啊……』

「老先生，您沒事吧？總覺得有些危險的徵兆……」

「啊？不，老夫沒事！沒問題！」

聽……不對，是傑羅斯心想「這位老爺爺……好像不太妙」。

老人疼愛孫女的愛，有時候也會往奇怪的方向發展。

「比起這些，老夫得給你一些獎賞呢。」

「咦？我不需要喔。畢竟我是為了自己才出手的……」

「這是我們貴族的職責跟面子問題。畢竟，如果沒有給恩人任何的回報就回去，老夫或許會受人非議。」

「所謂的貴族似乎也有些麻煩的規則呢。當個普通人真是太好了。」

「就是說啊，就算隱居也無法避免這些職責……老夫無論如何都必須請你收下謝禮。」

會救了貴族只是偶然，要談獎賞感覺很麻煩。

但也不能不給對方面子。他稍作思考後，試著說出了現在的願望。

「那麼，我想想……請給我一塊安靜的地。如果可以稍微遠離城鎮，而且有農田的話，就再好不過了。因為我想在田裡種些蔬菜或藥草，悠閒地餬口度日呢……」

「嗯，那老夫就幫你物色吧。」

「麻煩您了，我實在沒精力繼續旅行下去……」

他想起的是在大深綠地帶碰到的白猿。

那是一隻悄悄靠近在岩場上睡著的傑羅斯，並脫下他的褲子，打算享受一番的變態怪獸。雄糾糾地立起胯下的危險物，帶著恍惚表情追來的模樣實在很恐怖。

傑羅斯的臉色瞬間變得慘白。

「沒事吧？你的臉色好像不太好……」

「沒事……我只是稍微想起了不好的回憶……呵呵呵……」

他的背影散發出哀愁。

傭兵們在兩人前方，給盜賊的屍體淋上易燃的油，並放火處理。其中有些人協助治療傷患，有些人則是合力挪開倒下的樹。

儘管是盜賊們不經思考的突發性行動，被捲入的這方要善後可是很辛苦。

不久，道路因為傭兵們的努力而清理完畢，商人們的馬車開始移動。

「你不一起搭馬車嗎？到城鎮還要花一段時間喔？」

「呃～大概需要多久呢？我對這一帶不熟，不太知道道路呢。」

「搭馬車大概要三天。視情況說不定還會花更多時間。」

「馬車要三天……好不容易才逃出那片森林，用走的話要花幾天呢……」

他實在不想再過只吃肉的生活。這麼一來，答案自然就只有一個。

「麻煩您了。因為我暫時不想再看到肉……」

「老夫不是很明白，但你可以一起乘車。對我們來說，有高手在也比較放心呢。」

傑羅斯決定接受公爵的好意。

要花上三天，也就表示他們肯定有肉以外的糧食。

他們應該也有準備以防萬一的備用糧食，可能還有可以分給傑羅斯的份。他考慮利弊後決定與他們同行。

雖然很猶豫，傑羅斯仍搭上了豪華馬車。接著他注意到車裡坐著一名少女。

藍色雙眼、金色長直髮，以及以藍色為基調的服裝，給人符合年紀的可愛印象，但那張好像有些陰鬱的表情很引人注目。

年紀約十多歲。如果動員所有輕小說知識，她應該是快要成年了吧。她穿著像是某處制服般的法袍，似乎在看放在膝上的書。

「爺爺，這位是？」

「他是從危險中解救了我們的恩人，傑羅斯先生。」

「初次見面，我是魔導士，叫作傑羅斯·梅林。雖然時間不長，但我會與你們同行到城鎮。請多指教。」

「不、不好意思。我、我叫瑟雷絲緹娜……那個，請多指教……」

乍看之下感覺是魔導士，但從她身上感受到的魔力實在很微弱。

如果是魔導士，身上會釋放出相符的魔力波動，搜敵技能也經常會有所反應。這跟在遊戲裡是一樣的。傑羅斯在野外求生中確認過，所以不會有錯。

「她是魔導士嗎？」

「還是新手。但有些問題呢～」

「問題嗎？是怎樣的問題——這麼問好像很失禮呢，真是抱歉。」

「別介意。老夫正想要徵詢不同於本國的魔導士的意見呢。老實說，這孩子無法發動魔法。」

「無法發動？真是怪事。有可能發生這種事嗎？」

如果這個世界和遊戲的世界觀相同，無法發動魔法術式這件事本身就很奇怪。

所有生物都擁有魔力，即便有個人的程度差異，但無法發動這一點基本上是不可能的。只要透過學習用的魔法卷軸記住術式，就能夠輕易地使用了。

「她是擁有魔力的吧？嗯……」

「嗯……不過，不知為何，她連基本魔法術式都無法順利發動。老夫也盡了各種辦法，還是無法判明原因。」

「這麼說來……會不會是魔法術式本身有問題？」

兩人的視線同時望向傑羅斯。

「那、那是怎麼回事？現在使用的術式，已經是經過調整，盡可能地不會給人帶來負擔的東西了。

難道你要說，現在流傳於全國的魔法術式都是有缺陷的嗎？」

「恐怕是的……應該是發動時所需的魔力設定上有不周之處，或是那個魔法術式本身就是瑕疵品吧？不過，不實際看看也說不準……」

「請、請問這是看了就可以知道的嗎？」

「算是吧。別看我這樣，我也有在自製魔法，要是有實物的話，就能有一定程度的理解……」

「是、是這本書的術式，請問它有什麼可疑之處嗎！」

瑟雷絲緹娜以驚人的氣勢逼近傑羅斯。

他一時之間有點退縮，但被她認真的表情給震懾，莫可奈何地看了看書本。

那上面寫著的魔法術式，和傑羅斯知道的魔法相似，無論哪個都是很基本的東西，不過就他所看見的感覺，內容十分突兀。

魔法術式中混雜著不必要的東西，有很多讓人白費力氣的地方格外地醒目。這樣是不可能好好發動的。就算可以發動，也幾乎全都得靠發動者的實力來發動。

「……這種彷彿蓄意製造出的殘缺感是怎麼回事啊？這很明顯的有問題，而且到處都是缺陷呢……真誇張。」

「什麼？」「果然！」

兩人幾乎同時發出不同聲音。

「該怎麼說呢，因為混了不必要的魔法文字進去，術式簡直亂七八糟。假設發動了，也是那種得完全仰賴個人資質那種東西的術式。實在是很不漂亮。」

「所以說，這是怎麼回事呢？」

瑟雷絲緹娜雖有一定程度的預想，但她沒有把握。

因此，她便對大叔投以充滿期待的眼神。

「這是很挑人的魔法術式呢。如果發動基本魔法都要耗費這麼大量的魔力，雖然有點難以啟齒……但這國家的魔導士程度也不怎麼樣吧。就算要使用魔法，也會受到與生俱來的資質影響，這不是任何人都能使用的東西。

說得極端點，如果是魔力持有量達到規定量的人，是可以發動。不過魔力未達規定量的人，無論如何都很難發動魔法吧。而且魔力低的人，應該也不會進行為了使用魔法而提升魔力持有量的訓練。如果要做這麼徒勞無功的事，倒不如努力去學習劍術或其他事物。這在魔導士的培育上，可說是難以想像的瑕疵魔法呢。」

克雷斯頓和瑟雷絲緹娜都對眼前魔導士的知識與洞察力感到驚嘆。

他不只判明了至今為止他們都搞不懂的原因，還看透了魔法本身的缺陷。

同時，就算不願意，這件事也讓他們了解到傑羅斯不是普通的魔導士。

「嗯，不管怎麼看，沒用的魔法術式都會造成負擔，而且魔法術式本身的平衡也有好幾處破綻……這是不可能發動的。」

「唔嗯……什麼魔法研究啊！居然推廣這種瑕疵魔法……」

「那麼，您可以設法把這個魔法變得容易使用嗎！」

「可以呀。只是要刪去沒用的部分，所以不怎麼費工夫。」

「還請您務必幫忙改善！」

「拜託，請您把這個魔法變得容易使用！」

「哦？」

如果這裡的世界觀和遊戲相同，這世界上誰都有能夠使用魔法的資質。只要具備明確的意象、知識，以及充分的魔力，甚至不需要魔法術式或魔法陣。然而，威力愈大，發動所需時間或魔力也會相對增加，魔法失敗機率也會變得比較高。

既然魔力有感應人的精神之特性，些微的精神動搖，就會在關鍵時刻導致失敗。為了防止這點而創造出來的，就是身為咒文的魔法術式。術式在更進一步發展後，被改良成魔法陣的形式。但就算改良到這種地步，還是常常失敗，最終就創造出了將魔法陣刻在潛意識裡的技法，並且一直使用到現在。

瑟雷絲緹娜無法使用魔法的原因，是因為個人持有的魔力不足，以及有缺陷的魔法術式所帶來的負擔的影響。鍛鍊魔力的訓練，通常可以透過使用簡單的魔法來增加持有魔力，正常地成長過程中，個人的魔力量也會逐漸增加。

然而即使如此也發動不成，就是因為魔法術式有缺陷。發動魔法術式需要多餘的魔力。更糟糕的是，由於魔法會受到精神的影響，因此「無法使用魔法」的心靈創傷，以及自己的境遇所留下的記憶，會讓魔力產生巨大的動搖，變成發動的枷鎖。

簡單來說，這就和自幼不斷被說「你是笨蛋」，結果就真的長成笨蛋是一樣的道理。總之，深信某件事一類的精神要素將會造成影響，數個條件疊合在一起，就會妨礙魔法發動。

這是由於魔法術式的負擔導致自己的才能變得狹隘，又基於自我暗示更加地封閉了可能性的惡性循環。

課本上記載的魔法術式會排除擁有優秀魔導士資質的人，這不是適合用來教育人的東西。

「嗯……在我看來就是這麼回事。如果可以解決其中一項問題，就能使用魔法了吧……大概。」

「雖然老夫不是很放心……不過，妳要賭賭看嗎？」

「是！只要能解決其中一項問題，我就能夠使用魔法，對吧？」

「我想是的。魔法術式、魔法陣原本就是為了輔助施術者，讓人能夠順利使用魔法的東西。只有這點不試試的話，什麼都很難講。總之我會試著盡己所能……那麼……」

大叔翻開魔導書，簡單確認寫在上頭的魔法術式。

不管會出現什麼結果，魔法術式本身很奇怪這點是不會有錯的，他必須進一步了解魔法陣有多少缺陷。

大叔露出快要被人遺忘的身為程式工程師的認真表情，展開課本上的魔法術式，開始調查構築而成的魔法陣。

他微微睜開了藏在瀏海下的瞇瞇眼。眼神相當銳利。

大迫聰就這樣改以傑羅斯這個名字完成了除錯作業，將魔導書的術式優化到最佳狀態。

他沒時間改寫整本書，只修正了簡單的魔法。

其後，製作這本課本的魔導士們全被革職且被放逐至國外，但那就不關他的事情了。

這件事變成了日後被稱作大賢者的大叔最初的傳說。

第三話　大叔解決少女的煩惱

緩緩行進的馬車搖搖晃晃。傑羅斯展開課本中的魔法術式，刪除多餘部分，同時編入必要的內容。

飄浮在空中的魔法術式在馬車裡營造出幻想般的光景，在一旁消失或添上的文字，使得術式的形狀逐漸改變。這項工程以令人難以置信的速度進行著。對瑟雷絲緹娜來說，這是初次目睹的未知體驗，她睜大了雙眼，眼睛閃閃發亮。

看見這樣的孫女，祖父克雷斯頓喜形於色，在心裡向神明感謝這場邂逅。

然而，魔導士是不斷追求真理的人種，不可能打從心底信仰神明。

人類或許是最會見風轉舵的種族吧。

「嗯……確認完畢。接下來就是要使用看看了吧。要試試嗎？」

「這個魔法是……『火炬』嗎？」

「沒錯。這是把任何人都可以輕易使用的魔法優化後的產物。我試著把重點放在盡力抑制魔力消耗，同時導入了外界魔力。」

「什麼是外界魔力？」

「那就像是存在於自然界中的魔力之流。可以靠自身魔力來呼喚這種魔力，以引發術式。不過這裡所記載的術式好像全都僅限以個人的魔力行使，對魔導士的負擔似乎太大了呢。」

「請等一下，魔法術式不是以個人持有的魔力使自然現象產生轉變，並引發物理現象的東西嗎？」

「嗯～雖然沒錯，但也不是正確答案呢。術式只是為了利用自然界的魔力而生的產物，如果只憑個人的魔力來發動，魔力馬上就會枯竭了。就是俗稱的『魔力匱乏』狀態呢。」

看來這個世界的魔法發展得比遊戲設定還要緩慢。傑羅斯意識到了這一點。

世界上的自然界魔力總量總是維持在一定的數值，就算發生了不同的變化，依然會馬上恢復成原本的魔力並擴散開來。即使變化為物理現象，產生變化的也只是性質，魔力仍舊存在，並且會恢復原樣。利用這個性質變化，我們可以對敵人施加攻擊，同樣也可以從攻擊中保護自己——這便是魔法。其中也有干涉精神的魔法，但也只有體內的魔力會不斷變質，遲早會解除。

就像凡事都有從變形的狀態恢復為原樣的現象存在，魔力也同樣具備恢復原狀的特性。不過體內的魔力一旦釋放到外界，要恢復原樣相當耗時，常會給肉體帶來影響。因此，為了抑制用來喚起外界魔力的體內魔力用量，提升其運用效率的便是術式。不過這個世界裡應該也有專門研究術式的魔導士才對，用這種不完整的東西來教導他人這件事本身就很奇怪。

「總之，不管是偶然還是蓄意，這個術式肯定是有缺陷的。」

「光看魔法術式就可以了解到這種程度……好厲害。」

「你明明這麼優秀，怎麼不想為國效勞……這樣不是很浪費才華嗎？」

「除了會有麻煩事之外，最大的理由應該是我討厭被利用於權力鬥爭吧。我想避免那種因為某些理由而被盯上性命的情況。也不想被捲入棘手的事件中。」

侍奉國家的魔導士，比起對國王，對老師更是必須絕對服從。

就算開發出再有效的魔法，只要身為老師的人否定，那就到此為止了，其中甚至有會搶奪他人研究成果的蠢貨。傑羅斯死也不想加入那種人的行列，既然必須活在這個世界上，他就不想要扯上多餘的紛爭。

尤其是看輕小說這類娛樂作品，一定都會描寫到這種當權者，就算以史實觀點來看，世上也必然存在這種充滿野心的當權者。

即使替換成現實，這也絕非不可能。

「確實……會有這種方面的問題呢。最近的魔導士都會以研究成果屬於派系為藉口，將他人的研究據為己有。一旦發現成果有問題，就把責任推給當事人。」

「所以才會有只把魔法術式傳給繼承人的習慣呢。不過沒有繼承人的話，研究出的魔法不就會斷絕了嗎？傑羅斯先生，您這樣也無所謂嗎？」

「我的研究成果中有許多危險的東西，不能貿然傳授他人。而且其他人大概根本沒辦法理解吧……就算消失在歷史之中也無妨。倒不如說，就是因為能夠傳授給別人的都是危險的東西，所以就算消失了也沒問題吧。畢竟研究魔法只是我的興趣。」

他在玩網路遊戲時創作出的魔法十分危險，正因為實際使用並目睹其威力過，他才沒辦法傳授給他人。更何況這個世界的學識程度顯然很低落。

要說為什麼，是因為據說在這個世界，位在火焰魔法最頂點的是蒼炎。但這只是改變空氣燃燒量，使其變化為高溫而已。是極為單純的物理現象，沒什麼好大驚小怪的。

像傑羅斯的魔法「黑雷彈」是壓縮魔力，產生連光都為之扭曲的重力場，在貫穿敵人的瞬間於其體內將重力場轉換為能量，藉此從內側把敵人燒個精光。

藉由些微的攻擊和瞬間轉換，讓性質或效果產生劇烈的變化，提升威力與攻擊力。那是利用魔力變化而發出的，既惡劣又凶殘的攻擊。光是術式的數量就非常多，別說全盤理解了，那內容精緻到讓人覺得想解讀都是不可能的事。

「所以，要是貿然傳授給他人，也不知道會被用在何處。個人使用的話，還屬於個人自行負責的範圍內，所以沒關係。但若是為了國家使用，就有可能會被用於戰爭……」

「原來如此，這確實太過危險了。雖然不知道是危險到何種程度的東西，但如果成了戰爭，老夫也只會看見人間煉獄吧。」

「沒弄好的話，很多人都會犧牲呢……光想就覺得恐怖。」

「如果是簡單的道理，在你們理解的範疇內我是可以指導，不過已完成的魔法過於惡劣且危險，所以我不想教。」

「真是明智的判斷。真想讓我們這裡的笨蛋們向您看齊。」

「好，我大概完成兩項優化了。要趕緊試試嗎？」

「咦？太快了吧！」

雖然說是課本，但魔導書可以從外界改寫。

課本是以特殊墨水在魔紙上寫下魔法術式，只要導入魔力，寫在上面的魔法術式便會浮出。藉由「操縱魔力」來操控魔法文字，就可以改寫。魔導士也可同時在潛意識裡刻上魔法陣。

只要把傑羅斯改寫的魔法術式刻入潛意識中，瑟雷絲緹娜也會變得能夠使用那項魔法。但就算說要試試，馬車裡也太狹窄了。

車內可以使用的魔法有限，大叔決定選擇簡單的魔法。

「那當然，是『火炬』的魔法喔。畢竟在馬車裡使用『火焰』怎麼說都太危險了。只要長時間施展這招，將火炬維持在一定程度，就可以學會操縱魔力。」

「操縱魔力嗎？那是怎麼一回事呢？是一種技能嗎？」

「簡單來說……我想想～這樣就可以用魔法造出火球，並讓火球持續存在一段時間吧。熟練之後就可以憑自己的意志解除發動的魔法，這種便利性對魔導士來說是必備的技能呢。鑽研到一定程度，還能不經詠唱使出魔法，也能夠改寫魔法術式吧。」

「嗯，這是基本呢。只是緹娜至今都無法辦到。」

「就算射錯地方，只要能操縱魔法，就可以保有威力，再度向敵人發動攻擊。雖然沒辦法做出大範圍攻擊啦。」

「所以……這代表我可以按照自己的意思，隨意操縱放出的魔法嗎？」

「大致上沒錯，不過魔法無法長時間持續發動，所以這是只有在魔法發動的時間內可以辦到的事。」

「這真是太厲害了！」

瑟雷絲緹娜睜著閃閃發亮的雙眼逼近傑羅斯。

祖父見狀不禁微笑，同時對傑羅斯報以充滿嫉妒的目光。

還真是個忙碌的祖父。

「那麼，試著使用『火炬』吧。提升操縱魔力的等級，變得可以不經詠唱就發動魔法是最理想的吧。」

「好！我會加油的！」

瑟雷絲緹娜用力點頭，趕緊將修正好的魔法術式刻到潛意識裡。她將手放在魔導書上，導入魔力讓術式顯現出來。以體內魔力作為媒介，將使用的術式刻入潛意識裡。雖然外界魔力會立刻散開，但人只要活著，體內的魔力就會一直存在，就算因魔力枯竭而倒下也不會消失。

生物會不斷生成魔力，視活動內容不同，魔力會在細胞內流動、消耗。即使魔力枯竭，也只是用來使用魔術的部分減少了，仍留有些許維持生存必要的魔力。

在某種意義上，體內的魔力也可以說是生命力吧。

魔導士之中也有人使用胡來的魔法而喪命，這是魔法術式不完整，以及做出足以損壞身體的無謀行為所導致的結果。

假如跟在遊戲裡體驗過或是已知的設定不符，搞不好還會把自己給炸飛，運氣好一點就是變成廢人。另外，雖然這是傑羅斯不知道的事，但罪犯會被用來做這種實驗，並消失在歷史的背後。

「結束了……那麼，『燃燒吧，火炬，照亮我的道路』……『火炬』。」

瑟雷絲緹娜的指間形成小小的魔法陣，燃起微小的火焰。

儘管就「火炬」來說很微弱，她仍確實發動了魔法。

「我辦到了，爺爺！我真的可以使用魔法了！真是難以置信。」

「哦……確實如此。真是太好了呢，緹娜……」

「雖然只是燭光程度的火焰，但畢竟是第一次發動，這也難免。把火焰一直持續維持在這個火力，照理來說就能學會操縱魔力。」

「我試試。啊、啊啊！火熄了！」

「一點一點持續送出魔力的操縱很困難，有點風都會不小心熄滅，所以要注意集中精神。」

「這次是火太旺～！好難呀！」

「它就是這種訓練嘛。接著很重要的一點就是持續練到魔力枯竭。只要透過休息讓魔力恢復就可以再訓練，所以不會有問題。」

這裡和遊戲世界一樣可以看見能力參數，所以這個世界的居民能用自己的技能確認參數，並藉由和魔物戰鬥提升等級，讓自己變得更強。但這對仍年幼的少女來說，是很痛苦的吧。

這麼一來，學會技能並增強自己就會變得很重要。

消耗魔力不但會稍微提升自己的魔力，也可以學會技能，簡直是一舉兩得。此外藉由持續訓練也會導致技能等級提升。

「哦～虧你想得到這種訓練，但這一定要每天持續練習吧？」

「是啊，持續訓練才會出現成效，所以必須當作每天的課題身體力行。學會後就可以靠鍛鍊增強實力。這對魔導士來說是必要訓練之一喲。」

「我會做的！我已經可以使用魔法，這點程度的事我一定會熬過去。」

「緹娜被點燃熱情了……真不知她有多久沒露出這種幹勁十足的表情……（哈啊哈啊……）」

爺爺也萌燒了。這位溺愛孫女的爺爺好像也有很多問題。

「只要持續對自己施加強化身體的魔法，應該就可以學到同樣的效果，以及魔法抗性技能了吧？我之前才做過，可是已經忘了。這樣應該就行了……咦～？」

「我也想試試看那個！」

「我就在想妳會這麼說，那第二個魔法就是強化身體了……這或許再稍微增加魔量會比較好呢。那會比『火炬』消耗更多魔力，總覺得妳馬上就會倒下。」

傑羅斯使用鑑定窺視了她的能力參數。結果如下：

＝＝＝＝＝＝＝＝＝＝＝＝＝＝＝＝＝＝＝＝

【瑟雷絲緹娜・汎・索利斯提亞】等級５

ＨＰ　１２５／１２５　ＭＰ　１２１／１４０

【職業】貴族大小姐

【技能】

火屬性魔法　１／１００

【身體技能】

容忍　５０／１００

【個人技能】

忍耐　５０／１００

＝＝＝＝＝＝＝＝＝＝＝＝＝＝＝＝＝＝＝＝

她不斷地消耗魔力，漸漸接近了零。

不過這樣的訓練對她來說也是值得高興的試煉。畢竟一直以來都用不了魔法的她終於可以擺脫那種狀態，因此滿心歡喜地接受挑戰。

她現在應該開心得不得了。

『雖然沒什麼不好啦，但她的容忍、忍耐等級還真高……她是吃過多少苦啊？』

傑羅斯邊進行優化課本術式的作業邊想著這種事。

身為側室之女的她被當成礙事者，甚至還遭到虐待。

除此之外，這個可憐的孩子還不被承認是貴族。當然，傑羅斯不會知道這種事，不過從這個能力參數看來，他也推測到一定程度的狀況。

「那麼，第二十七頁……是『冰矛』嗎。」

「──好快！──」

基本魔法的術式本來就有基礎規則可遵循，因此之後只要刪除不需要的部分，再編入簡單的控制術式即可解決。加上他在過去世界裡是程式工程師，甚至可以邊哼歌邊完成這種作業。

「那麼，要不要來比比看是我比較快改良完這本書的術式，還是妳的魔力比較快耗盡呢？」

「唔，我可是不會輸的喲！」

「總覺得這對傑羅斯先生不利，不過這也算是很有趣呢。」

老實說，這位爺爺認為比賽勝敗都無所謂。他純粹是久違地看見孫女開朗的表情，而開心地忘乎所以。

結果是傑羅斯比較快，但他是為了把榮譽讓給她才故意輸掉。

大叔是個對孩子很溫柔的男人。

然後，望著高興的瑟雷絲緹娜，爺爺露出滿足的模樣。

但他的模樣看起來不太正常。

◇◇◇◇◇◇◇

「麵包……有麵包……」

他們在休息地點準備露營時，傑羅斯一看見麵包就哭了出來。

長達一週期間，為了在遼闊的森林裡存活，除了肉別無選擇的傑羅斯正流下無比感慨的淚水。他對於空有辛香料卻沒有其他食材，只有肉可吃的野外求生生活早就膩了。

那時他每天為取得生肉而打倒魔物，但血腥味又引來新的魔物，而且還成群結隊襲擊而來。這種事情不斷重複上演，他連活著的意義都轉為原始本能，只為果腹而埋頭狩獵獵物。

現在，他眼前準備了睽違許久的人類的食物。

他怎麼能不哭呢？

「居然因為這樣就哭，你至今都過著怎樣的生活啊？雖然老夫不敢聽……」

「那一週我在森林裡一直迷路，每天都被魔物追逐。吃下肚的除了肉之外就沒有了……嗚……活著真是太好了……」

「你是在哪邊的森林碰到那種事情……真是太嚴苛了。那是苦行之類的嗎？」

「不知道耶，我不曉得那是什麼森林。但是當飛龍來襲時，我可歷經了一番苦戰～而且還餓著肚子……呵呵呵……那還真是隻煩人的蜥蜴。」

「「「飛龍！」」」

包含旁邊兩位騎士在內，他們四個人同時發出驚愕的叫聲。

「你是怎麼從飛龍手上逃走的啊！」

「難不成你打倒了牠！」

「這麼說來你就是『屠龍者』了！就算被稱作英雄也不足為奇！」

「請告訴我那是怎樣的冒險！」

「說是屠龍者也太誇張了。不就只是在天上飛的蜥蜴嗎？多應付幾次就能輕鬆打贏呢。」

「「「你這想法很奇怪！」」」

飛龍的別名叫做「天空惡魔」，一旦從上空發現獵物就會死纏爛打地追過來，而且飛行速度快，擁有高智慧的牠們會先下手為強。

加上牠們經常結伴行動，也曾發生多起接受討伐委託的傭兵反被牠們殺死的情況。

順道一提，牠的肉是最高級食材。

「最高級的食材啊……我這邊有七隻，請問可以賣多少啊？我實在吃不完，正傷腦筋呢～嗯——不過因為很好吃，我會留一些就是了。」

「居……居然打敗了。你是怪物嗎……」

「你瘋啦？那是天空惡魔耶！通常是不可能贏得過的魔物……」

「原來這就是高階魔導士……單憑個人就擁有如此強度。真厲害。」

「請務必把肉賣給老夫。你這麼強是怎麼回事啊……」

「嗯？牠也沒有比貝希摩斯強吧？只要抓到訣竅就可以輕鬆打倒嘍。」

「「「「貝希摩斯是公認為最凶猛的災禍等級怪獸！」」」」

傑羅斯不小心勾起了他們極大的興趣，於是決定說說自己的身世。

當然，那是遊戲裡的戰鬥故事，他省略了像從現代日本轉生，以及與邪神戰鬥等事情，同時還夾雜了幾個謊言。

內容是——傑羅斯．梅林出生國不詳，自幼就和父母一面旅行，一面潛心於魔導研究，並試圖探究魔法的道理。

他十幾歲時曾任職於某國的魔法研究機關，不過很快就被開除，之後成為專門處理魔物的傭兵於各地轉戰。在這段期間，他遇見與自己境遇相仿的四名伙伴，五人就組隊旅行，不斷挑戰魔導極限。他們日復一日過著投身於亂來的戰鬥、實驗自創魔法的實用性，接著再度反覆轉戰各地的生活。後來伙伴們好像厭倦了這樣的生活，一個接一個為私事離去，於是他又成了孤身一人。最後，他希望找一個可以普通過活的地方，卻在途中迷失方向困在森林裡，直到現在。

大略來說就是這樣。結果……

「原來戰鬥經驗豐富的理由就是這樣……沒想到居然有這種探究者……」

「看來我們的訓練方式仍嫌不足，竟然被那種程度的盜賊打倒。」
「真恐怖，打敗貝希摩斯可不尋常耶，而且是靠五個人……」
「傑羅斯先生的強悍是在實戰中證實過的結果呢。我的歷練還太少了。」
「這只是傻瓜毀掉人生的故事啦，不是會讓人心情變得那麼沉重的事情吧。」
「以魔導極限為目標確實很傻。真想讓國內的魔導士稍微瞧瞧這份骨氣。」
……傑羅斯超乎必要地被他們視為英雄。
不過，他的身體是以遊戲裡的資料為基礎重新構築而成，因此這麼說也沒有錯。
最重要的是，他以壓倒性的強度驅逐了盜賊，此舉更讓他成為眾人欽羨的焦點。大叔對這點也是始料未及。
「那麼，你的等級大概多少啊？」
「……想問嗎？最好別知道喔，因為那不是正常等級。」
「有那麼高嗎……真的假的啊？」
「真的嗎？嗯～……我有必要重新修正騎士團的訓練內容了呢。」
「應該有最高數值５００吧？畢竟你打倒了飛龍呢♪」
「不……起碼也有它的三倍（小聲）。」
「「「你剛才說了什麼——！」」」
等級１８７９可不是虛有其表。等級愈高成長就愈容易停滯，據說大約到等級５００成長就會停止。不過，要是有人超過１０００就真的令人跌破眼鏡了。

說起來，他是因為擊敗邪神才會上升那麼多吧。在很多加成下快速地完成升等。以這種胡來的虛擬角色為基礎所構築的身體會變得如何呢……

「你的技能應該也很恐怖，老夫真不想與你為敵呢。」

「是啊，我們不是那種可以壓制閣下力量的對手。」

「搞不好他是可以滅國的魔導士……沒想到居然真的存在……」

「我不是魔導士，是大賢者呢。算了，把我當魔導士也無妨，但還請各位千萬保密……」

「「「別再這樣了，常識要崩壞啦！」」」

「常識就是一種可以輕易崩壞的東西呢。比起這個，我們要不要開動？」

這天的晚餐，氣氛安靜得異常。

除了有個人邊哭邊吃麵包。

「嗚嗚……吃到久違的麵包居然會是這麼開心的事……活著真是太好了。」

大賢者大人相當飢餓。

公爵一行人在各種意義上都目睹了超乎常理的事。

隔天早晨，傑羅斯一醒來，瑟雷絲緹娜就開始進行學習操縱魔力的訓練。

現在的她就像拋開枷鎖似的認真面對魔法。

其實她在昨晚就把傑羅斯編輯的魔法術式全部記下，靠一己之力徹底調查了自己現在能使用的魔法。基本上，攻擊系需要大量魔力，但對現在的瑟雷絲緹娜來說負擔應該會很沉重。因此，她便針對有減少耗魔量效果的「操縱魔力」技能以及「魔法抗性」技能，不斷地進行訓練。

常言道，魚與熊掌不可兼得，要得到兩種技能需要相當的魔力與訓練。為此之故，多數魔導士會先升等增加魔力持有量，之後再開始訓練技能。不過，升等對瑟雷絲緹娜這種出身貴族的人來說很困難，就算進行實戰也會因為魔力不足，只能使用兩到三回攻擊魔法。

儘管打敗高等魔物就可以一口氣提升個人等級，但為此去挑戰也太有勇無謀。

另外，假如提升了魔力持有量，之後的訓練就會變得不得不使用強力魔法。

魔力增加同時也意味著持有魔力將難以減少，為此必須學會可以大幅消耗魔力的魔法。其中最有效的就是攻擊魔法，但也不可能隨隨便便就以魔法攻擊。

這種訓練一定會在短期內遇到挫折。

「妳馬上就要開始訓練了嗎，瑟雷絲緹娜小姐？不讓自己倒下的自我管理也是很重要的喔。」

「啊，老師！」

「老、老師？」

「是的♪您教了我魔法，就是我的老師。這麼稱呼不妥嗎？」

「呃……是可以啦，但我做的事情還不足以被叫作老師耶。」

「不！您替我做得夠多了。因為這樣我就可以向前邁進！」

大叔不知不覺間替她的人生帶來重大影響。

他有點不知所措，邊搔著凌亂的頭髮邊露出苦笑地說：

「學會操縱魔力後妳會很辛苦喔。因為消耗魔力這件事遲早會變得很困難呢～」

「即使如此也比不做還好吧？我想成為像老師這樣的魔導士。」

「……不，那樣有點凶猛。算了，有目標是好事，但為什麼會是我呢？老實說，我覺得自己是個很無聊的魔導士呢……」

傑羅斯根本還沒好好認清自己有多麼超乎規格。

在大叔對自我的認知中，他只想得到「這不是作弊嗎！還是不要大聲張揚吧～」的程度。不過從瑟雷絲緹娜的角度看來，他卻是遠比全國所有的魔導士都更加優秀的賢者，不僅是魔法專家，還是探究知識者。

他是既優秀又偉大的魔法師，對於自己的羨慕、尊敬之情他完全當之無愧。

重要的是，傑羅斯明快地解決了她所抱持的問題，還以半是好玩的心態就把有缺陷的魔法術式改寫成有效率的內容，她不禁對這樣的他懷有憧憬。

傑羅斯不小心對瑟雷絲緹娜展現出「魔導士就應該是這樣」的理想，他本人卻完全沒發現事情會變成那樣。

「有任何不懂的地方我都會教妳，但在製造魔法上絕對要小心。畢竟失敗的話不只是妳自己，還會殃及周遭，所以妳一定要有足夠的技能與等級。」

「我還沒辦法到那種程度，但我希望總有一天能達到那種境界。所以今後的指導也麻煩您了！」

「咦？請等一下。今後？這怎麼回事……」

「您沒聽爺爺說嗎？他說會試著拜託您當我的家教，我還以為爺爺已經告訴您了……」

「我還沒聽說……算了，總比沒工作好。」

社會對於無業的四十歲大叔觀感很差。重要的是他希望能結婚，有份固定的工作是再好不過。不過他要是想結婚，真該有人告訴他起碼要設法整理自己的儀表。

因為在旁人看來，他就只是個邋遢大叔……

「所謂家教，期間是到什麼時候？」

「大概是……我想想。應該是到我的暑假結束為止吧？再過兩個月，我就必須回到學院……」

「學院？有魔導士的學校嗎？」

「是的。叫做『伊斯特魯魔法學院』，為邁向魔導士之路，貴族的孩子們會在那裡學習。只是其中存在許多派系……」

「這就是學院麻煩的地方。老實說，他們這樣能否好好教授魔法也令人存疑，以我看來，用那本魔導書的課本來學習應該很難有所進展吧。」

「我在遇見老師您之後也開始這麼想。真的有必要在那裡學習嗎？」

「從這狀況來看，那裡恐怕是為了增進貴族人脈的社交場合吧？魔導士的修練則是其次……」

傑羅斯對這個國家把派系強加到孩子們身上的情勢，感到有點受不了。

在孩子情緒敏感的時期強加派系般的機制，是一種洗腦教育，老實說感覺不是很好。當然，當中也會有陰暗的霸凌吧，最重要的孩子們的精神很可能會扭曲。

「大小姐，請您快逃！」

「黑熊出現了！」

兩位騎士急忙跑了過來，唐突地打斷兩人的談話。

他們身後有隻體毛漆黑的巨熊大聲咆嘯著。

＝＝＝＝＝＝＝＝＝＝＝＝＝＝＝＝＝＝＝＝＝＝＝＝＝＝＝＝＝＝

【黑熊】等級15

ＨＰ　600／600

ＭＰ　103／103

＝＝＝＝＝＝＝＝＝＝＝＝＝＝＝＝＝＝＝＝＝＝＝＝＝＝＝＝＝＝

「趕快避難！」

「『鋼之縛鎖』。」

——吼喔喔喔喔喔！

傑羅斯立刻以束縛魔法綑綁黑熊。

並不明就裡地說了句莫名其妙的話：

「瑟雷絲緹娜小姐，妳學完攻擊魔法了吧？」

「咦？是、是有學啦……為什麼這麼問呢？」

「要不要試著攻擊那個？運氣好的話或許會升級喔。」

「沒辦法！憑我的魔力就算使出全力也只有三次左右……」

「光有那樣就夠了。『天魔的祝福』。」

「天魔的祝福」是傑羅斯自創的輔助魔法，它會大幅提升魔法攻擊威力。

他過去會對魔導士伙伴施加這道魔法，一路反覆進行殲滅戰。由於威力會暫時躍升將近十倍，那打破常規的效果絕對是他們意想不到的。

「那、那麼……紅蓮之焰，燒光我的敵人吧──『火球』！」

──轟隆隆隆隆隆隆隆隆隆隆隆！

爆炸聲響徹四周，颳起沙塵。

在那實在不讓人覺得是基本魔法的凶猛威力下，黑熊被火焰團團包住。

「「「咦咦咦咦咦咦咦咦咦咦咦！」」」

對強化過的魔法威力感到驚嘆的，當然就是兩位騎士，以及瑟雷絲緹娜本人。

「請給他最後一擊。這次使用其他魔法。」

「好、好的！風啊，劈裂開來吧，狂暴之刃──『空氣刀』！」

風魔法的威力原本很弱，不過強化過的「空氣刀」卻把黑熊劈成了兩半。通常這是不可能會有的威力。

等級5的瑟雷絲緹娜不可能打敗等級15的黑熊。

不過，這樣的常識卻被這超乎常理的情況給推翻。

「呀！」

一陣突如其來的暈眩讓瑟雷絲緹娜幾乎癱倒在地。傑羅斯立刻抱住她。

因為等級急速上升，承受不住的她因此頭暈目眩。

＝＝＝＝＝＝＝＝＝＝＝＝＝＝＝＝＝＝＝＝＝＝＝＝＝＝＝＝

【瑟雷絲緹娜·汎·索利斯提亞】等級１１

ＨＰ　２０５／２０５　ＭＰ　１５１／２１１

【技能】

火屬性魔法　１０／１００　水屬性魔法　１／１００　風屬性魔法　５／１００

地屬性魔法　１／１００　光屬性魔法　１／１００　暗屬性魔法　１／１００

【身體技能】

操縱魔力　３／１００　容忍　５０／１００

【個人技能】

忍耐　５０／１００

＝＝＝＝＝＝＝＝＝＝＝＝＝＝＝＝＝＝＝＝＝＝＝＝＝＝＝＝

『沒想到升等了呢～應該是加成效果吧？』

瑟雷絲緹娜的等級一口氣提升，大叔目擊到她初次升級的瞬間。

「妳升到１１等嘍。這樣魔力持有量好像就大幅上升了，能做到的範疇也就變廣了呢。」

「咦？咦？突然就升6等嗎！真是難以置信！」

「在實戰上拿到的升等就是這樣。畢竟那是比妳高等的對手。」

「啥、啥……？」

瑟雷絲緹娜好像沒什麼真實感。這也是理所當然的吧，說到底她只使用了兩次魔法，卻因為強化魔

法而提升了威力。

然而她確實是打倒了黑熊，並且提升了等級。

「……可以再來一隻左右嗎？」

「「「別這樣！」」」

含騎士們在內，他們同時吐槽。

而說到這時克雷斯頓在做什麼……

「恭喜妳，緹娜。妳終於靠自己的力量成功打倒了魔物……」

他在馬車暗處對孫女的成長喜極而泣。真是個徹底溺愛孫女的爺爺。

後來，他們支解完黑熊、用完早餐，便再次駕著馬車上路。他們要前往這一帶最大的城鎮，「桑特魯」……

第四話　大叔成為食客

馬車在路上不停奔馳的第三天。傑羅斯從馬車窗戶望出去，已經可以看到城鎮的景色了。

他在廣大森林裡流浪大約一個星期，一到路上就碰上盜賊。與人之間的接觸大致上就只有克雷斯頓、瑟雷絲緹娜以及隨從的兩名騎士。

下山沿途所見的街景讓傑羅斯有預感，他終於可以過像樣一點的生活了。

「那就是……桑特魯城啊。是個比我預想的還大的城鎮呢。」

「嗯──這是老夫領地裡最大的城鎮，是商人們往來的交通樞紐。比這裡的規模還大的就是王都了吧。」

「這裡也有大河嗎？船隻的運行好像也很興盛。」

「沿著歐拉斯大河順流而下，大約兩個星期就會抵達王都了呢。雖然比陸路還快，但搭船旅行要隨著當下情況應變，所以兩者沒那麼大的不同。」

桑特魯城是塊開闢在山間的土地，旁邊流經一條大河，因此這裡自古就作為貿易重鎮繁榮不已。同時這裡也可做為天然要塞，有難以攻陷的要塞都市之稱。

這裡數度遭到戰火侵襲也依然沒有被攻陷。不止如此，還因為讓敵人死傷慘重而有「染血之都」這個含有侮蔑的別名。

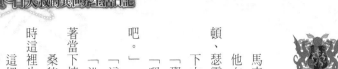

當然，這是侵略國的商人們在說的話，要攻陷這座城鎮風險實在是太高了。進一步地說，決定要進攻這座城鎮的國王全都被說是無能。他們不僅付出眾多犧牲，還戰敗逃跑，所以甚至出現了「賢君不會進攻桑特魯」的這句諺語。不過，因為這裡在政策上很重視治安，住在這裡的居民們的人身安全總是受到保障，因此是世上知名的最安全城鎮。

同時擁有名聲與惡名，就是這座城鎮——桑特魯。

「這山腳下有道門，我們就從那裡去我住的別館。」

「您隱居了吧？會不會在那裡不巧遇到現任公爵啊？」

「什麼？你這種水準的魔導士也會怕公爵等級的對象嗎？」

「老實說我很不想見到。（因為想避免被貿然盯上……）」

「你真的很不擅長應對當權者呢。雖然說是前任，但我也是公爵喔。」

「不，並不是這樣，我只是不想引起當權者的注意。實際上，我喜歡自由自在地活著，想避免一個不小心就被捲入權力鬥爭的正中心。應該是這種感覺。」

「要是被捲入麻煩確實會有問題呢。老夫僱你當緹娜的家教，要是不慎把你捲入派系鬥爭裡也會覺得不好意思。雖然再怎麼說，那傢伙也不會那麼胡來，但可以的話，不要見到應該比較好吧。」

既然還沒掌握傑羅斯的實力，他便不想做出愚蠢的選擇。

重要的是，他是可愛孫女的教師。要是在他身上加諸多餘的枷鎖反而會讓他逃走，可不是個好辦法。

只要傑羅斯在，瑟雷絲緹娜就會笑容以對。隱居的老人除此之外別無所求。一切都是為了可愛的孫女。

「好，我要再稍微控制住火勢……唔唔……很不穩定。」

瑟雷絲緹娜正在訓練操縱魔力，她認真地操作著「火炬」的魔法。

她努力地訓練，時而將火勢維持在偏弱的程度，時而將火勢刻意控制在偏大的程度。原本辦不到的事情變成可能，她因此埋頭在魔法訓練裡。

她的表情實在很認真，彷彿打算追上至今為止落後的進度，但即使如此，她似乎也樂在其中。

「話說回來，老夫答應要給你土地呢。你說安靜的地方比較好……」

「我會做魔法開發的實驗，基本上也想過自給自足的生活，所以寬闊一點的地方應該比較好。就算離城鎮有段距離也行，但方便往返的距離會是最為理想的。提出這麼任性的要求實在很不好意思……」

「沒什麼，老夫雖然隱居了，但你可是幫助了公爵。那種程度沒關係的。」

雖然說是獎賞，但這就像在把任性強加在他人身上。傑羅斯很不好意思，但他無論如何都想要一塊可以過生活的土地。畢竟這樣居無定所的還是很不妥。他起碼也想擁有足以構築一般家庭的那種住家。如果有機會他當然會欣然順勢要求。

「對了，我有大量的魔石該在哪裡賣才好？我不小心闖入哥布林的聚落，迫於無奈的殲滅了牠們……」

「你……難不成是在法芙蘭的大深綠地帶裡迷路了？」

「獸人也多到擠滿了森林呢……怎麼打都沒完沒了。哈哈哈哈……都打到煩了呢。」

「你居然從那個魔域活著回來了……比起這國家的人們，你的程度明顯很不一樣……老夫真是傻眼到說不出話了。」

大深綠地帶彷彿沿著法芙蘭的道路擴展開來。那裡是最險惡的魔域，棲息著眾多在弱肉強食法則中生存的魔物。甚至被說是絕對無法活著回來的危險領域。

「魔石賣給我認識的專賣店應該比較好，你有幾個？」

「不知道耶。多到數了感覺很蠢。我想是超過了一百個。」

「這會是很大的一筆數目。我們幾乎無法從這一帶的哥布林身上得到魔石呢。」

在魔物體內生成的魔石，只能從棲息在自然界魔力濃厚之處的魔物身上，或是強大魔物的體內取得。但要打倒那種魔物相當費勁。畢竟會生成魔石的魔物大致上都很強，即使同樣是哥布林，強度也會因為魔石有無而不一樣。

即使出沒在這一帶的淘氣哥布林與深綠地帶的哥布林的強度相同，兩者的攻擊強度卻會出現極端的差異。傑羅斯讓這種魔物的聚落毀滅，他的實力已經脫離了常識認知。

「專賣店啊……這樣看來，那是製作魔道具的店家嗎？身為魔導士，我有點感興趣呢。」

「嗯……製作魔道具，魔石是不可或缺的，重要的是需求很高，所以不管有多少，對方都會想要吧。」

「那麼一來，像是飛龍的魔石……」

「你可以暫時過玩樂的生活喔。畢竟那裡頭充滿超乎尋常的魔力。王族或其他貴族大概會很想要吧。」

「……那麼還是自己使用比較好。貿然賣掉似乎會變成一場騷動。」

「你真是多才多藝啊。你也會製作魔道具嗎？」

「偶爾。但現在沒有設備，我想在田裡工作的空閒時間試著製作。」

大賢者的職業可不是浪得虛名。

在這世界製作是可能的嗎？——雖然問題在於這點，但他目前為止做過的許多道具，都以製作書形式記錄在腦海裡了。況且，那是要在魔法陣上操控金屬，所以也不會有燒傷的疑慮。

魔導練成的做法烙印在記憶中，他在想，製作恐怕是有可能實現的。

真是件會給認真的工匠添麻煩的事。

「……別把做出的東西賣掉會比較好嗎。其他工匠或許會上吊自盡……」

「雖然……你很多才多藝，但也會給周遭帶來麻煩呢。」

大賢者大人對工匠來說是個麻煩的存在。

如果貿然做出強力的魔道具，其他身為魔道具工匠的魔導士，大概就會走投無路了吧。

他不打算出名，因此下定決心不販售。

馬車終於進入了桑特魯城。

他們在城門前接受簡單的檢查，由於馬車刻有治理這座城的公爵家家紋，他們因此得以毫無問題地通過。

「真厲害……以城門圍住城鎮本身是很常見，但這種規模還真不同凡響。」

「這裡是許多人民來往的要地，要是不嚴格防守就沒意義了吧？我們貴族必須保護人民呢。」

「有多少貴族會那麼想呢……我想大概是不會這樣，不過其中也存在像是說要徵收初夜稅，而把別人妻子睡走的那類人嗎？」

「有。那傢伙就是魔導士最頂點——宮廷魔導士的首席之一呢……真是令人悲嘆啊。」

「啊～……果然有啊。國家怎麼不制裁呢？先有人民，才有國家。就算沒有王族或貴族，人民也能活下去。他們就不知道嗎？」

「因為他很優秀呢。但現在認識了你，老夫就不那麼認為了。他只是個狹隘的庸俗之輩。」

當時，克雷斯頓在幫瑟雷絲緹娜尋找當家教的優秀魔導士，身邊就出現了那位首席魔導士。說會介紹魔導士擔任瑟雷絲緹娜的教師，相對的希望他去籌錢。克雷斯頓為了顧全大局，所以就準備了錢，但介紹來的魔導士卻莫名其妙地中途不幹。到頭來，瑟雷絲緹娜仍舊是無法使用魔法。拯救這樣的她的，就是這位來歷不明的無名魔導士。而且，這位魔導士不但非常有才能，還不追求權力。

我想，比較本身是錯的，但吹噓要以頂點為目標，卻執著權力的庸俗之輩，與對權力嗤之以鼻並抵達頂點的魔導士相比，兩者的清高程度實在太天差地遠。

「緹娜可以抵達頂點嗎……」

「這要取決於努力與才能吧？結果會取決於到死為止能不能持續那份熱情，而且也會因為個人資質或成長而有所改變，所以不可概括而論呢。」

「是啊。但是，努力是絕對不會徒勞的嗎？」

「努力會讓人成長。就她個人來說，她的好奇心似乎很旺盛，應該會變得擁有相當的實力吧？我才在祈禱她別像我這樣，無意間就一腳陷入危險的研究呢。」

「你是無意間做出危險研究的嗎？真是危險的探究者……」

他想起的是網路遊戲的魔法實驗。大叔白活了那麼多歲，幹出許多愚蠢的行為。這個世界可以讓那些愚蠢行為成真，他不希望瑟雷絲緹娜步入那種愚蠢的領域。

如果實現大叔的黑歷史，應該就會變成危險又殘暴的犯罪。

他想著瑟雷絲緹娜的未來，同時克雷斯頓的那架載著傑羅斯等人的馬車就這麼開往了城裡。

桑特魯的街道排列著全以磚頭與灰泥建造的建築。來往城鎮的人們都為了每天的生活努力打拚，那份活力熱鬧的洋溢著整個城鎮。

我們時而與商人馬車錯身而過，其中也可以看見攜帶像傭兵所使用那種武器的人。

這裡是很寬廣的街道，馬車不知為何卻往森林前進。

「城鎮裡怎麼會有森林咧？而且這裡是中央附近吧？」

「這前方是險峻的岩山喔～在周圍有片森林，而老夫的別館就位在那裡的中心。雖然領主官邸是在城鎮裡。」

「這實在是……這城鎮本身就是天然要塞嗎。四周包圍兩層屏障，後方有岩山堵著，前方則是一條大河，加上地面高低差太大而難以進攻。搭船來的商人是怎麼搬運貨物的啊……」

「他們會使用滑輪吊上來吧。之後雖然會繞遠路，不過他們會登上指定道路運送。商人在這片土地上創造了重要的金流。」

「貿然提高稅金感覺會受到反彈呢。」

「只要不沉迷在慾望中就沒問題了吧。這點老夫明白。唉，就像傑羅斯先生你所講的，貴族中的確有許多人認為稅金就是自己的錢。大概也有不少人會去跟部分商人攀交情，以權力強制收取賄賂，而且極盡奢侈吧。」

這個情況下，索利斯提亞大公爵領進行著健全的領地營運。

「問題是老夫的兒子沉溺於權力呢。他也有些得意忘形之處……對女傭出手算是還好，結果還對像是有特殊內情的女性或人妻出手。他在背地裡幹了各種事。」

「……感覺他似乎會說——這就是男人本色呢。」

「他在老夫面前光明正大地說過了呢。老實講，老夫對自己有幾個孫子一點兒都沒有頭緒。即使光就老夫所知，他也對大約五十人出過手。因此有點問題呢。」

「他們將因為爭奪繼承者而流血呢……您最好先明確決定遺囑或接班人，因為日後會變得很麻煩。」

「雖然我現在的立場，就已經算是被捲入麻煩裡了。」

「偶爾會有不知打哪兒來的女孩，死皮賴臉地來要錢。好在因為沒有證據，我們才得以立刻把她趕走。」

現任公爵在別的意義上好像很能幹。

他提升心裡的警戒度，想著得避免被捲入繼承者之爭。

「好像可以看見了。」

「哦……就像是中世紀建築。我想都沒想過，留宿貴族宅邸的這天會到來。」

克雷斯頓作為別館的宅邸，宛若不加裝飾的小城堡。隨處都可以看見陽台，但那裡都沒裝上雕刻或黃金工藝那種華美的裝飾。

他們前往架在為防外敵入侵的護城河上面的橋。穿過門之後，那裡彷彿是不同世界一般修整得很完善。該說這裡是森林的古城嗎？讓人感受得到與這塊土地相襯的沉靜氣氛。

「對面是庭院……不對，是農田嗎？」

「大部分蔬菜類我們都是自給自足籌措，肉類會從外面買來，但也有在別的地方養雞。」

「真遼闊啊。之後請讓我幫忙農事。別看我這樣，我可是很擅長農務。」

「貴族的生活，錢不太會從別處進來。整備領地上會有各種開支，頂多把外觀弄得像樣的程度就夠了。自給自足也是為了不浪費錢的愚策呢。」

「我想這樣就很足夠了呢。那看起來實在是塊不錯的農田，真想知道有在栽種什麼耶。」

雖然城堡是大公爵的家，但建築本身沒那麼大，裡面幾乎都是庭院和農田。

傑羅斯這一點倒是非常討人喜歡。他有著不被權力束縛到死的某種高潔風範。他們對大叔的好感度提升了。

「緹娜啊，到嘍。」

「咦？已經到啦？我的魔力還有剩。」

「要自己搬行李喔。傭人們工作都很忙。」

「我知道了，爺爺。」

想不到他的管教好像很嚴。但是，想到這就是大公爵，就實在令人欣慰。

「讓老夫給你準備房間吧。我們也必須談談明天之後的事。」

「是有關家教的事嗎？我會盡量教她，但她要對自己夢想的未來做怎樣的努力，就在於她自己了。」

「那樣就好。老夫不打算束縛你，也沒意思與你敵對呢。」

「就我的立場而言，我也想避免這點呢。」

單獨打敗飛龍的魔導士是前所未聞的。重要的是，他既然劍術也了得，就會是各界亟欲網羅的對象。這樣的魔導士卻為了自由生活而不想要權力。

克雷斯頓無論如何都想避免強迫他，使他因而跑到敵國就任的情況。他自己也希望彼此能輕鬆的交際往來，為此，權力的話題就會是不得不迴避的禁忌。

「話說回來，老師您沒有拿魔杖，對吧？」

「我的發動媒介不是魔杖而是這只戒指，所以不使用魔杖。畢竟這樣揮劍也比較方便呢。」

「戒指啊……那麼，那只戒指是用祕銀製做的嗎？」

「不，這是『金屬古拉德斯』的膽石。它比祕銀還要堅硬，而且擁有金屬的性質，也很容易加工。重要的是，它的魔法傳導率高得驚人是其特徵。」

「不過，這是累積在那魔物膽囊裡的祕銀變質成的物質，所以我覺得就算說是祕銀也沒關係呢。」

金屬古拉德斯——是棲息在火山地帶食用金屬的魔物。可在牠體內得到各種金屬而知名。由於牠吃掉的礦石會直接變質成鱗片，可作為優良資源而被當成獵物，但牠的危險度很高。屬於龍的一種的牠不僅極為強大又很堅硬，用武器攻擊效果會很微弱。

牠們甚至好戰到會爭奪地盤，是一種會毫不留情排除入侵者的怪物。

牠只是不會在空中飛翔，卻是種遠比飛龍還恐怖的魔物。

「……老實講，老夫很怕聽見是什麼把你逼到這種地步。老夫很了解經常打打殺殺，反而會想平穩過活的想法。」

「這個認知是正確的。老實說，我讓自己置身在戰鬥之中太久了。在某種意義上，我想要安靜度日的願望就和野心家想支配大陸一樣高遠呢。」

「不由得可以理解這件事，也算是個哀傷之處。你是太急著過生活而累了吧。」

傑羅斯不可思議地被他認同了。

對傑羅斯來說，那只是他在遊戲裡四處胡鬧。但如果要跟這世界的居民說，把虛擬世界裡的事擺在起點才比較好。然而，就他想起的戰鬥話題，反而都太充滿了殺氣。

或許因為這樣，傑羅斯才被當作不斷戰鬥而疲憊不堪的魔導士。

「對了，你的行李呢？老夫看你一身輕便，覺得很不可思議。」

「我可以使用時空魔法，所以把行李丟到其他空間了。」

「真方便啊。時空魔法，我只在傳說中聽過呢……」

「不過，就只是收納行李而已呢。旅行時是很方便，但效率有點差。」

「你不改寫嗎？」

「因為它是太古魔法，術式不一樣，所以我沒辦法解讀呢。我想在下半輩子進行這項魔法研究。」

「太古魔法啊……你居然找得到那種東西，你的人生還真不得了啊。」

當然，那是在指道具欄。老實說，這個系統為何還在運作，傑羅斯完全摸不著頭緒。

因此，只要先說是太古魔法就可以讓他接受了。

「那魔法可以複製嗎？」

「很遺憾，那恐怕是高密度的魔法式，所以沒辦法執行。甚至因為術式文字不同，因此也沒辦法解讀。順帶一提，它似乎有某些防禦機制，一旦刻入潛意識裡，好像就不能複製了。」

「你究竟是在哪裡找到的啊？或許會有其他魔法也說不定。」

「我在某個戰場戰鬥時地面坍塌，後來在與魔物戰鬥時一邊徘徊，就發現了一間小房間。之後我拚命地逃跑，回過神來，就獨自走在山中了。

後來的一個星期，我因為身體衰弱而臥床不起。恢復意識時，就已經和伙伴在搖搖晃晃的馬車中前往其他戰場了。所以，現在我也記不太清楚當時的記憶。」

「要是老夫沒問就好了。你到底經歷了多麼殘酷的世界……」

他恣意地胡謅。他判斷說成這樣，對方應該就無法深入探聽，但瑟雷絲緹娜反而雙眼發亮，回以尊敬的眼神。

正因為在撒謊，純真的視線相對地會狠狠刺入他的心。

這就是聽眾的感受性不同，理解方式也會不同的好例子。

後來，他一面說明魔導士基礎的簡單訓練方式，一面進到了宅邸裡面。

他們進了玄關大廳，裡頭的天花板很高，吊著一盞頗具品味的吊燈。

牆面上掛著少少幾幅畫，形式上裝飾的花瓶裡則插了朵花，實實在在顯現出這棟宅邸屋主的性情。也就是說，多餘的裝飾品是不需要的吧。

這點不如說是很有藝術品味，與森林古城這種條件很相襯。

「我們是來放行李的，所以你的房間就交給家臣們帶路了。」

「承蒙您關照了。」

「沒什麼，對救命恩人，這種程度是理所當然。你就儘管放鬆吧。」

「那我就恭敬不如從命了。我已經有段時間沒在有屋簷的地方吃飯睡覺，待遇太好反而很惶恐呢。」

「你真是辛苦了……嗚……」

傑羅斯不知為何讓人落淚了。

「先替你準備更衣吧。等等帶你到寢室去。」

「如果能有屋頂，就算是馬廄也很令人感激呢。似乎可以久違地好好睡個覺。」

「你過得也太波瀾萬丈了，為何你會如此千辛萬苦呢……」

「不知道耶，我連想都沒想過，常常回過神就被魔物包圍。」

「你的人生真的很苦……就算是神的試煉，這也太嚴酷了。」

「我認為神是敵人，所以這或許是天譴吧？」

事實上他就是女神的錯才死的，所以是敵人沒錯。

「那麼，老夫要在此失陪。畢竟，雖然我是隱居之身，但也是有工作的。」

「嗯，承蒙您照顧了。」

「老師，今後也請多多指教喲。」

「我想想。我就教妳我知道的基礎吧。雖然要不要活用是取決於妳。」

「我絕對會活用！因為對我來說，能和老師相遇，就是我最大的幸運！」

「別逞強，慢慢來吧。因為就算著急，也不是就會因此順利進行。」

「是！那麼老師，待會兒見。」

瑟雷絲緹娜精神飽滿地揮手離開。

被獨自留下的傑羅斯變得不知所措。

『啥！……接下來，我該怎麼做才好？是說，我該往哪裡走啊？』

儘管是頗有年紀的大叔，卻只能呆呆望著附近。

傑羅斯逐漸變得不安，覺得自己來錯了地方。

「傑羅斯大人，我來接您了。這邊請。」

「啊？嗯……麻煩了。」

內外兼具的男管家出現，傑羅斯受邀，於是跟著對方移動。

他從玄關樓層向左轉，接著被帶到上樓之後最左側的房間。他們打開房門進到裡面。那裡有點狹窄，但是就客人身分留宿來說卻是綽綽有餘。

最開心的就是有床鋪吧。觸感有著無法與露宿時相比的彈性。然後，從房間可以看見的景觀很棒，這讓人感覺得到這個房間是特別的。

「真是個好房間呢。窗戶看出去的景色實在是既恬靜又美麗……」

「謝謝。這是這棟別館裡景致最好的房間，都會借給特別的客人。」

「特別？你是指我嗎？」

「是的。您何止解決大小姐的問題，還救了老爺的性命。這點事是理所當然的吧。」

「這樣就有特別待遇了嗎！我明明只是打倒了盜賊……」

對於待遇之好，傑羅斯只覺得惶恐。

「您在說什麼呢？您是絕代的魔導士，還同時獲得了最高榮譽。要是我們沒有招待報答，反而有損我們公爵家之名。」

「……總覺得，好像變得很不得了……」

「這種只是微不足道的問題喲。您做的事情可是超越了這些。」

要說傑羅斯做過的事，也只有擊退盜賊和改良魔法式。

只是那點事情，他壓根都沒想過待遇居然會好成這樣。然而，要是從當事人視角看來，狀況就不一樣了。

一直無法使用魔法的瑟雷絲緹娜變得可以使用魔法。就克雷斯頓看來，他不只是救了自己，還救了自己最愛的孫女的性命。何止這樣，他連問題都解決了。

不但順便升了孫女的等級，說他願意接任家教。而且還讓魔導士的頂點——大賢者來指導。在他們看來，連這份待遇根本都覺得不夠。

完全是彼此價值觀不同所產生的問題。

「總覺得事情好像變得很不得了。我只是一名家教喔……」

「聽說您是轉戰各地的實力派大賢者，這種程度可不合算。」

「我只是個埋頭在興趣裡的愚者，你要是那麼客氣，我也很傷腦筋。」

傑羅斯在這裡也有很大的誤會。

說起來以魔法文字構築的魔法式，是至今為止都沒人會解讀的未知領域。理解其內容，還把現存術式最佳化等等，對現在的魔導士來說，都是不可能的事。

他們的研究，就只是把魔法文字隨意編入現存的魔法式，然後判別能不能發動。

然而傑羅斯不僅在這種世界裡理解魔法文字的意義，還在編入物理法則後進一步強化。甚至把自己的原創魔法運用自如——這個世界不可能會漏看這種魔導士。可是，正因為他感情上討厭權力鬥爭，所以克雷斯頓才會像這樣盡量樸質地款待他。

他好像不曉得這種款待在普通人與貴族之間有著巨大隔閡……

總之，身在宅邸裡的傑羅斯，他的自由是受到保障的，但他對當權者沒有了解到能夠察覺這點。光是自己的事就焦頭爛額了。

「另外，這邊是換洗衣物。雖然是我們傭人的衣服，實在很抱歉，還請您多多見諒。」

「不會……多承厚愛，我就感激地收下了。」

「接下來要用晚餐了……那個，您先洗個澡應該會比較好。」

「洗澡？有浴室嗎！真的假的……」

「那是當然。那個……您身體好像有點髒，我覺得去洗個澡弄乾淨，可能會比較好。」

「是啊。我就三天前在河裡洗過澡而已，能在浴池裡洗掉髒汙實在很感激。我可以馬上進浴室嗎？」

「是的。對了，您知道像是泡澡的方法嗎？」

「我知道喲。泡澡前沖洗可是常識。」

浴室是貴族的奢侈。普通市民的慣例是會在公共三溫暖流流汗，再泡到冷水池。

再說，知道入浴方式，就會被認為地位算是很富裕。

現階段，傑羅斯已經被看成是可以泡澡的富裕出身。

大叔完全不知道自己讓人這麼想，只是覺得無比的感慨。

「那麼，請讓我帶路吧。」

傑羅斯讓男管家帶路，目的地是一樓深處的場所。

這棟宅邸的主人好像也會利用這個地方，因此走廊上鋪設了柔軟的地毯。

傑羅斯欣賞著四處裝飾的圖畫，接著抵達了浴場。

「這裡就是浴場，請好好消除旅行的疲勞。這邊是毛巾。」

「謝謝。哎呀~浴室可是會洗淨生命的呢，感覺可以久違地好好洗個澡。」

傑羅斯欣喜地前往更衣室，脫下身上的裝備收到道具欄裡，接著拿著一條毛巾進了浴場。

浴場裡裝飾著頗具品味的雕刻和一些植物，有種來到某地溫泉的心情。

然而，那裡卻已經有先到的客人。

「啊…………」

「咦！」

全裸的大叔不小心撞見正要從浴池起來的瑟雷絲緹娜。

「…………………」

雖然應該只有一瞬間，不過，在一陣感覺很漫長的沉默流逝之後……

「不、不要啊啊啊啊啊啊啊啊啊啊啊啊啊啊啊啊啊啊啊啊！」

「為、為什麼啊啊啊啊啊啊啊啊啊啊啊啊啊啊啊啊啊啊啊啊！」

兩人當然都發出了尖叫與吶喊。

◇　◇　◇　◇

「丹迪斯先生？你在做什麼呢？」

男管家丹迪斯被女僕冷不防地搭話。他回過頭，看見跟著瑟雷絲緹娜的女僕帶著一張困惑的表情望著他。

「我嗎？我剛把客人帶到浴場……怎麼了？」

「咦咦咦咦咦咦咦！」

對發出驚愕叫聲的女僕，丹迪斯感到一抹不安。

「有、有什麼不妥的嗎？」

「現、現在……瑟雷絲緹娜大人正在使用浴場……」

「妳說什麼！不會吧……」

這時，他們聽見浴場傳來少女的慘叫，以及大叔的吶喊。

「「…………………………」」

一個不注意就弄成尷尬的關係。

就算想趕入浴場，他們雙方都是全裸，他們兩人想進去也沒辦法。

後來，丹迪斯和她拚命安慰了哭個沒完的瑟雷絲緹娜。

順道一提，溺愛孫女且激動的爺爺，也拚命地說服了她……

這天晚餐一點味道也沒有——據說傑羅斯後來嘆氣並這麼說道。

第五話　大叔當家教

早餐時很寧靜。

早餐會在規定時間送入房裡。沒在那之前醒過來，就會被強行從被窩挖起。順帶一提，早餐的味道很清淡，就算說客套話也並不美味，但也不算太難吃。他對難以形容的半吊子味道有點失望，但想到今天之後的事，大叔的頭就更痛了。

昨天，傑羅斯出於意外，拜見了瑟雷絲緹娜的裸體。

結果，激動得血壓飆高的爺爺衝來和丹迪斯一起拚命安撫了瑟雷絲緹娜。雖然熬過了這樣的試煉，但問題是傑羅斯接下來要見那名受害者。

畢竟傑羅斯作為教魔法的家教而被僱用，還會停留在這座古城大約兩個月左右。老實說，沒什麼比這個還更尷尬。

每次想到這件事，他就會吐出不曉得是第幾回的嘆息。

「……話雖如此，現在這樣待著也沒用吧。我還是去瑟雷絲緹娜小姐的房間吧……唉。」

他的心情實在是很沉重。傑羅斯看了從她那裡借來的課本或資料，深切感到這世界的魔導士在魔法式知識上的程度有多低落。即使說網路遊戲時的玩家更先進也是可以。生產職業也能製作魔法，所以也可以把這世界的魔法研究視為停滯中。

「要教到什麼程度呢。至少確定是不能教她我們創造的魔法……真是太不妙了。不，因為沒有『賢者之石』，所以是無法製作的吧。教到初階積層型應該就可以了。」

傑羅斯使用的原創魔法耗魔效率佳，同時也很強力，但製作方法上有問題。

尤其就這個世界的水準，大範圍殲滅魔法的威力太凶猛了，假如被運用到戰爭上，應該會無差別地奪走眾多人命。

當中有許多難以處理的魔法，實在不是能教別人的東西。

通常魔法56音式，在製作威力強大的魔法時，需要大張的「魔法紙」，但傑羅斯他們「殲滅者」不一樣。他們不使用魔法紙，而會挪用製作魔法道具時會用到的最高素材——賢者之石。

他當初不知道是想到了什麼，不用56音的魔法文字，而使用了表示數字的10個魔法文字，並挪用機械語言，創出了新的魔法。

棘手的是，因為沒有東西可以寫入透過機械語言產出的龐大數字列，當時他才會利用可以記錄數個魔法式的賢者之石。為了大量生成這個賢者之石，他和伙伴一同展開了誇張到不行的戰鬥。他們在半路上拉進許多同志，費時三年六個月的時間製成的魔法，就是含「闇之審判」在內的數個禁術。

把魔法植入潛意識領域後，賢者之石就全部被用在武器或祕藥上了，目前傑羅斯不可能製作這些魔法。賢者之石需要許多超稀有素材，他不知道哪裡才有那些素材。進一步地說，想到要一個人製作這些魔法的時間，那真的是必須不斷進行誇張到不行的作業。

不管怎樣，製作殲滅魔法時根本就是地獄。要在魔法紙上以機械語言不停寫下魔法式，刻到賢者之石上，然後再啟動魔法，繼續進行修正作業。就像在同步進行不停反覆寫程式，與透過螢幕持續修正錯誤的除錯作業。

新魔法不抱著半開玩笑的心態去挑戰，應該也會以未完成告終。

製作魔法是段有苦有樂的時光，正因如此，才可能製作得出來。要獨自製作應該是件很荒謬的事情吧。就算有誰做得出來，強力的魔法也需要相符的等級。

新魔法除了一部分之外，難易度都高到沒有至少５００級就無法行使。一般普遍認為，就算勉強使用得了也會一次耗盡魔力，威力上也幾乎不會有什麼效果。所以這部分應該不必特別擔心。

就他所見的世界法則，光是把魔法式烙在潛意識裡，是無法順利發動魔法的。如果沒有充分理解，偶爾也會以無法發動告終。因為那也關係到讓自己可能行使魔法的身體等級，與行使魔法需要的技能等級。可以使用的魔法，是取決於它們的相乘效果。

理解行使的魔法，並藉由相應的修練經歷實戰，並且受過訓練的人，才可以把魔法徹底運用自如。如果是包含瑟雷絲緹娜在內的那些魔導士等級，就算他們可以理解魔法，為了運用自如，依然需要勇猛的升級。新魔法的魔法式遲早會被解讀出來，或許會被某人做出來使用也不一定。但大叔只要不傳授魔法，現在誰也不會想去研究吧。

最重要的是，正因為那是非常費工夫的麻煩作業，他不打算再製作那種魔法。

上班族時代體驗過的截止前夕殘酷戰場，傑羅斯一點也不願想起。

傑羅斯一面思考，一面走在緊密鋪設的石磚地走廊。

他沒當過老師，所以在擔心自己能不能順利教瑟雷絲緹娜。

進一步的說，也因為昨天發生了意外事件，在這種狀況下不太能說是好的開始。

他不是對少女冒出了不規矩的想法，但對方會怎麼想就另當別論了。因此他才覺得鬱悶。

雖然說要教魔法，但這世界的魔法是使用畫在魔法紙單面上的平面圖魔法陣。即便研究了他們的文明水準，傑羅斯的魔法也依然格外地優秀。

其實，過去發生過一場大戰，聽說在後來被稱作「邪神戰爭」的戰役上，高度魔法文明不著痕跡地從這個世界消失。其影響甚鉅，有關魔法的各種資料或文獻都消失了，文化水準才會顯著地低落。

現在的魔法是舊時代的模仿物，為了重現古魔法，他們將遺跡挖掘到的「魔法卷軸」或是舊時代的魔導書作為基礎，每天都進行著研究。

然而，目前似乎仍未出現重大成果。重現失落的智慧好像遲遲沒有進展。傑羅斯和瑟雷絲緹娜把歷史課本連同魔法課本（魔導書）一起借來，這些事實是他從上面得知的。

此外他也拜託了戴眼鏡的女僕，利用書庫借來的歷史書調查了大略的世界史，昨天晚上努力蒐集這個世界的資訊到非常晚。畢竟他完全沒得到事前資訊，就突然被不負責地扔到異世界。他想在早期階段就獲得資訊也是很合理的吧。為了在這世界存活，資訊就會是不可或缺的。

「邪神的力量很驚人呢～會被逼到差點滅亡也是可以理解。話說回來，那個女神……祂好歹也做個售後服務嘛！連必備知識都沒有就把我丟到異世界……同樣轉生的人，就算出人命也不奇怪……」

從被邪神殺掉，同時引起導火線的立場看來，傑羅斯很擔心自己同鄉的安危。

然而他現在光要生存就已經竭盡全力，實在也沒有餘力替別人多做揣測。

想著這種事情的期間，傑羅斯抵達了瑟雷絲緹娜的房門前。雖然很猶豫，但還是提起勇氣敲了門。

◇◇◇◇◇◇

用完早餐的瑟雷絲緹娜，在自己的房間裡不停地扭動身子。

昨天的意外事件讓傑羅斯看見了裸體，她正因羞恥而害羞到忸忸怩怩。

再怎麼說，她都是正值敏感年紀的女孩。出生以來第一次直視成年男性的裸體，而被一股難以言喻的情感給困住。

『和爺爺不一樣……』

也不用刻意問「哪裡不一樣」。總之，她現在話好像很少。

昨天傑羅斯的裸體在她腦中揮之不去。

「大小姐……您再不冷靜下來，會給傑羅斯大人奇怪的印象喲。」

「可是，蜜絲卡～我還是很難為情。」

「就算大小姐這樣，傑羅斯大人也未必就會那麼想。從那個人看來，大小姐就像是個小孩。」

「是、是這樣子嗎？」

蜜絲卡的話讓瑟雷絲緹娜受到不小的打擊。

她的容姿確實是惹人憐愛的美少女，但傑羅斯的喜好是再成熟一些的女人。順道一提，如果是巨乳更好。所以目前就只把她當小孩看。

如果是十幾歲後半段，狀況就會不同了吧，但就大叔看來，現在的她體型依然很孩子氣。

「唉，大小姐對男性有興趣是很好，但像傑羅斯大人那種對象可不行。」

「為、為什麼呢？身為魔導士的才能就不用說，老師可是會自己開發魔法的有才能之人喲！再說……我覺得個性方面也無可挑剔。」

「就我所聽見的，傑羅斯大人乍看之下，大概是既敦厚又沉穩的人吧，但從相反的角度來看，他就會是個非常冷血的人。」

「冷血……？實在不像是那樣呢。」

她對蜜絲卡的話歪了歪頭。

傑羅斯在瑟雷絲緹娜的眼中很優秀，比任何人都強，有著善於照料他人的形象，她認為實在和冷血相距甚遠。可是，在蜜絲卡眼中好像看得見別的形象。

「您想想。他轉戰於戰場，不停地進行魔法實驗，對吧？換句話說，為了確認自己的魔法成果，不論是怎樣的犧牲或危險他都在所不惜。這表示他也擁有好於鋌而走險的危險層面。

對那位先生來說，戰場的戰士們或魔物都是很好的實驗材料。他是會毫不留情地殲滅，並確認魔法成果的喲。與其說冷血，不如說是冷酷……他也是那種就算是相當殘酷的事情，也會滿不在乎去做的人。」

聽她那麼一說，確實是那樣沒錯。瑟雷絲緹娜只看見表面形象。只要改變視角，傑羅斯就是在不斷重複著瘋狂行動。她被對方的優秀吸引目光，無法從不同的視點來看。比起這個，她一方面也是因為變得能夠使用魔法而歡欣不已。重新聽人這麼講，才發現到這件事。

「但，他說想要安靜過生活……」

「隨著年紀增長，也會有些想法吧。人不可能一直停留在同一個地方。」

「蜜絲卡，不知為何，總覺得妳說的話非常有份量……」

「這就是經驗差距，大小姐。」

蜜絲卡的表情似乎蒙上了一層陰影。

「我偶爾在想，蜜絲卡，妳現在幾歲呀？從我小時候起，妳的外表就完全沒有改變，我以前就非常好奇了呢……」

「不能向女性詢問年齡喲。即便是同性也一樣……好嗎？」

蜜絲卡散發出危險氣息，讓人充分領悟那是不可詢問的事。

對她來說，年齡好像是禁忌。

——叩、叩。

『不好意思，我是傑羅斯，我可以進房間嗎？』

話題裡的人物隨著敲門聲出現。瑟雷絲緹娜就算不願意，心臟也像在敲響警報鐘一樣的失控。她再次想起昨夜的醜態。

「來、來了～～～～！」

「大小姐，請盡量冷靜下來，別表現得舉止可疑。」

「我、我會試著努力滴……」

「啊、吃螺絲了……」

多愁善感的少女，不小心再次想起剛才自己在煩惱什麼。

腦裡掠過了傑羅斯的裸體。

她第一天的課程，就這麼在愁苦的狀況下開始了。

◇◇◇◇

傑羅斯走進房間，從借來的課本中抽出一本書，遞給瑟雷絲緹娜。

那是放在這棟別院書庫裡的古魔法相關書籍。相較之下，它寫了比較正經的魔法式研究或理論，記載著就課本來說很適合的基礎理論。

話雖如此，他認為裡面三成都只是與理論相距甚遠的塗鴉，但必要的就只有記錄著正確知識的頁數，所以他判斷沒什麼問題，決定把它當作課本。

「嗯，今天一開始的課程，我想從認識魔法文字開始。」

「魔法文字嗎?那被說是目前還無法解讀的神聖文字，老師您已經可以解讀了，對吧？」

「那出乎意料地單純喔。這是話語，同時也是迴路，作為干涉、收集魔力的媒介應該也很方便。我想妳馬上就學得會。」

「我知道這些事，但我真的學得來嗎？」

「只要理解就很簡單了。不過，要學到那種程度，各方面都會很麻煩就是了。」

魔法文字存在56個文字，與10個表示數字的文字。56字母也是一種記號，他們會將其排列成一個字來完成意思。雖然念法或發音語感不一樣，但它可以用日語解讀，只要了解意思就真的非常單純。偶爾會是英語、法語、西班牙語或德語……最後就連斯瓦希里語也有放進去，所以沒什麼比這還更麻煩。

儘管很多人在遊戲途中都發現了這件事，但因為那是由令人費解的話語所構成，因此傑羅斯記得解讀非常費工夫。

然而，若是這個世界的話，狀況就不一樣了。當地魔導士一點也無法理解這些話的意思。他們相信一個魔法文字裡就有意思，只把它們看作文字，因此才無法解讀魔法式。

文字有意義本身是沒錯，但他們在基礎上就碰到了瓶頸，所以才會沒辦法前進。

所謂的魔法式，就只是在製作含有引發物理現象意義的話語。該魔法式適用於魔法陣上，但如果不通曉基本物理現象，要做出魔法之類的就是不可能的。

「我、我都不知道呢。沒想到這會是為了構成話語的東西……」

「這好像被理解成是數字或記號。不過，它其實是古代使用的話語，單一個字是沒意義的呢。不過，因為魔力可以稍微發動，你們或許才會有所誤解。」

「老師，您是用這個文字製作魔法式的嗎？」

「是啊，雖然作法多少不一樣，但主要是使用把積層魔法陣效率化後的東西。不過，威力最大的魔法大部分都是數字的魔法文字呢。」

傑羅斯在原本的世界裡是程式工程師。

構築魔法是利用了積層型魔法陣的形式。不過，殲滅魔法另當別論。只利用0和1構成的魔法式需要非常大的勞力，和執行相當計算的處理術式。傑羅斯……也就是「大迫聰」，和伙伴與熟識的生產職業，以人海戰術進行了把魔法式刻入賢者之石的作業，並且構築了魔法式。「Sword and Sorcery」的玩家自由度很高，他們厭倦了一般的魔法製作，於是就和同樣有空的人一起用不同方式挑戰了製作魔法。

考慮到原本的職業，這就算被人說是作弊也沒辦法。雖然他本人不想再做第二次，但那其實並沒有什麼。

問題在於遊戲本身接受了這些新魔法。雖然說自由度很高，但它要處理的資訊量很龐大，弄個不好，遊戲本身也有出現bug的可能性。

『咦？……總覺得有股異樣感……好像有哪裡很奇怪，會是什麼呢？』

些微的掛心加速了傑羅斯的思緒。

身為主宰系統的前國防電腦管理系統，通稱「ＢＡＢＥＬ」。雖然它尚未完成，但擁有龐大的處理能力，判斷了在遊戲裡構築的壓縮程式──魔法式，是可以使用的。照理來講應該是這樣，但他第一次發現那本身是不可能的事。

『奇怪。「Sword and Sorcery」是由龐大程式構築成的才對。怎麼想都不可能接受新的魔法……魔法的製作程式也是一樣，就算要處理效果畫面，或日益增加的數據，持續長達七年的話，照理來說會變成一筆很恐怖的資訊量。

系統怎麼沒當掉呢？那很明顯超越了資訊的容許量……好奇怪，這是不可能的吧……』

就算說是使用了超級電腦，那也算是構築了一個世界，甚至ＮＰＣ也擁有人類般的自由意志。即使只是ＡＩ思考慣例，資訊量也會極其龐大。就算壓縮了數據，那實在也不是可以處理的資訊量。

這時，他對於自己曾經享受的世界感受到強烈的異樣感。

「……只靠數字文字，那種事居然可行……好厲害。是說，老師，您有在聽嗎？」

「啥！不、不過，那很耗費工夫與時間呢。可以辦到的話，之後就輕鬆嘍。要說有問題，就是會非常耗費製作時間，與非比尋常的勞力吧。妳最好不要模仿喔。那可是地獄……」

差點迷失在思緒裡的大叔，急忙將意識拉回現實。現在可是上課中。

不過，他對「Sword and Sorcery」抱持的疑慮卻成了一個疙瘩，留在內心一隅。

「現在的我有辦法構築魔法嗎？說真的，我沒有自信。」

「現在是沒辦法，但不慌不忙地學習基本正確知識比較好。我想想……我們就試著分解『火炬』的魔法吧。因為沒什麼比基礎更重要。」

火屬性魔法的入門——「火炬」，只是點亮光明的魔法。

那是透過自身魔力作為燃料，再加上把外界魔力當成產生火焰的媒介使用，並進一步以調節空氣的魔法式去構築而成。

火沒有燃料和氧氣就不會引起化學反應，也不會有熱度。

例如，都市地區的柏油路，只要溫度持續過熱就會燒起來。如果是這種狀況，溫度就會變成火種，而柏油路就會成為燃料。溫度當然會持續上升，因此要控制就只有灑水一途。

要追求魔法效果，控制術式總是會被看得很重要。那幾乎沒什麼變化，而且也能使用在其他魔法上。只要可以理解控制術式的意義，剩下就只要把轉換物理現象的魔法式在知識上進行對照。

這天，瑟雷絲緹娜打開了新的一扇門。

兩小時後……

「就像這樣，所謂的魔法就是以機能為優先做出的東西呢。對術者的安全層面是非常重要的。如果自己因為自己的攻擊魔法而受傷，那就沒有意義了。許多創造出魔法的人都是費了心血，最終才總算抵達這裡。」

「意思是說，即使只是照明魔法也會耗費相應的時間和精力，對吧？」

「沒錯。只要可以解讀一定程度的術式，其他不明確的術式也可以靠語感去解讀。即使這樣也不懂的時候，也可以試著利用別國的語言。」

「像是精靈語、矮人語嗎？確實是有語言字典……原來如此，真有趣呀。」

「想成是話語的謎題就可以開心地解讀嘍。或許進展會有意想不到的順利。」

瑟雷絲緹娜懂了魔法式的事情。不過，這回則被其他事情吸引了注意力。

「可是，如果能用話語引起現象，做成這種魔法陣有什麼意義呢？假如只是要引起現象，我覺得就算只有魔法文字也足夠耶。」

「魔法陣是為了對魔法進行『將必要魔力作為現象構築』……換言之，那就像是蛋殼一樣的東西。在這個魔法陣裡收集必要的魔力，透過魔法式轉換成現象，並且把魔法發動前的工程統合在一起──妳把它想成是這樣的階段就可以了。因為收集來的魔力擴散掉就沒意義了呢。」

考慮到發動效率的魔法，就算是小魔法也不會產生浪費，即使說它是門藝術也可以。

她看見魔法被分解的模樣，好奇心漸漸膨脹開來。

「話說回來，老師，您的魔法式是怎樣的內容呢？我非常感興趣。」

然而，那份好奇心不久也朝向了傑羅斯的魔法。

那同時會變成是要面對恐懼。

「我的……嗎？嗯……這個嘛……或許妳先在這邊了解魔法的危險性也好吧。要是妳用56音式魔法不小心創造出危險效果的魔法，也會很令人傷腦筋……」

「魔法的危險性……嗎？」

「鑽研到底的魔法，確實可以說是門藝術。不過呀，那同時也有將會奪取眾多生命，且極為凶猛的魔法……我的魔法就在凶猛魔法的最頂端，是極為危險的東西呢。」

傑羅斯邊這麼說，邊在手掌聚集魔力，現出魔法式。

那是裝了非常龐大的魔力，同時包含不祥與莊嚴兩種極端感覺的立方體。內部總是高速環繞極精緻且高密度的魔法文字，密度與入門魔法之間有著無法相比的壓倒性差異。這個發動的話，就會變成漆黑的球體。

雖然高密度的魔法式循環很藝術性，但同時也蘊含著背脊為之凍結的強大力量。就算不願意也可以從它釋放的魔力感受得到。

「…………這、這是……」

「這是我最強的魔法——『闇之審判』的魔法式喲。要是發動這個的話，這一帶就會瞬間消逝無蹤。這就是魔導士的危險性。光是擁有強大的力量，就是很充分的威脅，從別國來看，應該會把這個當作無論如何都想得到的寶物吧。

一旦發動損害就會難以想像……

「這、這……是怎樣的魔法呀！說會讓這一帶消逝無蹤，這究竟……」

「這是大範圍殲滅魔法。以文獻上邪神使用的力量為基礎去調查法則，所製作出來的最高級破壞魔法之一。我半好玩做出來的結果就是這個。好奇心有時候也會不小心造出危險的東西。妳最好先記住這點。」

少女對破壞魔法這一詞，露出了彷彿看見恐怖東西的驚愕表情。

文獻等等的都是胡說八道，但大致上是沒有錯的。

「為、為什麼要做出這麼強力的魔法呢？」

「當然是因為好像很有趣呢。妳懂嗎？製作魔法確實很開心，但過分的好奇心會無意間造出這種危險物。傷腦筋的是，許多當權者都非常渴望這種魔法。也不去考慮它帶來的損害會有多嚴重呢。」

這個國家林立的世界上，破壞魔法是許多國家研究的東西之一。

如果擁有強力魔法，別的國家就不會攻打過來，但同樣也會助長侵略行為。其結果就是許多寶貴性命會被奪走，大地也會被蹂躪得體無完膚。

「在好奇心驅使下製作魔法是可以。我不否認那也會成為向上的原動力。不過妳最好先別碰破壞魔法。那些結果帶來的只有悲劇，還會被死者的親人憎恨。

那份憎恨會進一步創造出類似的破壞魔法，泥沼般的無止境戰爭就會被延續下去。那根本就是受詛咒的連鎖。尤其是染上野心的當權者立刻就想使用。這就是魔法的危險性。我希望妳把它想成這是絕對無法交給別人的禁忌。」

要弄清起因的話，魔導士的派系也是為了阻止這樣使用破壞魔法的安全裝置。然而，派系間卻不知不覺開始競爭，各門派互相仇視並追求權力。同時為了獲得功績，而變得期盼戰爭。結果，其中也會出現私通他國、暗中活躍的人。大叔的主張就是——如果是會令人腐敗的理念，不要有反而還比較好。

「我想魔導士絕對不該擁權，要總是保持中立才行。而且除了破壞魔法之外，魔法應該也有其他用途。我認為魔法不是只有在戰場上才能有所發揮。應該也有許多其他事情可以做，所以追求那些事，應該也可以開拓可能性吧？」

「除了破壞之外嗎？例如，魔道具或魔法藥那種東西？」

「對……給別人帶來幸福的那種魔法，我認為有那種東西也很好。像是可以讓生活變富裕的那種，對吧？至少，妳最好不要變成像我這樣。」

對瑟雷絲緹娜來說，既然生於公爵家，魔法就是在保護國家的戰爭上使用的工具。

她因為沒有保護人民的力量，所以受到冷淡對待。但她現在得到那份力量，肩上就會背起沉重的職責。可是，傑羅斯啟示了戰鬥之外的道路，不希望她和自己走向相同的道路。

瑟雷絲緹娜對此感到不知所措。

「瑟雷絲緹娜小姐，妳想成為怎樣的魔導士？妳有必須完成的目標嗎？」

「咦？我、我的目標……嗎？」

「魔導士只要戰鬥，就一定會有人死去。但是啊，魔導士不是只有戰鬥才是一切。我希望妳好好思考，自己要以怎樣的魔導士為目標。針對那個目標，自己又可以多麼努力……」

「我、我……我不想當只為戰鬥的魔導士。但……」

「如果妳的目標沒定下來，就先好好觀察自己的周遭吧。同樣也審視自己，只有一直不斷思考自己的存在方式，答案才會出來。

我可以教妳魔法，但無法指示妳明確的道路。我不是可以說出那種了不起的話的立場。因為我就是做出危險物的罪魁禍首……」

這終歸是遊戲的東西……況且也是神賜予的借力。

他沒有傲慢到會沉醉在那種力量。重要的是面對這份力量，傑羅斯還覺得太過危險，自己無法勝任。那不是可以任意使用的力量。雖然他有時常常忘記……

不過，就瑟雷絲緹娜看來，她覺得傑羅斯根本就是魔導士的理想型。

傑羅斯不迷戀力量、不與他人為伍的生存方式非常中立。雖然會教人魔法，卻沒意思把關鍵的研究成果轉手給人，這態度非常高潔。他不僅正面面對自己的力量，對那份危險也總是以嚴格的態度背負著責任。

事到如今誤會還是產生了。瑟雷絲緹娜變得更醉心於羅傑斯。

大叔明明只是在想：要是她不被破壞魔法吸引就好了……

「那麼，講座差不多就先到這邊吧。」

「是呀。我在這之後也有東西要學，必須做準備。」

「明天就在實技上消耗魔法吧。我會製造簡單的魔像，就用那個當作標的升級吧。」

「魔、魔像嗎？」

「對。打倒魔導士做的魔像也會有經驗值，所以要分類的話，應該會像人造魔物吧？不過，那東西比較弱，妳可以放心地放手破壞。」

「那就麻煩您了，老師！」

瑟雷絲緹娜開始走上魔導士之路。

雖然現在還不曉得結果將會如何，但她看見魔導士的理想，以最優秀的魔導士這個頂點為目標，並且邁出了步伐。跟隨大賢者傑羅斯的身影……

那位大賢者對於「Sword and Sorcery」這款遊戲，開始有種至今都沒感受過的疑問。要明確弄清他抱持的疑問，則還需要一些時間。

◇◇◇◇◇◇

對瑟雷絲緹娜來說，那天的課程內容很充實。

有魔法式的解讀方法，甚至有更勝於此的高密度魔法式。最令她省思的，就是自己身為魔導士的樣子。

她迄今都用不了魔法，只是懵懂地想要變得能夠使用。

那絕不是徒勞的努力。就結果來說，她在伊斯特魯魔法學院取得了頂尖的成績。然而，無法使用魔法的瑟雷絲緹娜，同時也被貼上了吊車尾的標籤，落得受周圍侮蔑與嘲笑謾罵的窘境。

在她即使如此也不放棄，並開始要調查魔法式時，就遇見了傑羅斯。

傑羅斯不僅解決瑟雷絲緹娜的問題，也讓她看見未知的世界，還提出了其危險性。

學院裡絕對不會教那種事，不管對什麼都只以威力優先，完全沒有講師願意教面對魔法的心態。況且，他們連思考自己要以怎樣的魔導士為目標的時間都不會給，每天就是施法並審查其威力。

那裡不會有閒工夫思考未來。反過來說，學院每天就是反覆上單調的課程，也完全沒有嘗試讓學生成長。只要符合一定滿足條件，就算是不完全的魔法式，也要叫學生發動。不滿足條件的，就會被當作吊車尾捨棄。確實每天持續使用魔法，也會增加所保有的魔力吧，但除此之外不會有任何優點——她回想起這般被放著不管的情況。

身為教育者，他們的授課方向完全不行，還在學院裡派系鬥爭，根本就處理不了教學。派系不同的學生就冷淡對待，同門的話則予以優待。

這麼一來，如果有權力的話，他們就會變得更加偏心。瑟雷絲緹娜還沒被學院逐出，不外就是因為各派系追求索利斯提亞大公爵家的權力。

目前兩兄弟隸屬各別的派系，聽說現在成了兩大派系的頂尖旗幟。搞不好還會演變成接班人的爭奪。是領地裡可能引發內戰的狀況。

要是這種程度就可以解決還算簡單。雖然說是旁系，但那也是王族的血統。因為也會有王位繼承權，所以其選拔極為激烈，如果弄錯了一步，應該就會賭上這個國家的王位繼承權，並且發展成內戰。

外面諸多國家不可能會漏看這個破綻。那種學院裡充斥著自私的傢伙在宣揚權力，她認為這實在是很狹隘且可悲。

「學院的講師們，要是都像老師這樣就好了……」

對於懂事時開始，就不斷看見醜陋之事的她來說，她不覺得學院是那麼重要的場所。畢竟他們推薦有缺陷的魔法式，任職的老師們也有許多就連那項缺陷都沒發現。

與傑羅斯相比，老師們的層級遠低於他。最要緊的是他們無法讓自己能使用魔法，因此她無法把老師們視為尊敬對象。她對那些人在搞權力鬥爭的派系本身感受不到魅力。

想到兩個月後要回到那種地方，她的心情就愈來愈低落。

「哦！緹娜！妳現在課上完了嗎？」

「爺爺！是的，課實在是既易懂又開心。」

「那就太好了。老夫可以問他教了怎樣的事嗎？」

「好的。離舞蹈課還有一段時間，如果是一下子，目前是有空檔。」

「嗯……隱居的我也只有這個樂趣了呢。」

對克雷斯頓來說，與孫女談天是最棒的娛樂。雖然總覺得他有點溺愛過頭……

兩人接著交談，起初克雷斯頓對於孫女的話露出喜悅的神色，卻在某時開始轉為嚴厲的表情。那是聽見大範圍殲滅魔法「闇之審判」之後的事。

瑟雷絲緹娜對於爺爺這樣的反應並不知情，繼續開心地說著上課的內容。

「嗯……魔法式的解讀方法嗎。緹娜啊……那件事情，妳絕不能告訴別人。尤其是對派系裡的那些傢伙。」

「我明白。要是被人知道感覺一定不會是件好事。」

「嗯……可是大範圍殲滅魔法……仿效邪神的力量嗎，真可怕啊。」

「是的……老實說，我也變得很害怕。老師背負著那種危險東西呢。」

「他就是知道自己的危險性，才不希望拋頭露面的吧。」

克雷斯頓正在衡量傑羅斯瘋狂研究的恐怖程度，與同時身為教師的態度。

身為國家的重要人士，將這樣的人放任不管會很危險。他必須找機會靠關係維繫住才行，但弄不好又有可能會與他為敵。

另一方面，他作為講師是很優秀，不僅著眼孫女的未來，說明了魔法的危險性，還表現得讓孫女思考要以怎樣的魔導士為目標的態度。

雖然是一部分流派，但有些人會主張好戰的方針，說魔導士是以戰鬥為前提，像是此外沒其他道路似的切斷其他選擇。

不過，傑羅斯斷言「有讓人富裕的魔法也很好」，而且提到要探索有助於人民生活的魔法。

有鑒於這點，要是勉強讓他從軍，就會被當作是敵對的意思。貿然刺激他，他應該就會馬上隱藏蹤影了吧。這怎麼說都是損失一名優秀的魔導士，但同時，若是戰事之外的事情，他帶給人可以請他充分協助的印象。

索利斯提亞魔法王國無論在名聲或實際上都有軍事國家的傾向，胡來的舉止可能會牽涉到存亡問題。所以他們無論如何都會希望接班人是優秀的魔法士。

況且，他們從來都沒想過，像是那種為人民貢獻力量的魔導士，所以有種恍然大悟的心情。

「有助於人民的魔導士……不需要權力嗎？如果只是那樣，實在也太籠統了呢。」

「可是，如果存在那種魔導士，我想就可以讓這個國家的人民欣然接受了。即使是魔道具也是一樣，我想重點應該是魔法的使用方式。」

「嗯……實際情況是有很多魔導士對人民態度傲慢，並受到責難呢。」

魔導士和傲慢的貴族一樣惹人厭。他們偶爾也會受到國家的嚴厲勸戒，但就算責備，在他們身旁的貴族們也會擱置這件事。某種意義上，這種行為也可以說是國賊。不過，事實上運作國家的不是國王，而是貴族官僚。就算這是不法的行為，透過賄賂也依然可以輕易地消掉蹤跡。

「真是的……真是頭痛的問題。」

「我想，乾脆就給老師擔任首席，管理魔導士就可以了……」

「傑羅斯先生應該不會做那種事吧。和他敵對的話，也不知道會變得怎麼樣。」

對救命恩人強加重責大任是很不敬的。既然他都說「想在安靜的土地上隱居」，他們就無法強迫傑羅斯。不過，傑羅斯的評價正急速上升中。

前公爵想著國家的未來，對魔導士們的派系改革傷透腦筋。

本來和孫女應該要很開心的對話，卻像這樣連結到了政治性的話題。

隱居的爺爺好像無法徹底擺脫職業病。

順道一提，傑羅斯在別院庭院裡的農田努力務農，結束了今天這天。

因為大叔原本就是出於興趣務農。

第六話　大叔開始實戰訓練

傑羅斯開始擔任家教，教授瑟雷絲緹娜魔法的第二天課程。

那是要到庭院裡與魔像對戰。

傑羅斯叫出的，是用泥巴做成的「泥魔像」，無論哪一隻，等級都設在程度3。要說為何會變成這種應該也能稱作修行的訓練……

『就算是魔導士，依據能否近戰，生存機率也會有所改變喲。實際上，許多魔導士都會在戰鬥中發生魔力耗盡，導致什麼事都不能做，被魔物追著到處跑。雖然不用像劍士那麼強，但可以秒殺一定程度的弱小魔物會比較理想吧？』——就是因為這樣。

這意見大致上是正確的。一般都會像某些遊戲一樣，如果魔力耗盡就只會變成累贅。在這個世界上的共同認知裡，身為研究職業的魔導士，根本就很少有人挑戰格鬥戰。

魔導士在戰場上的職責是砲台，在魔力耗盡前都要不斷對敵人反覆進行遠距離砲擊。這是過去魔導士身為研究者時期所留下的風氣，但隨著時代推移，自從獲得戰場上的指揮權，魔導士和騎士團的對立就開始了。

當騎士團想請魔導士做掩護攻擊或擾亂等後方支援，魔導士卻會拒絕，然後只做砲擊。明明他們能使用其他輔助魔法或魔道具支援，讓前線可藉此表現活躍，他們卻拒絕了此事。他們那副自以為是的態度與騎士團產生了摩擦。因此在索利斯提亞魔法王國裡，騎士團與魔導士團的險惡關係已經造成問題了。

魔導士團的魔法士長與騎士團的團長一旦在王都的城堡迴廊上碰面，雙方一觸即發的景象根本司空見慣。人民們都在謠傳著不久的未來或許會爆發內戰。

王族沒幫助任何一方，索利斯提亞的大公爵也無法貿然介入，決定只在旁靜觀其變。在這樣的情況下，貴族們的派系分成兩邊互相仇視。順帶一提，即使在魔導士團內部也有許多派系，使得情勢變得更加麻煩。

為了避免火上澆油，王族不可以隨便出手，也無法同時幫助兩邊。那麼一來，接著受到注目的就是擁有中立王位繼承權的公爵家。結果，騎士與魔導士兩派系都為了讓公爵家加入陣營開始在背地裡暗中活動。

而且魔導士各小派系還彼此扯後腿，使得狀態變得日益混亂。

寄居的大叔魔導士聽見這些事，傻眼到不行。

「就算是魔導士，能夠進行格鬥戰也會比較好。由於大規模戰鬥是活的，也不知道會發生什麼狀況。要是想著總是可以在安全處攻擊，就會是種任性過頭且依賴他人的想法吧。」

「意思是——依據戰況，『或許也會變成連撤退都很困難的狀況』嗎？」

「對。通常魔導士會與先鋒防壁的坦克職業，或負責游擊的劍士合作，不僅要輔助或支援，偶爾為了讓先鋒處在有利的狀況，還要以大招打亂對手的陣型，這些就是主要職責了吧。我想幕後功臣、賢妻良母般的職責，就是魔導士原本的理想戰鬥方式。」

普通魔導士和劍士比較起來，防禦力較低。和重裝的坦克職業，或擅長猛烈打擊的戰士職業比較起來，攻擊力又較低。不過，視訓練方式不同，就算沒有到重裝程度，還是可能獲得一定程度的防禦力。那麼一來，不只是魔法，用劍攻擊也會是有可能的，而且戰略範圍就會變廣。視情況也可成為能加入游擊的萬能職業。

反過來講，那也容易變成樣樣通、樣樣鬆。但依據如何運用這份靈活度，活躍的地方大概也會變廣吧。

無論如何，保護自身的技術都是必要的。能辦得到的事情愈多，在戰場上保命的可能性也會愈高。這是在學習戰鬥方式，同時也是提高生存率的訓練。

「倒不如說，魔導士必須對前鋒職業心存感激。負責後衛的魔導士，職責就是支援他們，並把狀況變得有利。為了彼此立場不同而進行派系鬥爭等等，根本就是在做白費力氣的事。當然，不僅是支援，他們當然也會用魔法做出攻擊吧，但爭取詠唱時間要歸功於先鋒職業。依據戰場狀況，魔導士也會去前線支援或直接攻擊，所以身為保衛國家的人，又為何要互相仇視呢～」

「真不愧是老師。正因為非常了解實戰，才會很有內涵。」

「嗯……騎士團或魔導士團，要是也能有這種心態就好了，但這暫時還沒辦法，那些傢伙很冥頑不靈呢～」

由於訓練是以實戰形式，為了守護孫女，克雷斯頓也在一旁監督。與其這麼說，這反而只是他打發時間的藉口。因為這位老人很溺愛孫女，他只是想在她身邊看她一點一點成長。

大叔開始覺得這有點超出常軌。

「就像自古人們所說的──『魔法師沒有魔力就只是一般人』，為了避免魔力耗盡而無法動彈，我們要進行弱點補強訓練。雖然對手很弱，但因為它是魔像，所以妳可以毫不顧忌地攻擊。順帶一提，這還連帶可以學習格鬥技能。即使敵人很弱數量卻很多，妳要盡量考慮對峙時的距離再行動，並偶爾使用魔法。妳可以想到各種點子就嘗試看看。把攻擊魔法想成是最後手段就好了。」

「我還是第一次做這麼豪華的訓練。居然要使用魔像，我想都沒想過。」

「因為泥魔像很優秀呢。攻擊很弱，不過會不斷再生，所以可是很棘手的喔。既然是不會造成死傷的實戰訓練，就不會再有這麼適合的對象了呢。」

「團體戰很棘手，但如果突破重圍，格鬥能力照理說也會提升。而且就算魔像是人造的，它也會被當作魔物。要體驗實戰這真是恰到好處了，對吧？」

打敗魔物得到的經驗值，會把構築魔物靈魂的原始魔力收到自己的靈魂裡，因此可以提升能力。這種升級在這個世界裡稱作「升格」，可能透過打敗魔物大幅提升技能等級或身體等級。如果行使魔法並處於枯竭狀態，雖然只會些微提升自己的魔力水準，但效果也是可以預期的。

但實現這件事要有懸殊的等差，大量造出魔像需要相應的魔力。關於這點，傑羅斯擁有超凡的魔力與等級，若是這種程度的魔像，不管幾個他都做得出來。當然，由於這是實戰訓練，因此瑟雷絲緹娜不僅身穿學院指定的法袍，外面還罩著盔甲。

武器當然也是如此，這是很有魔導士架式的手拿型權杖。

「那麼，趕緊開始訓練吧。雖然說對手很弱，但有任何鬆懈可會造成受傷，請好好注意。另外，長期戰會相當辛苦，妳要自己調整魔力的存量。不過，我判斷有危險會阻止就是了。」

要進行魔力調整，當然要先憑感覺知道自身擁有的魔力殘量，如果疏忽了這點就會不經思考地耗掉魔力然後輸掉。

雖然這只是訓練，但一旦變成實戰，魔力殘留狀況就會左右生死。所以這是讓她用感覺掌握，同時為了知道她的極限的嚴酷訓練。

瑟雷絲緹娜幹勁滿滿。

過去她無法使用魔法，處在這種戰鬥訓練中一直都是見習立場。因此，這項訓練也是瑟雷絲緹娜自己當上魔導士的證明，正因為是引頸期盼的事，所以不可能不幹勁十足。泥魔像不顧她這些想法，同時動了起來。

魔像本身不是生物，只要破壞核心就會輕易地瓦解。不過，傑羅斯會補充損失的數量，所以可以不斷地戰鬥。這項訓練的目的是要學習武器的使用方式，同時一口氣提升魔法屬性技能與體術技能。應該也能說是相當亂來的訓練吧。

「嘿————！」

瑟雷絲緹娜果斷地猛攻，毫不畏懼地粉碎魔像。

與可愛的嗓子相反，瑟雷絲緹娜揮舞著凶猛的武器，她敲出一擊之後，泥魔像就化為泥沫，並立刻變回了土塊。

她橫砍左方逼近而來的魔像，偶爾還會一鼓作氣地表現出闖入敵營的大膽。

「總覺得，她看起來好像很習慣格鬥戰……是為了護身而教過她格鬥術嗎？」

「不，沒教過。她恐怕是觀察了假想實戰的練習，用自己的方式思考該怎麼行動吧。她的腳步也不太穩，好像有點靠不住吧？」

「模擬練習嗎……真是意想不到的才能呢。一鼓作氣以魔法劍士為目標，好像也是可行的呢。」

「嗯……是不錯，但那孩子是以魔導士為目標，應該沒必要勉強當劍士吧。」

「儘管我是魔導士，但也可以靠拳頭戰鬥。雖然如果遇上同等級的劍士會打輸就是了。」

「以你當基準是錯的。她普通就好，普通……」

瑟雷絲緹娜一開始毫無困難地打倒了魔像，但那也沒有持續很久。訓練開始十分鐘她的動作就趨緩，不久就慢慢被逼入窘境。對於原本就沒受過劍士訓練的她來說，她最初就沒把分配步調等事情放在心上吧。她的動作因疲勞而趨緩，漸漸也會受到魔像攻擊。

「這邊開始就是關鍵。怎麼扭轉這個窘境，在格鬥戰上會是最重要的地方。雖然也有使用魔法脫離窘境的手段，但理解狀況並選擇最佳對策，就會是魔導士的真本領。」

「那種事情也只能在實戰中學到呢。這對那孩子來說，會是段辛苦的時光。」

「不過，相對的只要持續下去就能掌握技巧。她的本領會愈來愈好，戰鬥技術也會顯著提升喲。」

「在那之前，她不會因為肌肉痠痛而無法動彈嗎？」

肌肉痠痛是肉體為了變強的一股陣痛。為了在真正意義上成為魔導士，需要迅速的動作與情勢判斷。這段辛苦的時間就是學習這點的恰好時機。

即使實力再怎麼強，也是不斷有強者被數量壓倒而敗北。那就是沉醉在自己的力量，並且小看賭上性命的戰鬥所引發的人禍。

因此就算對方是魔物，就算自己比較強，偶爾也是會因為多數暴力而輸掉。可以做出足以扭轉人數劣勢的情況判斷，並視情況撤退也是很重要的。這也是為了學習這些事情的訓練。

「這……真是相當辛苦呢……」

瑟雷絲緹娜切身感受到自己認知的天真。

面對打倒也會不斷湧出的魔像，要是一起團團圍攻過來，那她也束手無策。想勉強施法做出退路，魔像也會不停地攻擊過來。

想著敵人很弱，一開始就攻進去，就是根本的錯誤。她應該只要穩穩地應對朝著她過來的魔像。

魔像有著只要不破壞核心就會立刻復活的特性，無法破壞核心而放著不管的魔像會再生出來，她被迫處於劣勢。

這就是訓練的可恨之處，她必須不斷毆打弱小的對象。

老實說，這應該是那種會讓人意志消沉的訓練。

「這樣下去我會被逼到絕境。我得設法尋找退路……」

瑟雷絲緹娜閃躲攻擊，偶爾用權杖施加一擊，同時尋找離開這個包圍網的最佳地點。在焦急逐漸累積的狀況下，她一邊施法，一邊不斷搜索周圍。

因為有預告她這場訓練的意義，所以她已經有了一定程度的預想，但試著實際體驗過後，卻是比想像還麻煩的訓練。

雖然魔像本身的動作很慢，有使用魔法的機會，但隨便亂射，魔力馬上就會枯竭並且倒下。她最後的指望就是權杖。但她在初期階段就揮過頭，因此手臂很沉重，變得無法隨心所欲打倒泥魔像。

剩下的，還有裝在手上的圓盾，不過這是為了閃躲致命傷的輕巧盾牌。雖然易於移動，但感覺實在很靠不住。在這被包圍的狀態下，需要的會是騎士穿著的鎧甲。

正當瑟雷絲緹娜思考時，魔像就上前打了她的手臂。

「呀！」

儘管算是用圓盾防禦住，但若是石魔像她應該已經死了吧。那麼一想，她就有種不甘心的情緒。

為了盡量削減魔像的戰力，她強行使用權杖敲倒魔像，透過打倒魔物確保退路，但大叔魔導士卻在一旁做出更多泥魔像。

瑟雷絲緹娜有點焦急地揮杖粉碎魔像，泥土四處飛濺沾到她身上的衣服。由於泥魔像構成身體的物質是泥巴，就算受到它們直接攻擊，基本上也不會造成傷害。不過，它們的再生力很強，只要架式稍微亂掉，在重新站好的期間，魔像的包圍網就會包夾過來。

權杖再次揮舞，破壞了兩隻魔像。

「我要冷靜、不給對方有機可趁……魔法要確實地……」

瑟雷絲緹娜判斷，如果敵人動作緩慢，只要針對那點攻擊就好，於是一邊吶喊，一邊強行衝向右側的集團。泥魔像本身很脆弱，只要可以準確地擊潰核心就可以打敗。她確實地做出了存活下來的判斷。

這是在學院見習實戰訓練中，預測如果是自己被包圍時會這樣行動，在腦內反覆進行模擬才得以辦到的事。

討厭見習的她，想不到會託見習的福，而比外行人還能採取行動。不過，這怎麼說都是她沒料過的事情吧。現實中，我們不會知道什麼事情會帶來好運。

「魔力啊，轉動吧，成為我的力量……『增強力量』。」

她使用了提升身體力量水準的魔法，暫時令戰鬥能力提升。

接著，雖然很硬來，但她橫砍了泥魔像，成功製造出緩衝地帶。剩下就只要瞄準包圍網最薄弱的地方突破。

瑟雷絲緹娜為了要施法而爭取詠唱時間，她把周圍的魔像一掃而空，然後擺出集中魔力、顯現魔法式的架式。

「穿破吧，流水。沖走汙穢吧，凶暴水蛇……『噴射水柱』。」

雖然威力很弱，但她使用了可以驅散魔像程度的水魔法，透過從極近距離讓魔法貫穿，一併擊敗後方的泥魔像後，接著跑了出來。

那原本是單發的貫穿魔法，但只要熟練度提高，就會變成可以捲入多數敵人的威力魔法。

構成泥魔像的要素是泥巴，它比較怕帶有質量或熱量的魔法，只要受到一次攻擊身體就會輕易瓦解。

即使魔像集體包圍她，卻因為它們防禦力很弱，因此可以使用具貫穿力的魔法輕鬆打倒。

包圍網產生了破綻，她往稍微打開的地方不停奔跑。

「太好了！我逃出來了！」

「好像有點天真嘍。大意有時也會變成致命傷。」

「咦！」

傑羅斯出聲的同時，她的腳就纏上了某個東西。

她的動作因此停下，直接順勢往前跌倒。

「呀啊啊啊啊啊啊啊啊啊啊啊啊啊啊啊啊！」

——嘩啦啦啦啦啦啦啦啦！

瑟雷絲緹娜就這樣直接栽入自己弄出的積水裡。

「唔唔……是什麼東西……」

試著確認之下，發現是泥魔像的手臂纏住了她的腳。

那一條手臂還異常地伸得特別長。

「難道……」

「沒錯，就是妳猜的那樣。妳以為自己用『噴射水柱』打倒了魔像，但其實好像有一隻還活著。如果不是可以確保安全的狀況，到最後都不可以鬆懈。」

「怎、怎麼這樣～～……我差點就可以從包圍中逃出來……」

「別那麼消沉。就初次實戰訓練來說，我認為妳做得很好。等級好像也提升了。倒不如說是做得很漂亮吧。」

「唔……真不甘心……」

她真的很洩氣。

「最初階段衝到太前面，就是招致惡果的原因呢。如果妳邊觀察動作邊戰鬥，應該就可以再撐久一點……」

「我後來才發現到……好像有點得意忘形了。」

「實戰訓練這麼開心嗎？」

「是的。我之前一直只有見習，結束後還會被同年級生瞧不起……」

「但妳卻可以靈活的行動呢。唉，應該勉強算是及格吧。」

「勉強嗎……未來的路真漫長。」

她自己好像無論如何都無法接受，所以真的很不甘心。

不過，雖然瑟雷絲緹娜說未來的路很漫長，但傑羅斯並不那麼想。她只靠模擬練習培養出的預判能力與情勢判斷，就逃出了泥魔像的包圍網。如果有一個月的時間，就很可望變成戰力。那麼一來，傑羅斯就開始覺得，真正的實戰訓練也是可行的。

「今天就到此為止。明天也要做戰鬥訓練嗎？魔法式的課程下午過後也可以進行。」

「真的嗎！還請您務必幫忙！」

「了解。那麼，請妳試著明天活用今天戰鬥訓練上的檢討點。我什麼也不會說。實戰中不會有人教導戰鬥方式，所以妳只能靠自己鑽研戰鬥風格呢。就算輸了也是種學習。」

「唔……老師，您真嚴格。這就是實戰……」

「是嗎？我覺得有這種不造成死傷的訓練是幸福的。畢竟妳在面對戰鬥前就能做好準備，才不會臨上戰場才慌忙行動。」

在伊斯特魯魔法學院裡，戰鬥風格是受到規定的，全體學生都會進行相同的戰鬥方式。

可是，這種訓練中總是會有個人差異，未必所有學生都適合那種戰鬥風格。

其中應該也有偏好用劍戰鬥，或是以斧頭、槍枝戰鬥的人吧。正因為這樣，把規定的形式強加於人，感覺時候還太早。

「找到適合自己的戰鬥方式也是種訓練。在各種嘗試後失敗也沒有關係，可以從中得到各式各樣的教訓呢。只是按照吩咐訓練是學不會運用能力的。如果是重複同一件事的程度，也可能變成半吊子。所以這裡我們就硬是以讓妳自己思考戰鬥方式的方向進行下去吧。」

「失敗受允許……是很幸福的事情呢。」

「嗯……我也經歷過種種失敗，只要記取教訓並且活用，失敗就絕對不可恥。」

傑羅斯在人生中失敗過。不過，那是在原本世界裡的事……但這些話在某種意義上卻很沉重。

「話說，學院裡都在做怎樣的戰鬥訓練呀？我和那種設施沾不上邊，做為參考，我想先問一下。」

「學院會蒐集哥布林，並在訓練場上戰鬥。我則是在觀眾席上待命……」

「……妳那邊不是比較豪華嗎？」

傑羅斯不由得以輕鬆的語氣回答。

考量到捕捉哥布林放入柵欄，並從那裡搬過來的工夫，以預算層面而言，魔像的效率遠遠勝出。畢竟需要的就只有魔力，實質上算是免費的。

不過，學院這裡沒有半個會生成魔像等級的魔導士，如果每個人最多做得出一到六隻就算很不錯了。而且，因為魔力會枯竭，教師倒下的話魔像就不會動了。

縱使數名魔導士合力就可以做出軍團的規模，但他們正在派系鬥爭，彼此是不會攜手合作的。那麼一來，就只好配合預算，把魔物帶過來。光是這樣的開銷就會燒掉相當龐大的金額吧。就算不冷靜思考也知道那是一筆很大的赤字。

「伊斯特魯魔法學院……預算沒問題嗎？我想大概有募集各種捐款，但考慮到預算總覺得只會入不敷出……」

「學院每年都會來向老夫強索鉅款。原來如此……只要靠大量的魔導士即可運用魔像軍團來做團體戰鬥訓練嗎？這是很好的點子，但派系那些傢伙……」

「對立的情況有那麼嚴重嗎？就算沒什麼錢，明明應該也可以做無數個研究。」

無法解讀魔法文字的魔導士，總會以摸索的方式不斷改良魔法式。

那當然很耗時。因為他們不同於傑羅斯，有太多事情不知道。

「也許你可以那樣做，但其他人有生活要過，無論如何都會花到錢呢。雖然大部分都被私吞掉了……」

「讓沒提出成果的派系解散不就得了？這麼一來剛好可以藉此作為理由削減勢力不是很棒嗎～沒留下任何成果又只會花錢、沒產值的人，應該是不需要的吧？」

「嗯……這有考慮的空間呢。你改良過的課本也許可以當成很好的工具……」

「請別秀出我的名字。我要避免麻煩事。」

「老夫會妥善處理，但我可不曉得消息會從哪裡洩漏喔。你太顯眼了。」

「我是打算不起眼地過活啦……」

就算他的外表很不起眼，行動還是太引人注目了。

說起來，遊戲開始時的基本魔法效率很差，所以傑羅斯都在使用原創魔法或改造魔法，可是，如果被人目擊到的話，就很容易成為謠言。

「就算是攻擊魔法，只要可以控制魔力，明明應該就有無數種謀生的方式。像凝聚威力加快船速、用水魔法做汙水處理，用地屬性魔法減輕重量，這樣搬運也會變很輕鬆吧。你們就沒想過要應用嗎？」

「嗯~還有那種用法啊。聽見攻擊魔法，就會覺得只能用於戰鬥呢。但這樣就算是低階魔導士，掙錢的範疇也會變廣。這很值得參考呢。」

「總之是取決於使用方式。拘泥於一件事才會忽略不同的觀點。我想，魔導士普遍被人接受才會得以存在呢。」

「確實。執著於權力，人民的責難就會紛紛湧入。如果不在此改革，他們就會愈來愈墮落。乾脆老夫就一鼓作氣地削弱派系力量吧？」

傑羅斯心裡覺得「但為時已晚了吧？」可是沒把話說出口。

向國家說出意見會牽涉政治。把想到的事當作閒聊來講是無妨，如果涉入其中就會是回不去的未知領域。

對一介家教來說，這是負擔沉重的話題。

「設立魔導士的斡旋組織就行了吧。畢竟魔導士本身人數很少。」

「但栽培耗時就是個問題，一般魔導士也幾乎都是戰鬥職業。」

「不過，一般魔導士是會比較強的喔。他們也可以進行格鬥戰，若是作為傭兵活動就更是如此了。」

「魔導士團可不會進行格鬥戰呢……是因為素質很差吧。」

魔導士團完全專職在戰鬥輔助與研究，當然會比傭兵魔導士還弱。

畢竟傭兵魔導士為了生死存亡會竭盡全力，所以相對地認真，生存慾望強烈的他們，等級會因為經歷而有差異。因此，種種戰鬥經驗便成為了他們的食糧。比起在書桌前苦思冥想、熱衷於權力慾望的魔導士，那些人還比較有用處。

「沒學問但有用的傭兵魔導士，與菁英意識強烈卻弱小的魔導士。國家的方向性應該也因為我們選擇哪方而改變吧？」

「就算會疏忽魔法研究，也要確保戰力嗎？」

「反正那種會互扯自己人後腿的沒用魔導士，沒有應該還比較好吧～我想，可以和騎士團合作的魔導士才是更重要的。」

「這裡……姑且也算是魔法國家呢。」

「但魔導士太沒用了。只顧追求權力怎麼行？」

雖說是魔法王國，但這國家的狀態卻是軍事國家。其魔法研究主要是在做軍事層面的強化，卻沒有任何研究成果回歸到人民身上。他們只致力在具有破壞力的魔法研究。既然一直以來都完全沒有提出任何成果，感覺沒有他們存在還比較好。倒不如說，開發簡單且容易控制，那種農民或商人等所有人民都能使用的魔法，還比較有好的資金賺頭。

可是，如果大幅普及這樣的魔法，魔導士的價值也會下降，很可能會變得無法緊抓著權力。有能力的人們將會往上爬，除此之外的則會窮困潦倒。雖然能為一般社會貢獻的制度很有用，但沉迷慾望的魔導士一定會從中阻礙。

目前魔法學院的課本本身就變成了一種篩選，像瑟雷絲緹娜那種一定魔量很低的人，馬上就會被淘汰掉。而且教育本身也有許多偏頗之處，怎麼想都只讓人覺得，學院運作是要讓派系變得有利。這樣栽培不出有能力的魔導士，只會量產思想偏頗的無能之人。

「不過，就算這麼想也沒用吧。因為我只是家教呢。」

「真是不負責任啊。你若成為首席，就會意外地順利進行了吧？」

「就是不負責任，我才能客觀地說話呢。要是為國效命，我就必須挑話講，一個弄不好還會因為冒犯君主罪而被殺頭。我就免了。」

當官各方面都要注意。傑羅斯絕對不想過那種生活，所以才以不負責任的流浪者自居。組織的頂尖人物會有許多辛勞，最重要的是，他有自覺這不合他的性情。

「對了，瑟雷絲緹娜小姐還真安靜，她在做什……」

他注意到學生而回過頭，看見她的手正扶著下巴，認真地在分析剛才的戰鬥。

她一邊喃喃地說著什麼，一邊思考著有效的地方，或是如何修正失敗經驗。

雖然說是側室之女，但生於公爵家的她好像出乎意料地擅長像這樣做思考，給人感覺十分有探究者的天分。

「一身髒兮兮地想事情嗎？就貴族的大小姐來說，這真是讓人覺得有點怪怪的，不過以研究者來說是很足夠的呢。真是了不起的專注力。」

「傑羅斯先生看來，緹娜有才能嗎？」

「天分很夠……剩下就看她的努力，她或許會讓了不起的才能開花結果呢。」

「那老夫還真是期待啊。孫女的成長是最令人開心的事情呢。」

「那，我就稍微試著軟硬兼施吧……」

「你、你打算做什麼？」

就克雷斯頓來說，把傑羅斯僱為教師是很好，但他的訓練感覺有點嚴格。

這樣的傑羅斯露出壞壞的笑容，一副想到了什麼。爺爺覺得很不安。

「瑟雷絲緹娜小姐。」

「是、是的！怎、怎麼了，老師？」

「假如這兩個月期間，妳的等級超過５０，並且各項技能其中三項超過３０，我就教妳一個我的原創魔法吧。」

「真、真的嗎！」

「嗯，那是不危險的東西，出乎意料地是種很有用的魔法。」

「那是怎樣的魔法呢？至少講個大概……」

「請達成目標時再確認。因為把樂趣擺在後頭會比較好呢。」

傑羅斯的魔法，很多都是在這世界裡超出規格且危險的內容。被授予其中有用處、危險性少的魔法，對瑟雷絲緹娜來說，有著特別的意義。

總之，事實上這意味著她已經被認可是傑羅斯的徒弟了。

許多會用魔法的貴族子女都是知名魔導士的弟子，那被當作是社交界的一種地位。其中被授予原創魔法的人們，會被視為與繼承者有著相同的意義。在學院畢業之後，很多人都會在魔導士團直接就任高等的職位。

然而，比起沒有任何意義的稱號，成為巔峰魔導士的徒弟增添了好幾倍的魅力，原創魔法就是已經被傑羅斯認作徒弟的證明。

這件事實大大激發了她的幹勁。

「我會加油！我一定會達成目標！」

「請多多加油。比起這個，妳最好趕快換衣服吧。泥土會變成污漬喔。」

「啊，是啊。那、那麼，我先失陪惹！」

「啊、吃螺絲了……」

她異常地歡欣鼓舞，接著為了更衣，急忙地飛奔而出。

「究竟是怎樣的魔法啊？你這種水準的魔導士，我只想得到攻擊魔法呢。」

「我想想……那麼，您要試試看嗎？」

「什麼？你要在這個地方讓老夫看嗎？」

「嗯，可以的話，請對我發射魔法。最好是好幾個我無法逃脫的強力魔法……」

換句話說，意思就是叫對方攻擊自己。

克雷斯頓從傑羅斯的本領推測，判斷自己光是操心就是在白費力氣。

接著，老魔導士露出了無畏的笑容。

「嗯……那老夫就不手下留情嘍？」

「請便。」

兩人的表情轉為認真。

「煉獄之焰啊，化作群龍，殲滅敵人吧。元祖來自冥府的邪惡破壞者……將一切燃燒殆盡的人啊！『地獄破壞龍』！」

克雷斯頓自己也是魔導士，年輕時有「煉獄魔導士」的別名。

他擅長炎系魔法，是立下許多戰功的實力派魔導士。對照之下，傑羅斯則是泰然自若地直接對峙著火焰群龍。

成群的炎龍從四面八方變成猙獰的破壞之牙，逼近了傑羅斯。

「『白銀神壁』。」

火紅的炎龍們瞬間被某個看不見的東西貫穿，轉眼就煙消雲散。

前方過來的炎龍，在傑羅斯隨意揮舞的手臂前斷成兩截，接著消失無蹤。

「那、那是什麼……這樣啊，是屏障魔法對吧！」

「正確答案。可以隨著術者的意思改變型態的障壁，就是這個『白銀神壁』。」

「這……不是盾，可是劍耶！就算說會殺死魔導士也是可以的。」

「白銀神壁」在特性上，可以根據施術者的意思，隨心所欲地改變型態。它的耗魔比較少，對放出系魔法也有極大的反擊能力。

原本，放出系魔法很多都是讓魔力收整，然後變異屬性的東西。像這樣把生物型態具現化的魔法，只要被貫穿一點，魔法的構成就會遭受破壞，然後煙消雲散。

傑羅斯利用這個障壁，在周圍突出無數個如劍山一般的尖刺，迎擊炎龍，並令其消散。這攻擊同時也可用於近戰。就算劍術的本領很差，要劈裂遠距離的敵人也是有可能的。

「這可是超凡的魔法呢。魔導士不是根本就敵不過嗎？」

「雖然被大範圍魔法集中瞄準就完蛋了呢。不過這是很實用的魔法，也可以當作王牌來使用。耗魔效率良好，最重要的是不會費工夫。」

「費工夫？這什麼意思？」

「這招在武器攻擊的對峙距離之外也可以進行攻擊呢。先打敗敵人的話，人身安全也會受到保障。雖然這要是無法操控魔力就沒意義了呢。」

「嗯～……可以伸出看不見的刀刃攻擊嗎。」

「視使用魔量，強度會有所改變，但幾乎可以確實打敗第一次看見這招的對手。有辦法應對的，頂多是相當程度的高手，或純粹攻擊力過高的暴力魔導士。」

雖然是很棘手的魔法，但一想到會由可愛的孫女掌握，他就藏不住笑容。

要是瑟雷絲緹娜學會這招魔法，一定程度的魔導士就絕對打不贏她了吧。

這根本就是攻守一體的障壁。

「老夫愈來愈期待緹娜的未來了呢。那孩子以後會被稱作什麼呢？」

「別名很令人難為情呢。依她的個性來看，要是被取了別號，我想應該會害羞到無法從被窩裡出來吧？」

「那我還真想看看。老夫有預感這兩個月可能會變得很開心呢～」

「這樣好嗎？」

克雷斯頓自始至終都溺愛著孫女。這位爺爺可能有病吧。

大叔對這位老人的模樣嘆了口氣，然後回到了宅邸。

留下庭院前的大量泥土……

第七話　大叔上街

在異世界生活也已經兩個星期了。開始習慣這個環境的傑羅斯，如今發現了一個問題。那就是——他來到這個世界，還沒到街上去看看，同時也沒有這個世界的貨幣。

平時就只有擔任瑟雷絲緹娜的家教，並且在當作公爵家別館使用著的古城農場裡努力工作。閒暇時就在書庫裡專心看書，埋頭於尋找知識、蒐集情報。偶爾和騎士們進行劍術等等的交流。

若對這世界人民的生活一無所知，怎麼能在這個世界存活下去呢？

他就像哪裡的當權者開悟似的，決定趕緊上街探訪民情。話雖如此，其實他單純只是持續處於禁菸狀態，很想抽菸罷了。

他下定決心打開宅邸的門扉走到外面。

「那麼，我就出發吧……會有在賣菸嗎～？」

順帶一提，克雷斯頓前往了領主宅邸本館，而瑟雷絲緹娜在實戰訓練後還有東西要學，所以他沒看見她。不過她也正為肌肉痠痛所苦。

傑羅斯時而和錯身而過的傭人打招呼，接著從正門出去了。

出了索利斯提亞大公爵家別館三十分鐘後，才總算能抵達鎮上一隅。

城鎮以一片廣大森林做為防壁環繞，背後聳立陡峭的岩山，化成了外敵絕對無法攻入的要塞。而森林旁連接著商業區，可以從那兒去工業區與一般人生活的住宅區。正因為是交通要地，因此人潮很多，熱鬧非凡。

畢竟是蓋在山坡上的城鎮，所以有很多斜坡。城鎮的正面利用了懸岩蓋起巨大防禦牆，因為特地打通了搭船來往的商人們可以通行的搬運用道路，這城鎮因此作為商業要地而繁榮。當然，由於這裡人來人往出入頻繁，城裡也設置了傭兵公會，接受護衛委託的工作也很興盛。

旅行是會伴隨危險的。實際上，路上偶爾會出現山賊或盜賊，河上則有河賊之類的犯罪者。既然騎士團人手有限，就會形成支付賞金給傭兵們取締罪犯的社會體制。雖然持續上演罪犯不滅的你追我跑，但哪裡的世界應該都一樣的吧。

城鎮的治安在一定程度上受到保障，但踏出外面一步，那裡就會是危機四伏的危險地帶。

因此，這份平穩不禁讓人覺得宛如一個旋即就會輕易破滅的幻想。

「首先是魔道具店呢。我必須賣魔石周轉……」

傑羅斯雖然有拿到地圖，但是很粗略，上面沒記載店家的詳細地點。

幸好這座城鎮當初開拓時，因為重視效率，道路都有徹底修整過。為了初次造訪這座城鎮的商人，周邊都有設置地圖，所以很容易理解。

問題在隱藏於建築物之間的羊腸小徑，大致上壞蛋們都群聚在那一帶，他們似乎會把居民或商人拖進去搶奪值錢的財物。

因為預先從宅邸的傭人那裡獲得了資訊，傑羅斯決定不去危險的場合。誰都會想避免惹禍上身。

傑羅斯踩著輕快的腳步前往魔道具店，他就像童心未泯的孩子般充滿冒險的心情。

雖然他馬上就發現了目的地的魔道具店……

「是這裡嗎……？這實在……很可疑。」

魔道具店坐落在商業區與工業區的一隅，是街道上十字路口的角落。因為是那種一見難忘的外觀，所以他馬上就知道了。不如說，店家的外觀很突兀，若不知道還比較奇怪。

這一帶離碼頭很近，要搬運材料不會很費工。最重要的是，從城鎮居民眼裡看來，那間店位在很顯眼的路上。除此之外，也還有其他因素。

那間店的外觀染上了一片黑，絕妙地無視了街道的氛圍，實在會令人聯想到奇怪的宅邸。

簡直像是門一打開就出現魔女的那種可疑氛圍店家。

這種異常到很突兀的衝擊感，實在是太離譜，讓人話都說不出來。

「店家屋簷下掛的是人頭……是人偶吧？他們有意思攬客嗎？順道一提，還有山羊頭的剝製標本。要是覺得這樣客人就會上門，他們明顯就太不懂得做生意了。他們的經營……不要緊吧？比起這些，進去店家沒問題嗎？」

其他還有被釘起的少女人偶，窗戶內側則放著頭蓋骨。

入口門上裝了一個眼球突出的山羊頭，製造很強烈的印象，就算要讓人毛骨悚然也該有個限度。

這實在不讓人覺得是那種在接待客人的店。

——呀啊啊啊啊啊啊啊啊啊啊啊啊啊啊啊啊啊啊啊！

門鈴聲是慘叫。

正當他站在門前猶豫不決時，店裡出來了幾個像是傭兵的人。每個人都一臉複雜的表情，當中也有人非常氣憤。

就商家來說，他們作為服務業好像有什麼地方搞錯了。看來即使面對客人，他們也帶給人同樣的印象。

但自己不籌錢連購物都沒辦法，所以就算是外觀異常的店家，他也不得不上門交易。儘管很猶豫，大叔仍下了決心把門打開。

「歡迎光臨～♪」

一名穿著魔女裝，戴著眼鏡的女性以開朗的口氣迎接大叔，她的外表實在不讓人覺得是這間令人害怕的店家的店員。

意外的是，內部非常普通，四處都漂亮地陳列著收納在盒子裡的許多魔道具。他難以理解店面外觀究竟是怎麼回事。

「你們有收購魔石嗎？」

「魔石嗎？請問數量大約有多少呢？」

「哥布林兩百個，淘氣哥布林五十個、哥布林魔法師十五個、哥布林王一個。」

「……您、您是說真的嗎？數量太多了吧？」

「沒問題喔。東西在這裡。」

傑羅斯把預先分別收到其他皮革袋裡的魔石交給眼前的魔女店員，於是對方拿出放大鏡開始細細地鑑定。在她逐一詳細檢查期間，傑羅斯閒著沒事做，所以就看了看一旁的魔道具，但無論哪一個他都覺得不夠好。他有點失望，心想若是這種品質自己做還比較好。

畢竟他在遊戲裡被視為最強殲滅者之一，原為生產職業，也是送出無數魔道具的創造者。他試著鑑定商品，但無論哪一個都只能稍微提升部分身體能力，或稍微補足魔力的輔助道具類。

這種道具是消耗品，如果魔石的魔力枯竭就會馬上變得沒辦法使用。

道具沒有施加把魔法式刻在內側，藉由提供魔力半永久性地防止魔力枯竭的那種加工。雖然外觀的工藝頗有價值，但反過來講，這也全是那種程度的商品。

大叔完全沒有購買的必要性。

「……客人，這些魔石您是從哪裡偷來的呢？這個大小和色澤，很明顯是大深綠地帶的東西耶！」

「……突然這樣講還真沒禮貌。當然是我自己狩獵來的啊。」

這話說得很過分，這樣無憑無據的找碴根本不像個服務業。再說，他只是來賣魔道具需要的魔石，竟然被當成小偷。搞不好客人會生氣，不再光臨第二次。

「騙人！灰色法袍的半吊子魔導士，不可能從法芙蘭大深綠地帶活著回來。來，招吧！您是從哪兒偷來的！」

「沒任何證據就把別人當作小偷？這只是我平常打到的東西。雖然那時我在森林裡迷路了。」

「迷路？森林裡？咦、咦～？難道，您是其他國家的魔導士嗎？」

「嗯，我一個星期前來到這個城鎮，在領主那裡的別館裡受他照顧。就是克雷斯頓先生替我介紹這間店的呢。」

進行交易時，要是被人瞧不起就玩完了。他心想應該在此強硬交涉，於是堂堂正正地正面談判。

女店員的臉色瞬間變得慘白。

「咦……？您在克雷斯頓大人的宅邸裡受僱嗎？」

「嗯，我在旅行途中偶然遇見他，就接受了他的好意，這又怎麼了？」

「真的假的？」

「就是真的啊。妳懷疑的話也可以去確認。」

「騙、騙人！那位大人居然會照顧您這種形跡可疑的魔導士……」

這是無論如何都不該對客人說出的話。

即便如此也不肯罷休的毅力很不錯，但這種行為未必就會有所回報。

「唉～……妳為什麼要把客人當作罪犯呢？而且還很頑固……妳的話要說到那種地步，不就應該要去確認嗎？我想就算是推理小說，也是要得到確鑿證據才會查明犯人的呢。」

「唔！」

儘管傑羅斯有點傻眼，還是冷靜淡然地說出事實，女店員對此漸漸發起了抖。因為她被委婉指謫沒有對方偷竊的證據。

雖然很清楚傑羅斯的外貌可疑，但既然知道他受索利斯提亞大公爵家的照顧，她也就只有親自前往公爵家直接確認真偽的這個辦法。

可是，為了確認真偽，就要和公爵家直接聯絡。假如釐清是事實，這就會是在侮辱公爵家的客人。

弄不好就會是無期徒刑，或者被處死都有可能。她已經完全走到死胡同裡了。

「很吵耶～……人家在工作，妳是在吵什麼啊～」

「店長！」

「庫緹……妳又把客人當小偷？有點分寸好不好，希望妳別再把推理小說的情節搬到現實中了。光是因為妳這樣的舉動客人就會減少了耶。我真的會扣妳薪水喔。」

從店裡出來的是位妓女——不，好像是這家店的女店長。

女子身穿大膽露出胸口的紅色禮服，外表看來實在不像魔導士。怎麼想都只會覺得是在做陪酒的相關工作吧。

說好聽是妖豔，說難聽是和傑羅斯在不同方面一樣不得體。

「不過，他可是灰色斗篷喲。還說是從法芙蘭的大深綠地帶把魔石帶回來的耶。就算是別的國家來的魔導士也是不可能的。那樣一來，不就只能想成是偷來的嗎？這是很簡單的推理喲，警部。」

「誰是警部啊。是說，咦～？……庫緹，那件事啊，恐怕是事實喲。」

「咦……？」

「雖然他刻意把外表弄得很髒，但那個法袍……實在是很不得了呢。那不是普通魔物的東西……」

「我勸妳們不要問是什麼魔物。妳們一定會開始懷疑我腦袋正不正常。」

「是啊。那恐怕是貝希摩斯……我還是第一次見到傳說級素材的製品。」

空氣一瞬間凍結。

「咦……？唔咦咦咦咦咦咦咦咦咦咦咦咦咦！」

「妳在說什麼？這只是有點髒的斗篷喔。」

「我就先當作是那樣嘍。畢竟我還不想死……」

「真是高明的判斷……因為沒什麼比被人探隱私還更不愉快。」

「同感。」

兩人瞥了到現在都還很混亂的庫緹，並理解彼此的意見一致。

持有使用了貝希摩斯素材裝備的人，已經算是被傳頌在傳說中的勇者。

這位身穿如此裝備的魔導士恐怕不尋常。女店長如此直覺。

「那麼，有關魔石的收購，我家店員剛才失禮了。我會給你一些優惠。怎麼樣？你願意交易嗎？」

「那是沒有問題的，但比起這個，這樣沒關係嗎？由我來說是有點不對，但讓對客人這麼沒禮貌的人站櫃……總覺得，這樣也會給店家評價帶來一些壞影響……」

「那點我也很頭痛呢。我告誡了好幾次，她都沒意思改善……再說也已經太遲了呢。」

「說太遲……總覺得好像辛苦妳了呢……再僱用別人就好了吧？」

「想被這種外觀可疑的店家僱用的特殊品味者，根本就不可能會有吧？但即使是那種門面也是很稀有的呢。」

「妳有自覺啊……怎麼不改善？」

『既然如此，妳對店面外觀想點辦法就好了。』傑羅斯想這麼說，但看來這間店外觀的低級品味是出自店長的興趣，她好像沒有意思要改善。

「這種事……這種事……」店員庫緹在這樣的店長一旁嘟噥道。

有其店長必有其店員。

「唉，這就暫且不談……我要麻煩你們收購魔石。手上沒有現金連菸都不能買。老實說，我正傷腦筋呢……主要是菸癮犯了……」

「我家店員真是失禮了呢……等我一下。我可以馬上準備錢……庫緹，妳要消沉到幾時。趕快工作！」

「好、好的——————！」

庫緹急忙退到店裡面，不久便傳來了數東西的聲響。

她恐怕正拚命數著要支付的費用吧。

真是一間讓人有點不安的店。

店長在收銀台前，把特別大顆的魔石拿在手上，表情漸漸走樣。

因為外表看起來很像妓女，她心醉神迷的笑容帶著毫無意義的色情。

「真是好魔石呢。感覺似乎會讓人湧出創作慾望。唔呵呵呵……」

「那、那真是太好了……雖然事出偶然，但當初有把魔物打倒真是值得了。」

「你也是魔導士吧？你不做魔道具嗎？」

「必要的話會做，但我現在是寄人籬下。得到附設農田的住家以後，或許在後半輩子安排創作活動也不錯。那是我的興趣範圍。」

「這樣啊。看來你不會成為我的同業競爭對手，真是幫了我大忙呢。你似乎也會做超乎常識的東西……」

她以一張出奇嫵媚的慵懶表情嘆了口氣，好像是真的放下心來。

這位女性似乎是比外表看起來還能幹的魔導士。

「總計完了～這邊是魔石的價格。」

「這是多少？」

「呃……兩百四十九萬八千金。」

突然間，他就是個大富翁了。

「總覺得金額好像特別多……」

「我說過了吧？這是店員沒禮貌的賠禮，大部分都是哥布林王的魔石價格。沒想到，我居然會得到這麼大的魔石呢～♡」

女店長手拿大顆魔石，陶醉地雙頰緋紅。

傑羅斯感受到某種不妙的氛圍。

「那麼，我就在此告辭。要是再得到好魔石，我會帶過來的。」

「麻煩你了。我是店長貝拉朵娜，在魔道具上算是很有名氣的魔導士。」

「我叫傑羅斯。下次有機會再麻煩妳。」

「謝謝惠顧～……」

傑羅斯得到活動的資金，心裡非常高興，但還是故作鎮靜地離開了店家。

貝拉朵娜確認傑羅斯出了店，就大大鬆了口氣，接著怒瞪庫緹，無語地施加壓力。

「怎、怎麼了嗎？店長……」

「庫～緹～～～！妳去跟那種怪物找架吵，是想怎樣啊！」

「什、什麼～～～～～～！」

「我第一眼看見的瞬間，背都凍結了耶！那可是不能和他為敵的那類人！他是相當強的高手……」

「可是，那是灰色斗篷耶。是最低等的魔導士吧？我不覺得別國的魔導士會來這個國家，而且也不會弄成那種可疑打扮。」

「他怎麼看都是很不妙的魔導士吧。妳的眼睛是長到哪裡去了……這世界很廣闊，貝希摩斯的皮革是無法用灰色染料染出來的。而且他還故意弄髒自己，讓別人對自己的印象變差來隱瞞呢。」

貝拉朵娜並不是直接看見傑羅斯的力量。但是她可以透過纏繞在傑羅斯身上的魔力氣息了解他的實力。那是她有生以來第一次感受到令她驚愕的事物。

若不對魔力敏感就無法勝任魔導士，要是有感知魔力的技能，就會受到相當的禮遇。

那恐怕就是「察覺魔力」的技能吧。然後，面對傑羅斯身上裹著的龐大魔力濃度，她強忍這令人喘不過氣的驚愕，一面故作鎮靜，一面應對傑羅斯。

同時抱著「絕對贏不了對方」的這份壓倒性失敗感與恐懼。

「他、他那麼厲害嗎？他明明就像流浪魔導士耶～？」

「強到可以一口氣殺掉妳呢。可以的話，我真是不想再見到他了……」

「咿、咿～～～～～～～～～！」

「現在就算害怕也太遲嘍。若是在戰場上，妳就已經是具屍體了。」

貝拉朵娜刻意玩弄她，心想盡量讓庫緹嚐嚐自己體會到的恐懼。

「真是的……大公爵的爺爺是在哪裡認識那種人啊。我都折壽了……」

接著，即使是對自己認識的克雷斯頓老人家也口出了惡言。

◇　◇　◇　◇　◇　◇

這是他為了散心而瞧瞧市場等地所弄清楚的事。這世界的物價非常便宜。便宜到只要大概有一百金就可以活一個月。

這物價實在等於戰前的日本，尤其是食材很便宜。雖然這樣眼前的生活是沒問題，但金屬類卻很昂貴，就算只是鐵似乎也以相應價格在交易。

這是因為礦山等能夠開採稀有金屬的地方，實際上很多都是魔物的棲息地，要開採不但必須冒著相當的危險，還要湊齊種種條件。基於需求與礦山工人的安全問題，他們會向傭兵公會委託護衛，等打敗魔物確保安全後，才會前往開採作業。

加上人事費或委託費的話，就會耗費相當大的資金，使得金屬的物價指數有上升的趨勢。另外礦山的數量也有限，再包含運費在內的話，也連帶讓物價愈來愈高。

當然，雖然製作陶器等物品所需的陶石沒有到金屬那麼貴，但價格依然高漲，餐具類的價格也漲得很誇張。因此在一般市民家庭裡，木製餐具才是主流。像這樣要獲得礦物資源，在哪個國家好像都很辛苦，其販賣平衡是由商人公會掌管，於是形成了各國都會平均分配的系統。但也有不少國家自己國內坐擁礦山，那些國家大致上食物動不動就會短缺。對於負責商品流通的商業公會來說，戰爭與盜賊就會是個很重大的問題。

戰爭的確可以賺錢，但生意興隆的只有部分商人。從商業公會看來，這是大幅減少買賣對象、工作者、商品流通的惡行。助長戰亂的那種貴族或商人因此被徹底的討厭。即使要引發戰爭，也需要耗費漫長時間研究計畫，建立食物可以自給自足等的基礎措施，並一點一點蒐集種種武器才可能發生。

不過，並不是那樣就能在戰爭上獲勝。檯面下的資訊戰姑且不論，現階段持續著和平，應該就算是種安慰了吧。不過，引起內亂的可能性似乎很高……

「真是不景氣呢。這個國家沒問題吧？」

「誰知道咧～？雖然王族繼承權似乎沒問題……」

「騎士團與魔導士團嗎？他們的關係好像很差耶～尤其是上頭那些人。」

「好像是耶。真希望國防部裡別有什麼政變。」

「完全同意。我很想要平穩過活呢。」

他悠閒地和擺攤的商人聊天，同時詢問國內的情勢。

資訊在決定自己前途上是必要的，少了一點消息就可能關乎存亡。因為些許的大意也會演變成被捲入始料未及事件的原因。

「對了，你不買我們家的烤肉串嗎？」

「這是什麼肉呢？有股特別香的味道……」

「這是野生霍爾斯坦牛☆是我最近努力獵來的喲。」

「哦……我聽說牠的牛奶是頂級品。肉嗎？」

「同樣是牛，奪命野牛可以吃，霍爾斯坦牛應該也能吃才對。」

他試著買一串烤肉串，然後把它慢慢塞入嘴裡。

牙齒咬到肉的瞬間，肉汁漸漸滿溢口中。燉煮辛香料與果實的醬汁把肉的風味提升了好幾個檔次。

「這、這是……肉汁的寶石盒啊啊啊啊啊啊啊啊啊啊啊啊啊！」

肉好吃到讓他變成了不知是哪個地方的藝人。

「你、你沒事吧……？」

「哎呀，太好吃了，我就忍不住說出了約定俗成的台詞……我要買個五十串。」

「買太多了啦啦啦啦啦啦啦啦啦啦！」

結果，他買了五十串烤肉串。之後，傑羅斯也採買了各式食材或辛香料，並哼著歌在街上隨意逛逛。不一會兒，他注意到一塊仿照菸斗外形製成的看板，身體為之一震。

「難、難道，那就是香菸專賣店！香菸……有香菸嗎？」

他很愛抽菸，是個重度癮君子。

連日來處於禁菸狀態讓他在精神上無法冷靜下來，渴求香菸到戒斷症狀都出現了。要是在這樣的他的面前有間香菸專賣店，他應該會毫不猶豫就衝入店裡吧。

實際上，他就已經開門進了店裡。

店裡陳列著非常多格抽屜的收納櫃，以及無數個收納菸斗的盒子。他對自己的嗜好品是一種行業的這點，藏不住心中的喜悅。畢竟，現代社會裡走哪兒都推廣禁菸，喜歡抽菸的癮君子必須躲在房間一隅或外面抽菸般的抬不起頭。現在幾乎沒有那種設有吸菸室的地方了。

「歡迎光臨，想買什麼？」

「香菸……尤其有紙菸就更好了。」

香菸也是有分種類的，像是水菸、菸管、利用菸斗抽的菸，還有雪茄。普及一般市民的是紙菸，至於雪茄或菸斗則是商人或貴族的愛好，連水菸都有王族或神官等人才喜歡的傾向。大叔毫不猶豫就選了紙菸。

「你很愛抽菸吧？還是個老菸槍……」

「你懂的。我最近菸抽完，所以很靜不下來。我是第一次來到這座城鎮，沒有熟悉的店家呢。」

「呵……我們家商品種類豐富，各種菸都很不錯。即使是一樣的香菸，根據產地不同，味道也會不一樣呢。」

「我喜歡帶點嗆辣的。甜味則能免則免，還有就是香味了吧？」

「嗯——阿梅勒產的怎麼樣？要不然，你要試抽看看嗎？」

「請務必讓我試試。再怎麼說，有這麼多種也很難選呢。」

店主從櫃子裡拿出好幾種香菸葉，接著在傑羅斯面前一小撮一小撮地排成一排。傑羅斯見狀，就把道具欄中的菸管拿了出來。

「真是特殊的菸斗，但似乎別有一番風味……你還真有個性。」

「雖然我用不太到，不過如果要享受抽菸風情，這就會是最好的。」

「你還真講究啊，我很欣賞你。我會適當挑選幾個可能合你口味的菸。」

大叔把少量的菸葉塞入菸管中點起火，盡情享受久違的菸味。

他依據自己的嗜好，在其中嚴格挑選喜歡的香菸。

「諾魯瑪特產的，加上伊沙拉庫產的嗎……還真是挑了好貨。我愈來愈欣賞你了。」

「這些就是我喜歡的口味了。桑貝爾產的感覺有點濃烈，如果再溫和一些就可以品味了。」

「菸可是品嘗香味的東西呢，和味道是兩碼子事。以你的年紀來說或許會有點濃烈。」

「能幫我把諾魯瑪特和伊沙拉庫的菸草做成紙菸嗎？這真是好東西。」

傑羅斯找到心心念念的香菸，開心地付了錢。

「了解，我會給你優惠喔，也希望能就此增加常客呢。」

店主邊這麼說，邊走向深處消失蹤影。大叔則充分享受著久違的香菸。不久，店主就拿著紙袋從裡面現身。

「這次就算你便宜些。非常歡迎你再度光臨。」

「因為我得到了好東西呢，下次一定再來捧場。那麼，我先失陪了。」

「謝謝惠顧……要再來喔。」

大叔得到一直想要的香菸，然後離開了店家。

大叔心情好到無視禮儀，直接叼著香菸走在街上。

大概是因為能抽菸而轉換了心情，只見他踩著輕快的步伐，開始在街上隨意亂逛，結果一回神他卻發現自己迷了路。

目光所及之處，是跟看起來很熱鬧的街上迥然不同的冷清街道。

在那裡有著一排排的老舊房子，還有許多表情格外灰暗的大人們與孤兒，以及用閃爍的眼神打量別人的小混混。

「貧民窟？不，應該是舊街區嗎？」

雖然就貧民窟來說，這裡的街道有修整過，但街上治安本身好像不太好。

錯身而過的那些人，形跡可疑地看著傑羅斯，他們不時和坐在地上的男人說話，接著消失於街角。

雖然他有預感，毫無疑問將會引起騷動，但既然不曉得現在的位置，他也是一籌莫展。

在傑羅斯拿到的地圖上只標記了桑特魯鎮的三分之一，所以說起來要知道現在的所在位置，根本就沒有辦法。

「有很多錯綜複雜的地方……總之，先看看狀況吧？」

他領悟到慌慌張張也沒用，所以就漫無目的一直沿路走，然後來到一個噴水池廣場。噴泉已經沒有出水。過去應該蓄滿水的水池，如今卻空無一物地凋零，加上沒有人煙的民宅，和表面那側的繁榮相比，有著完全相反的荒蕪景象。

他把在攤販買的冷掉的燒肉串送進嘴中，一面警戒周遭，一面持續閒晃。

『嗯～～？三個人……不，是四個人嗎？』

他透過也是刺客技能的察覺氣息，敏銳地感受著後面跟來的氣息。

這種尾隨非常拙劣，就算是外行人大概也不會那麼誇張。

實際上，他一通過小路，後方跟來的氣息便會慌亂地竄動。從那個角度看來，跟蹤者是小孩的可能性就會變高。

因為是這種冷清的街道，應該也會有街童吧。假如對方是小孩的話，他就會很在意對方是有什麼事。傑羅斯若無其事地從袋子取出烤肉串送入口中。

「伯伯！」

他忽然被小孩那方搭話。他回過頭，衣服略髒的小孩就露出了燦爛笑容仰望傑羅斯。

「喊我伯伯……真希望妳起碼叫我叔叔。」

「不是都一樣嗎，伯伯。」

「唉，是沒錯……但總覺得不太能接受……所以，妳有什麼事？」

「給我肉！」

紅髮的小朋友很有精神，她毫不怕生且氣勢十足地說。

雖然看起來是個女孩子，但那副骯髒模樣、肌膚有割傷，也不是不像男孩子。曬黑的膚色感覺很健康，但她似乎很瘦弱。

「肉嗎？為什麼？」

「有什麼關係嘛，小氣！」

「不，給陌生小孩是沒關係，但如果妳對此食髓知味，做出逼人請客的行為，我實在會很對不起妳的父母。」

「我沒有爸媽。孤兒院就是我們住的地方！」

「孤兒院？這種地方會有孤兒院嗎？」

「有啊。是領主大人替我們出錢的。」

看來這裡有領主經營的孤兒院。不過，就他所看見的感覺，這裡治安很差，實在不是能夠培育孩子的環境。

最壞的狀況是產生罪犯預備軍，讓這一帶的治安在不久的未來招致更進一步的惡化。

「嗯~……你們有幾個小孩呢？」

「加上我是四個人，還有一個在看家，伯伯。」

「妳年紀也很小呢……」

「我已經十三歲了！我可是個出色的大人！」

「不會吧！怎麼看都只覺得妳比那還……」

對方不管怎麼看都很年幼。恐怕是營養不足，停滯成長了吧。

堅強過那種生活的模樣令人很想流淚，但傑羅斯還是拚命地忍了下來。

「可是啊，如果在這裡吃大概會惹人生氣吧？那裡姑且算是孤兒院，會有大人在吧？」

要施捨對方是無妨，不過後續才是問題。

就算貿然給人東西，結果小孩子們被當成小偷的話，也很慘不忍睹。

必須避免那種傷害幼小心靈的狀況，是大人該有的明智應對。

「我也會拿給修女。」

「總覺得，這好像反而會惹人生氣……嗯——那麼，妳能把我帶到那間孤兒院嗎？」

「咦～～為什麼？」

就十三歲來說，她的想法很幼稚，還發出了聽起來很不滿的聲音。不過，傑羅斯也有他的說詞。

假如給這些孩子肉串，對於「別人給的」等等小孩的說詞，那位修女會究竟會不會願意聽進去呢？他抱著這樣的疑問。

要是對方想，肉是不是這群孩子偷來的，那麼幼小的心靈就會受到深深的傷害。

那樣他會很過意不去，因此要是不做萬全的售後服務，應該就不能稱作是擁有明智判斷的大人吧。若是孤兒的話，就更有權利變得幸福。

「……所以，就由我來好好做說明。再說，抱著這麼大的袋子跌倒，肉串可是會浪費掉的喲。」

「就算掉到地上，三秒左右就沒問題！」

「對啊對啊！伯伯，你太操心了！」

「我們的肚子可沒那麼脆弱喔！」

「難道是三秒法則！這種世界裡也有啊！」

孩子們很頑強。令人不由得在意起他們平時的飲食生活。

「也考慮到你們在吃飯前開動的可能性，我跟著去會比較好吧。最重要的是，這個街上的治安好像很差，也有可能會在途中被搶。」

「大家都是好人喔！」

「嗯，雖然對外人很冷淡呢。」

「偶爾也會分蔬菜給我們。」

「伯伯，你不信任別人嗎？」

孩子們太有精神了。不過在此之前，或許這個舊街區意外地充滿人情味。

他們對傑羅斯有些迴避應該是因為他是外人——總之他決定這麼理解了。

「比起這個，請帶路到孤兒院。如果好好說明，修女願意欣然接受，這就會變成今天的晚餐喔。」

「「「「Sir, Yes sir！」」」」

「這種話……你們是在哪裡學的啊？」

小孩都會在不知不覺間學起奇怪的話。

傑羅斯在心裡發誓，如果將來結婚，會讓自己的孩子注意用字遣詞。雖然就算這樣，小孩子還是會學到奇怪的用詞。

總之，傑羅斯讓孩子們帶路，前往了孤兒院。

他不曉得自己將和這些孩子們長久來往下去……

◇◇◇◇◇◇

仔細看的話，孤兒院的方向是位在看得見克雷斯頓住的宅邸的地方。

王族在考慮到帶給觀賞者心理影響下，所建造出那如城堡般的別院外觀，即使從舊街區裡也可以明顯地認出來。雖然他應該迷了路，但歸途比較簡單就回得去，便鬆了口氣。

那麼一來，孤兒院的位置就是坐落在距離新街區和舊街區都很遠的地方，他弄清了要領養孩子們的話，這會是有點不方便的立地條件。

要去市場會繞遠路，必須以繞道的形式通過舊街區與新街區，治安令人抱有不安的舊街區實在讓他覺得很危險。

就他在街上散步時所看見的奴隸商人，這世界的政治狀態是肆無忌憚採用奴隸制度，而且就算有那種擄人的罪犯也不奇怪。

那麼一來，孤兒們就會變成很合適的商品，應該也可能出現一些人，把什麼都不知情的孩子們擄去販賣吧。雖然成為奴隸的人們有些前提條件，例如無法工作的大人或罪犯才會淪為奴隸，但其中也有人被當作妓女或為了滿足特殊性癖好的性奴被拿去販售。

這個表面上禁止、背地裡卻偷偷進行的非法奴隸買賣，是依性別或年齡決定價格。同時不取締並默認的可能性也很高。

畢竟，孤兒都會被視為派不上用場，只要不予以教育，遲早都會變成罪犯預備軍吧。在孤兒院教育並讓他們出社會也很花錢，不如當成奴隸賣掉還比較省錢、省事。傑羅斯抱著灰暗的心情，嘟噥一句「要在世間生活真辛苦……」接著深深嘆了氣。

傑羅斯基本上是反對奴隸買賣的那一派。這些消息都是他預先在克雷斯頓的別館裡，全心全力蒐集到的資訊。不過傑羅斯的常識是以現代社會上養成的常識作為前提基準，那些常識未必也適用這個世界。

話雖如此，為了錢而任意擺布孩子們的未來，那種行為也令人難以接受。

「伯伯，就是那裡！」

紅髮少女指的方向，蓋著一座冷清寂寥的教堂。

當他心想這間教堂應該就是孤兒院時，便在那道門前看見儀表得宜的青年與騎士們的身影。正在和他們對峙的是身穿神官服，年近二十的女性。

「那些傢伙，又過來了……」

「他們是什麼人？乍看之下好像是貴族……」

「是這裡領主的兒子，是個非常討厭的傢伙……」

總之，就是克雷斯頓的孫子，瑟雷絲緹娜的哥哥。

『真的假的？這……應該是慣例劇情吧？這是意想不到的上天安排嗎？』

麻煩事的味道撲鼻而來。可以的話他是很想迴避，但他就是不想被孩子認為自己是那個討厭大人的同伙。

『我只是想安穩平靜的生活呢……』

他心想看來是被捲入了麻煩事，然後像是放棄了人生似的沉重嘆息。

這天，他有了很悲傷的領悟，就是自己有著容易惹禍上身的命運。

第八話　大叔干涉他人的戀情

此刻站在孤兒院前面的，是這座城鎮的領主索利斯提亞公爵之子，名叫「茨維特・汎・索利斯提亞」的青年。

他帶著兩名護衛騎士，在孤兒院的教堂前和修女起口角。

他隸屬伊斯特魯魔法學院高中部，成績優秀但是很粗暴，是極受講師陣營嫌惡的問題學生。原因是學院本身變成了魔導士的派系鬥爭，及確保人馬的社交場所，而他則是隸屬兩大代表性派系的其中一派。

那些派系中，最具代表性的是「惠斯勒派」及「聖捷魯曼派」。

惠斯勒派以實戰為主軸的攻擊型魔導士輩出，主要研究與軍事活動有關的謀略，這也是與騎士團對立最激烈的派系。聖捷魯曼派則是以研究至上的理論派魔導士輩出。主要研究為魔法構築或魔法藥製作等等，是探究全盤魔法學的一派。兩個派系對這國家有著巨大貢獻的實績。

然而，那都是過去的事了，現在兩派都很執著於權力，處在彼此仇視的立場。他們有共通的政敵，所以也不能公開對立，目前正持續處於冷戰狀態。茨維特因為是惠斯勒派，同時身為索利斯提亞大公爵家的長子，所以備受禮遇，周圍都對他另眼相看。

當然，他的實力在學園排名位在頂尖，但那也連帶更助長他的氣燄。不，他的行為舉止變得令人難以忍受，是在這兩三年期間的事。

因為他祖父克雷斯頓屬於惠勒斯派，茨維特就覺得繼承「煉獄魔導士」的會是自己。他對祖父的豐功偉業知之甚詳，一直都把祖父當作憧憬的目標。

就因為周圍的人都極力奉承他，他才會這麼得意忘形，而且眼看著就要步入歧途。

熟知茨維特的人們，都對他的行為舉止感到有些難以理解，但他本人並沒有自覺。

那位公爵家的繼承人也來到了青春期。去年夏天，他偶然看見陪孩子們的修女，馬上就墜入了情網。從那天起，他就開始熱烈地追求對方，接著時間一久，變成了半騷擾般的糾纏。到現在，則是處在跟蹤狂的狀態。

茨維特的行為舉止，在這個世界上是普遍稱作「天使的惡作劇」、「邱比特的一時興起」的現象。

那是循環體內的身體魔力，對適合自己的異性的魔力波長產生反應，所引起的生理現象。這個症狀民間也稱作戀愛症候群。如果要用通俗說法，稱之為發情期應該就很容易理解了吧。

那時會對與自己最契合的異性展開熱烈追求，可是他的行動卻脫離了常軌。

「所以，妳也該死了心當我女人了吧。這種孤兒院妳打算待到什麼時候？」

「我是以自己的意思決定要為孤兒院奉獻力量。我沒理由受你指示！」

「妳那種強勢態度會持續到幾時咧？只要是想要的東西，我不管是什麼都打算得到。當然，『路賽莉絲』，妳也包含在內喔。」

路賽莉絲是被孤兒院撿到，並在那裡長大成人的。兒時記憶全部只有在孤兒院生活的回憶，沒有關於父母的記憶。

對她來說，孤兒院就像自己的家，她心想有天也想像養育她的神官或祭司們一樣照顧無依無靠的孩子們，以報答他們的養育之恩。

雖然當時還有相同境遇的小孩，或照顧她的修道士與神官，但自從路賽莉絲結束神官修業回到孤兒院後，狀況就為之一變了。

孤兒院的經營是靠國家補助金籌措，並由四神教的神官代為營運。因此，雖然路賽莉絲是見習神官，但她也是一邊幫忙孤兒院，一邊以低廉收費治療附近居民來進行修練。

在這種時候出現的，就是這位茨維特。

他原本就有強烈想當英雄的心願，所以就把以低廉報酬為民治療的路賽莉絲當成聖女，認真為了擁有她而採取行動。不過，他初次搭訕的台詞卻是：『喂，當本大爺的女人吧！』突然間就說出了過分的把妹台詞，所以路賽莉斯才會懷疑他腦子是不是不正常。

後來，她嚴正地不斷拒絕，但茨維特好像因為不如意而惱火，就以「要得到下屆領主的工作經驗」等修練為名義，把孤兒院本身分散到各處。

表面上是「孤兒院的存在可能破壞街景」，但實際上讓路賽莉絲孤立很明顯才是他的目的。他本人也光明正大地在路賽莉絲面前做聲明過，而那些行為反而造成被對方討厭的反效果。後來，路賽莉絲對沒事就來求愛的茨維特，便轉而以堅決又冷淡的態度相待。

這使他愈來愈頑固，並更激起他採取強硬的姿態。

他們你一言我一語。簡單說，就是僵持不下的狀態。

「說起來，我最討厭你了。為什麼我就要對趁機利用他人弱點的卑鄙下流之人放下心防？就人來說，你可是最差勁的！」

「唔，不過……妳能那麼說也只有現在了。要是新事業的可許下來，妳變得沒辦法待在這裡，結果就會來哭著求我了。這也算是為了小鬼頭們求情呢～」

她就算再怎麼溫厚，也會對茨維特過火的行動很火大吧。

她的言行變得尖酸到讓人不覺得是名神官，對他投以充滿蔑視的眼神。

「……你的品性真的很低劣。想到這就是下屆領主，我就覺得人民很可憐。我還比較推崇弟弟『庫洛伊薩斯』。」

「妳這傢伙……你是說比起我，那個壞心腸的家裡蹲更好嗎！」

「遠比什麼都不考慮就濫用權力的卑劣之人好！」

雖然不知道是否要稱其為情侶間的無聊爭吵，但他們在情感上碰撞相當厲害。搞不好，狀況還會變得不只是受傷就能解決的問題。

例如說，茨維特如果將路賽莉絲殺人棄屍，也會連帶與所有四神教為敵。就結果而言，這很難說不會發展成宗教國家與國際間的問題。假如變成那種情勢，雖然說是王族的末席，但索利斯提亞大公爵家難說不會被弄垮。他沒發現，要是無法受到本家王族的擁戴，這在某種意義上是繼承人危機。

他不僅以霸凌者的理論行動，自尊還異常的高，因此相當惡劣。

「嗯……也就是說，就算已經被甩了，他也依然糾纏不休地追著修女的屁股跑……不，這種情況大概是胸部了吧？纏到會到處追著人家跑，應該就是這麼回事了吧？」

「嗯，沒錯。他還真幼稚～」

「被小孩說幼稚嗎……他還真是得不到回報耶。」

「雖然他好幾次想讓修女回頭而努力～大概已經不行了吧？」

「畢竟他用了卑鄙手段呢～再怎麼努力都無法進展到朋友之上了吧。

先不論他錯估情勢所做出的努力，他的初戀因為自己的所作所為變得完全無法彌補，要修復關係已經不可能了。哎呀呀，怎麼會變成這樣呢。」

兩人回過頭，就看見穿著灰色法袍的寒酸魔導士和孤兒院的小孩們聊得很起勁。而且是一面看著他們自己的樣子，一面說明、分析現況。

路賽莉絲馬上就臉紅了。她應該是如果地上有洞會很想鑽進去的那種心境。

「一看到人家劈頭就說『當我的女人』嗎？這句把妹台詞，真令人難以理解他是很有自信還是愚蠢，又或者是兩者皆是呢。

首先，我想想～……他應該先假裝巧遇，然後自然地對話才是呢。例如，像是說『辛苦妳了，修女。妳為了我們應該保護的領民進行治療，這些施惠，實在令人不敢當』之類的話。」

「哦～好帥！」

「第一印象很重要……因為是初次見面，所以又更是如此了。這樣的話，也可以帶給領民下屆領主體貼、善良又崇高的印象呢。」

「一開始就失敗啦？」

「真遜～！」

「好糗～一般都不會想變成那樣的吧～」

而且，他們還客觀分析兩人的相遇，並且做出了指謫。

「另外，後來才真是不行。為了增加見面次數，他把孤兒院分割，而且把她配到治安更差的舊街區孤兒院了吧？想讓她依賴自己的企圖很明顯，老實說，這真教人不敢領教呢～」

「修女也說過同樣的話喲。」

「我想也是呢。既然他是下屆領主，我還真希望他在意一下社會上的目光。萬一變成謠言的話，除了丟臉什麼也不是，甚至人民的信任度還會下降，所以就下屆領主來說，這可是不能做出的輕率、無謀，且無知的失敗。」

「好感度直線下滑～」

「戀情和領主之座都拜拜嘍～」

「他已經完蛋～了呢～♪」

雖然是給人隨便講了一頓，但從名聲上來看，這是正確的見解。正因如此茨維特才會抖著雙肩壓抑著憤怒。不曉得他是多少有些自覺，還是事後發現了這點，他再次被迫理解——這是徹底失敗且無可挽回的事情。

因此，被人這麼一講，他好像就更火大了……

「這個時間點，好感度明明已經降到了最底邊，他還要進一步以開發當作理由威脅啊。已經沒救了。是不可能彌補的最糟選項～呢～」

「「「失敗、失敗、大失敗！」」」

「即使如此他也不放棄的來見她，這也算是很有毅力吧。不過，這已經失敗得一籌莫展呢～他們每次見面，她的好感度就會急遽暴跌，所以在此懊悔自己的不成熟並且放棄比較乾脆～……真是遺憾啊！」

「「「失戀、失業，人生再見了！」」」

「不，他又沒自殺，那可是很沒禮貌的喲。唉，雖然他今後必須抱著羞恥活下去……」

孩子們不留情面，大叔也是毫不留情。

「他要是後悔目前為止的行為並且低頭道歉，好感度多少會改變，但現階段如果前進的話，不管怎麼做都為時已晚了吧～好像也已經超越了改正會有用的階段，果斷放棄才是好辦法呢。如果是現在的話，他還保得住作為領主的道路呢……」

「這就是所謂把失戀當作食糧，獻身於工作，對吧？」

「不如說，那樣會比較幸福～」

「貿然的行動是致命傷！稍有疏忽就完蛋！面子很重要！」

「你想當大人嗎？還是想當回小朋友？真搞不懂耶～」

這是孩子們的閒聊吧，但對於被講的當事人來說，這卻是存活問題。

說起來，因為是在這種人來人往的地方大聲口角，所以也會有目擊者。

甚至，就因為他是好面子的貴族，維護顏面是理所當然的。然而他在他不顧羞恥威脅人的時間點就已經出局了。

沒錯，現在的他極度難堪，如果謠言傳開，領主之座難說不會傳給弟弟。

「行為是會伴隨責任的，疏忽這點並憑情感行動，就會導致現在的結果。因此他現在繼情和下屆領主都變得岌岌可危了呢～」

「這就叫做難堪吧？這就叫做悲哀吧？」

「比起這件事，我想吃肉串。還沒要吃飯嗎～？」

「伯伯，我們快點吃嘛。我肚子餓了～」

「領主的兒子就算死了也無所謂喲。肉～～～～」

孩子們好像覺得怎樣都無所謂。只對肉串有興趣。

「「「……………………………」」」

另一方面，剛才在爭執的兩人與護衛騎士們，則是不知道該講什麼。

旁人看來，大叔和孩子們的對話會被當作閒聊了事，對當事人們來說卻是大問題。

路賽莉絲是受害者，這一點應該沒問題，不過對茨維特來說是個大問題，而且，還會落得被民眾瞧不起的田地。甚至，考慮至今有眾多目擊者，謠言已經傳開來的可能性很高。一個弄不好，這會是被當作罪犯處罰的事態。

「請、請問～……」

「什麼事？修女小姐。」
「不好意思……那個，您是哪位呢？」
「我是碰巧被這些孩子纏上的一般市民。他們對我說『伯伯，給我肉』。」
路賽莉絲瞪著孩子們，那些孩子便同時把傑羅斯當作盾牌。
孩子們意外地大膽，好像很強韌地過著生活。
「……真的很不好意思。畢竟捐款沒下來，我們的生活很困頓……」
「啊～……難不成，他做到那種地步？」
「手段真的很卑鄙！我很懷疑他身為人的感性！神是不可能寬恕這種事的！」
「想要的東西就強行弄到手？貴族中也有人不沉迷於力量或權力……他明明就失敗了，為什麼還要拘泥於力量呢？」
「傷腦筋，他是不會懂那些事的。」
「對了，關於這些肉串……」
「這樣對不認識的人真的很抱歉──！我一定會歸還費用……」
「沒關係啦。就請妳當作是捐款的形式。孩子們如果不多吃一點，健康上會出問題的。」
「真的很不好意思！不過，這樣可以嗎？」
「我不小心就買了大約五十串，想一想我也吃不完呢。啊哈哈哈！」
「真、真是豪邁啊……」
「是豪買喲。因為收入比我想像的還多，我就忍不住買了以前買不起的東西。雖然魔石如果沒有降價就好了呢……」

「喂！那邊那個，你侮辱貴族……何況是有著公爵家血統的我，難道你以為會輕易了事嗎！」

茨維特在談話途中插了進來。好像格外的盛氣凌人。

「……事到如今也沒辦法了吧。是說，沒想到你會特地等到對話結束呢。意外的很守人際交往的規矩？不，你大概是吐槽體質之類的……」

「閉嘴！雖然不知道你是哪個派系的魔導士，但灰色法袍之流居然把我當作傻瓜……」

「……灰色法袍啊？嗯——……難不成，這個國家是以法袍顏色決定魔導士的順位？」

「什麼？……原來如此，你是別國來的魔導士啊。既然這樣，我就告訴你。魔導士的位階會以灰、黑、紅、白依序改變，灰袍表示最低階的魔導士。灰袍是和新手同樣地位的魔導士，和紅袍的我水準不同。」

茨維特自信滿滿的揚言，但他沒發現這些話裡有很大的盲點。

「那個～我可以說些話嗎？」

「幹嘛？」

「我啊～是從外面來到這個國家的魔導士喔。我不知道這個國家是以法袍顏色決定實力，那種常識應該不適用於我吧？」

「…………………………」

沒錯，以顏色分辨實力的就只有這個國家，不適用於別國的魔導士，同時也無法以此得知實力差距。要是沒有極高的等級探測技能，就無法推測對手的實力。

「哼、哼。那又怎麼樣。我、我可是高階魔導士喔！你覺得這樣的我，會輸給區區一個來路不明的魔導士嗎？」

「就算你紅著臉、結結巴巴的對我說也沒用呢～再說，你那毫無根據的自信是打哪兒來的啊……我可不太贊同你挑釁實力不明的對手喔。藐視對手是危險的徵兆。重要的是，你說什麼侮辱，你的行為在民眾之間已經傳得沸沸揚揚了，那可是你自己的過錯。你這樣不就只是沒道理的恨人嗎？」

「閉、閉嘴，下賤東西。反正你是被踢出來的魔導士吧？那種軟弱傢伙是能打倒我嗎！『火球』！」

他大概相當不高興傑羅斯被允許進入孤兒院吧。

他忽然以無詠唱發動魔法朝傑羅斯射了過去。

「嘿！」

——噗咻……

傑羅斯不加思索揮拳的瞬間，「火球」就在他眼前煙消雲散。

「什！你、你這傢伙不是魔導士嗎！」

「我是魔導士啊。我也很熟練戰鬥職業，這又怎麼了嗎？」

「話說回來，你拿著雙劍……難道……」

「除了魔法之外，硬要說的話，我比較擅長用劍呢～不過，你這種程度的對手用拳頭就夠了吧。魔法和劍大概都不需要。」

傑羅斯擁有拳神職業技能，一般的魔導士是贏不了的。

畢竟那不僅是最高職業，他還熟練了魔導士最不擅長的戰鬥。要是從正面打的話魔導士會處於壓倒性的劣勢。

「呵……如果是魔導士，明明應該會很需要近戰。這是讓人那麼驚訝的事情嗎？」

「喂，你們……去爭取時間。我要把這無理之徒燒死！」

「是！了解。」

「交給我們吧，茨維特大人。」

騎士們把手放在劍上，窺伺傑羅斯的模樣。既然他可以用拳頭作戰，對於還沒拔出武器的騎士來說，這就是很不利的狀況。甚至對手也有劍，連魔法都能使用。

「你們把手放在劍上了嗎。不過啊，這樣好嗎？」

「你、你在指什麼……？」

「你們要是拔劍……我就會當你們有死的覺悟嘍。」

「「──……！」」

他們的背後冒著冷汗。乍看之下沒有任何變化，但氣氛明顯改變了。眼前的魔導士明明只是站著，他們卻找不到攻過去的機會。

騎士們有種錯覺，彷彿眼前有隻猙獰巨獸般無法動彈，他們本能察覺踏入一步的話會很危險。

「你們在幹什麼，上啊！」

「但、但是……」

「茨維特大人……這男人太強了。就算想上前砍殺也沒有機會。」

「嗯——要當我的對手功夫還不夠，但如果要前來挑戰，我就陪陪你們吧。做好覺悟，放馬過來。話說，所有人的等級都未滿100，我還真是不敢領教呢～」

「「「什麼！」」」

大叔就像不知道哪裡的格鬥家，或走向龍之路的人那種人，把左手翻了過來，並動了動四根手指頭，挑釁對方「放馬過來」。

「還有，我看得見你們所有的能力參數喔，連保有的技能也是呢。你們了解那個意思嗎？」

「你說鑑、『鑑定技能』……？這怎麼可能，可以看見我們所有的能力參數，也就代表……」

「他遠比我們所有人都還強。」

「怎麼可能……如果是等級那麼高的人物，就會在傳說裡……」

「……該怎麼說呢？我真希望你們有獨自打倒飛龍的實力呢。」

鑑定技能可以鑑定的內容，會根據對方與持有者的等差，以及鑑定技能等級而有所改變。與對手的等差愈高，鑑定可知的內容也會變得詳細。可以知道他們所有的能力參數，總之，也就是他們之間有壓倒性的實力差距。

「……等等。這個男人沒說過半句我們的等級。也可能是在虛張聲勢……」

「『茨維特』，等級50，擅長炎系魔法嗎……哦？（異常狀態是『洗腦』，這是怎麼回事？我應該在這裡告訴他嗎？）」

「不是虛張聲勢嗎，可惡！雖然只有這招我不想使用，但沒辦法了。『煉獄之焰啊，化作群龍，殲滅敵人吧。元祖來自冥府的邪惡破壞者……將一切燃燒殆盡之人……』」

「什、茨維特大人，那個咒文是！」

「要是在舊街區使用那種魔法，可能會引起火災！你打算燒光這附近嗎！」

「呵哈哈哈哈哈！你的從容會招致惡果呢，接招！『地獄破壞龍』！」

傑羅斯的四周有無數隻火紅的炎龍飛來飛去。但，傑羅斯只是嘆了口氣。

「那招我已經見過了呢。『幻影疾行』（要考慮時間和場合使用魔法啦，啊～真是的，我不想再跟他說了！）」

傑羅斯在一瞬間彷彿分裂成無數人影似的高速移動。他只靠拳打腳踢，就讓所有炎龍消滅了。

這種大範圍攻擊魔法，只要在具現化的物理現象完全發動之前粉碎，就可以把損害控制在最小限度。對於他這極不合常理的攻略法，任誰都會目瞪口呆。

「這就是最後一個了呢。」

他踢出了迴旋踢讓最後一隻炎龍消散，就若無其事地隨意搔搔頭。態度簡直在說這很微不足道。

原本若是具有實力者使出，會燒盡整條街的那種大魔法，在他的拳打腳踢下保護了附近不受損害。

「克雷斯頓先生遠比你有威力呢。唉，等級50的程度就是這樣啊……你恐怕沒辦法再放第二次了吧？這樣的話，既有的範圍魔法會比較有效果喔。」

「怎、怎麼可能……那可是我的最強魔法耶！那麼輕而易舉就……」

由於茨維特放出強力魔法，使得魔力接近枯竭狀態。

雖然他沒有發現，但騎士們知道了某件事，表情因此一片慘白。

「喂，剛才……」

「嗯，他說出了前代公爵大人的名字……」

「啊～我沒說過嗎？我現在正在克雷斯頓先生的宅邸裡受照顧呢～當然，我也認識克雷斯頓先生呢。」

「「「根本就沒聽你說過！」」」

「啊～想想我至今一句也沒說呢。」

換言之，他就是隱居者所認識的人。同時，這對茨維特來說，應該會是最糟糕的狀況。超然的態度讓人火大，但就算要扁他，自己也因為魔力耗盡而無法動彈。

「你、你這傢伙……難道會和爺爺……」

「自己不規矩的帳，不仔細清算可不行。我會好好去報告的。我想那才是大人正確的態度呢。」

「別這樣，要是你做了那種事，我會被殺掉的！」

「呵，懇求我啊？……但我拒絕！你對身為神官的她做了些什麼？你做了相當惡劣狠毒的舉止吧？而且不僅沒有反省之色，還在這種街上使用範圍魔法，況且，那還是炎系魔法。要是在這種住宅密集處弄出火災，想必會演變成大慘事～我必須在此嚴格的施以處罰。尤其是要很謹慎地做呢。」

「拜託！我什麼都做！就唯獨這件事！」

「駁回。那種任憑情感輕易使用強大力量的傢伙～要是不予以相應的懲罰，就連反省都不會。請你把這想成是不選擇使用的魔法並做出危險行為的懲罰。如果是公爵家的繼承人就更是如此了。你應該要節制輕率行為才對呢。」

他毫不留情地拋下懇求他的茨維特。

『唉，這會稍微變成良藥吧。城鎮裡要是被魔導士恣意妄為，就只會演變成悲劇呢～』

大叔從懷裡取出紙菸，然後點了火。

「好厲害……竟然空手消除魔法……可是，總覺得哪裡很奇怪……會是什麼呢？是有哪個地方不太對勁啊……」

路賽莉絲對眼前做出難以置信舉動的魔法士，感到有些不對勁。

他的外表邋遢，形跡明顯很可疑，從傑羅斯附近卻感受不到任何魔力。

只要是人的話，誰都會釋放魔力。那將成為氣息，感覺敏銳的人就感應得到。

姑且不論程度差距，如果是行使魔力的人，誰都會擁有這項能力。若是高手的話，其效果就會變成技能顯現出來。路賽莉絲當然也有那項技能——「察覺魔力」，看到現在那項技能沒有反應的這點，就表示眼前的魔導士比自己還弱。

但就實際在眼前所見的感覺，她隱約感受到傑羅斯有種和其他人不一樣的東西。

「哦？察覺魔力嗎？靠那個是感受不到我的魔力喔。因為我的魔力圈範圍太廣了呢。」

「咦！為、為什麼……」

「也就是說，察覺魔力不是只有妳才有。不過，那基本上是自動發動的，所以偶爾擅自發動，不小心察覺到不相關的東西，就會是種煩惱之源呢。」

感受不到魔力不是因為對方比自己弱，反而是因為處在傑羅斯的魔力圈內而產生錯覺的現象。技能等級愈低就愈容易發生這種情況。進入高魔力對手的魔力圈內時，如果不刻意抑制或遮蔽自己釋放的魔力，並以全身的肌膚感受魔力，就無法正確的了解實情。

「真、真是失禮了！用技能擅自窺視對方明明違法，我實在是疏失了……」

「不會不會，這是魔導士之間常有的事，所以不用在意。再說，這點也是彼此彼此。要說疏忽的話，我也有在做呢。雖然是從剛才才開始的……」

年方十八的路賽莉絲正處於適婚年齡。那樣的她，即使在土氣的神官服籠罩下，相當豐滿的雙峰仍然傲然挺立。傑羅斯從剛才開始就很在意了。儘管覺得很沒禮貌，眼神還是會不由自主地飄過去。他就是俗話說的「胸部星人」。

順帶一提，大叔的戰力偵測器判斷是D。

「呀～～！」

「妳還真是有對很雄偉的東西……因為我過著環境裡沒女人的生活，雖然覺得很失禮，但眼睛還是不自覺地就……真的很抱歉。」

「「「伯伯，你好色～～～～！」」」

感受到豐滿的胸部被人盯著看，她急忙用雙手遮住，但就算罩著白色法袍，那對豐滿的胸部只有愈來愈被強調出來。即使她很清秀，此舉反而卻更讓人覺得色情。

「唉，再怎麼說胸部大過頭也會讓人傻眼的……咳！不好意思……」

不過，他對金氏世界紀錄級的超級爆乳沒興趣。他也是有堅持的。

「我、我還以為你是個彬彬有禮的人……」

「畢竟我是大叔嘛～也有點喜歡下流哏。我還算是比較節制的那種。」

含淚覺得丟臉的她，煽起了傑羅斯喜歡欺負人的心情。

不過，他壓抑住慾望，故作平靜地掩飾自己。

「真是猥褻！不知羞恥！好色！真讓人難以置信！」

「把男人想成全都很好色才是正確的。當然，他們照理講也會那樣……這是不會有錯的。我可以斷言！」

突然被拋來話題，因魔力耗盡而筋疲力盡的茨維特，以及包含護衛騎士的三個人，都同時把臉撇了開來。看來大叔好像說中了。

「別、別突然把話題拋來我這裡啦！」

「你、你們是用那種眼光看著我的嗎！真、真是下流！我會鄙視你們的！」

「不、不是！我沒那種意思……」

「你可以斷言沒有？她是這樣的美女，還有巨乳喲。你就不會忍不住『興奮』起來嗎？」

「唔！囉、囉嗦！你給我閉嘴！」

茨維特死命的掩飾。大叔卻開始玩弄起他來了。

他好像直覺判斷「玩弄對方會很有趣」。隨行的騎士們都拚命的忍笑。

「美、美女……我？我很普通啊，沒有這回事……」

「嗯～～若是妳這種清秀的美女，我想男人的眼睛一定都會盯著妳呢～」

「那……那種事情……」

「對男人來說，美麗的女性就和挑戰未知世界的意義相同。想投身那裡的冒險者絡繹不絕。妳最好要有自覺，妳可是遠比一般女性都還優秀……沒自覺反而可能會被當作是在挖苦人喔。在那裡的他應該也是意見相同。尤其是胸部！」

「就說別突然拋話題啦！我根本就不知道要怎麼回應才好！」

他趁機揶揄茨維特。

路賽莉絲的臉龐就像番茄那樣一片通紅，並且低著頭。

她一頭銀藍色長髮在背後綁成了一束辮子，出眾的身材很端正，連一流模特兒都望塵莫及。帶有些許純真的臉蛋也很可愛。她若是態度堅毅，就算被人說是「簡直就像聖女」，應該也是可以理解的吧。

然而，對於作為孤兒出生長大的她，對自己的魅力沒有自覺。

「美女……我嗎？騙人！但……」路賽莉絲獨自嘟噥道。

「對了，關於肉串……我該搬到哪裡才好呢？」

「啊！對、對耶！呃……麻煩您送到廚房那邊。」

被說是美女，她害羞得臉紅，急忙的想要回應。

雖然是題外話，但她並不曉得作為神官的修業中，男性神官們都費了一番苦心甩開煩惱。路賽莉絲不用說都吸引了男人們。而且還是毫無自覺地……

「廚房在哪裡？畢竟我是第一次進教會。」

「是、是的！呃～……在這邊！」

「妳怎麼啦？總覺得好像很心不在焉。」

「迷有！我迷四！」

「妳吃螺絲嘍。」

路賽莉絲的舉止有點怪怪的，但還是把傑羅斯帶到了孤兒院裡。

「要吃嘍～要吃肉嘍～」孩子們邊跟在後頭，邊這麼說道。

被留下的茨維特愣了一會兒，不久便想起事情的嚴重性，當場低著頭無力的癱倒。因為接下來，等著他的就是罪狀的清算。

後來，傑羅斯在孤兒院用了晚餐，踏著輕鬆的步伐回了別館。

順帶一提，此時大叔已經把茨維特的異常狀態「洗腦」一事忘得一乾二淨。

茨維特要發現這件事情，仍需要一段時間。

第九話　大叔替孤兒院闢出農田

三位人物在領主宅邸碰了面。

其中一人是名老人——讓出家業並隱居的克雷斯頓老人家。另一人是名青年，是這個公爵家長男，茨維特。最後一人，則是看起來很嚴格的中年男性。他穿著白色法袍，是這個公爵家的現任家長——「德魯薩西斯公爵」。

「所以？你不曉得對方是祖父大人的客人就挑起戰鬥，偏偏還用了我們一族的祕藏魔法，而且還兩三下就輸掉？」

所謂祕藏魔法，就是魔導士一族絕不公開，要傳授給一族的祕傳魔法。

一般會稱之為原創魔法，也可以說是匯集一族研究精華所產出的奧義。然而那魔法不僅輕易的暴露於世間，問題就是沒兩下就被無效化。

「是……是那樣沒錯，但那男人強得很異常……」

「不用找藉口了。你豈止是不顧領地內損害地濫用，理由居然還是迷上的女人不屈服，而且好像和其他男人關係密切？要是這種可恥的話傳開，除了會是我們公爵家的恥辱之外就沒別的了！」

「唉，因為對手是傑羅斯先生呢。老夫也使用過，但他靠他的祕藏魔法就輕易打敗了我。」

「什麼！他是爺爺那種程度的魔導士啊？不可能……」

「一時間真教人難以置信。他究竟是何方神聖啊？那個男人……」

「老夫無法詳細說明，但他是老夫和瑟雷絲緹娜的救命恩人，老夫還僱他為家教。」

「什、什麼？」

「您說是那傢伙的老師！您請那種怪物教書嗎？這是在開玩笑吧！」

克雷斯頓口中道出了與傑羅斯的相遇。

他們兩人因為那些內容，臉色逐漸開始轉變。德魯薩西斯就像在挑戰費解的政治問題，茨維特則是知道自己的渺小而感到畏懼。兩人的想法各自不同。

「真想把他僱來當作我國的王牌呢。」

「應該不行吧。他說政治很麻煩。如果貿然糾纏他，可不知會變得怎麼樣。不過，他也不是那種沒理由就會突然主動攻擊的人呢。」

「可是，放任不管不會有危險嗎？他擁有那般才能，居然不為國效命……」

「老夫倒覺得他很有魔導士的樣子。若是為了研究，他就連國家都會挑釁吧。」

「要與他為敵還真是恐怖啊……不曉得他擁有多少祕藏魔法。」

「就老夫從緹娜聽來的，他擁有好幾個足以滅國的魔法呢。因為研究結果已經出爐，所以他好像不打算使用。」

「這是很充分的威脅，父親大人。不知道能不能設法束縛住他……」

就政治上來看，傑羅斯就像是以玩樂心態帶著核彈頭到處走。

然而德魯薩西斯的個性沒有從容到可以讓那種魔導士隨意到處走。

「別這樣，德魯薩西斯……你想滅了這個國家嗎？只要用輕鬆的感覺來往就可以了。就像緹娜那樣。」

「可是，如果是那種程度的魔導士，也可以對國家的魔法學做出貢獻。父親大人，您為什麼要阻止呢？」

「你就試試把疲於戰鬥的魔導士丟到權力鬥爭的狀況裡吧。他一定會優先把那些人消滅，然後從這個國家消失吧。可不能出現多餘的犧牲。」

「他也是父親大人你們的恩人……就不能強迫他嗎？」

「嗯——反過來說，除了原創魔法之外，他好像都願意爽快地教授喔。緹娜也想正式成為他的弟子呢，她拚命地學習了魔法式。」

「那孩子應該沒辦法使用魔法吧？」

「已經變得可以使用了，是託傑羅斯先生的福呢。不愧是大賢者……」

「「您說什麼！」」

他們很驚訝瑟雷絲緹娜變得可以使用魔法，但對於出現「大賢者」一詞更感到驚愕。說起來，在邪神戰爭時曾有幾位大賢者，他們以魔導智慧引領了勇者們。

但是，在封印邪神時所有人都死亡，而那些知識沒有被任何人傳承，便在歷史的黑暗中消逝。

在那之後就沒有任何人能夠當上大賢者，它被稱為一種夢幻般的職業。

「父、父親大人……那是真的嗎？」

「嗯──他的等級已經超過1000了。他應該比爛勇者還強吧？」

「真的假的……我挑釁了那種怪物嗎？我……」

「這事不可洩漏。就算是陛下也一樣……」

「『怎麼可能說出去。』」

賢者等級魔導士的存在，是許多魔導士會想乞求教導的超級VIP。

遠遠超越那種賢者的大賢者，已經就算說是神也可以了。這裡卻有個對那種令人惶恐的存在找架打的笨蛋。

「一個弄不好，我們的家系就會消失呢。」

「糟糕……雖然說是不知情，但我還真是對不得了的對象……」

「他好像想要靜靜生活，所以只要給他土地就可以了吧。而且約定也是那樣。」

「若是那種程度就行，那我們就馬上……」

「嗯──老夫要給他別館的部分森林，以及包括孤兒院在內。」

「爺、爺爺！為什麼會是孤兒院……」

對迷戀上路賽莉絲的茨維特來說，這是句讓他很擔心不安的話。

「據說是因為想到了適合一般工作的魔法，所以想教孤兒們。好像說是農業魔法之類的。」

「那是什麼啊？……所謂魔法，攻擊或輔助戰鬥不才是主流嗎？」

「他說過要向瑟雷絲緹娜展現魔法新的可能性。實在是位很好的教師呢。」

「真是一句讓人很想給魔導士團聽聽的話呢。所以，那孩子的才能看來有增長嗎？」

「嗯——這幾天有驚人的成長。憑學院的程度，要培育出才能果然是不行的吧。」

「因為學院把個人才能擺在優先呢。如果無法發動魔法，馬上就會被淘汰掉。」

「嗯——正因如此，傑羅斯先生改良過的課本就會變得很重要。老夫也試著學過，相當好用呢。」

「他做到了那種程度嗎。為了我國的魔導士教育，我還真想推廣開來呢。他同意了嗎？」

「已經取得同意。這樣就能把沒用的人趕下台。畢竟，那遠比之前的課本都還優秀呢。」

老人與現任當家都是伊斯特魯魔法學院的畢業生。

儘管兩位都是首席畢業，但他們對現在學院本身的狀態持疑。

「雖然很無關緊要……但你對那孩子不會太冷淡嗎？」

「我眼前有兩位妻子，所以無法疼愛那孩子。因為那孩子的母親比我妻子們都更有魅力。」

「該說女人的嫉妒心真可怕嗎……你不會哪天被行刺吧？你也是時候別再花心了。」

「已經被行刺好幾次了……但我還是無法罷手呢。」

「一切都太遲了嗎，你還真是老樣子……虧你還活著……」

瑟雷絲緹娜在公爵家裡受到冷淡對待。不過，至少父親那方對女兒好像是有親情的，可是又無法公開疼愛她。

德魯薩西斯的女性經驗實在是太驚人了。

「唉，學院或派系的改革才要逐步開始進行，問題是……」

「嗯——問題是茨維特呢。」

「唔！你們明明忘掉就得了……」

「怎麼可能忘掉！先是說『為了體驗身為領主的工作，想要磨練、增廣自己的能力』，但其實是為了得到一名姑娘才利用權力。這簡直豈有此理！你要知道羞恥！」

「老、老爸，你不也四處都有情婦簇擁嗎！」

「我工作和玩火都有好好並存。順道一提，使用權力等事情，我一次也沒做過！」

德魯薩西斯在女性關係上的玩樂極為出色。

不過，他公私是完全劃分開來的，對女性出手時還會隱藏真面目。他對有關係的女性，都會做萬全的售後服務，也會表現出像是進行援助，避免她們生活上有困難之類的照料。

順帶一提，他邊做領主的工作，同時也經營著貿易事業，而且從來不曾對稅金上下其手。德魯薩西斯是很能幹的男子漢。

「就因為老爸你是那副德行，我才會著急啊！就算我哪天失手做出什麼事情也不奇怪！」

「你是在說這是我的錯？你要有自覺身為男人的才能有多麼弱。讓女人迷上自己，男人的威嚴才會有所提升吧。你就不懂，就算只靠小聰明的力量裝飾門面，好女人也是會看穿的嗎？你這個笨蛋！」

「我之前待在學院，有段時間都沒待在這塊土地上了！要是這段期間被老爸你盯著的話，不就太糟糕了嗎！」

「不然，你的魅力就只有那種程度嗎？她如果真的迷上你，說起來根本就不會去看其他男人。假如真是如此的話，那種馬上就會背叛你的女人，不就根本不怎麼樣嗎？」

「你居然敢那麼說，臭老爸！」

「說了又怎樣？反正你依賴權力，完全被對方討厭了吧。你也該放棄了！沒出息也該有個限度！」

對茨維特來說，對手是身經百戰的花花公子父親，實在是太不利了。

說起來，德魯薩西斯從來沒有睡走別人的女人。就算有，也幾乎都是寡婦或背景特殊的女性。他對那些女性們也認真地真摯交往。

能力明顯太過於不同。

「老夫對妻子是一心一意，所以不明白呢。到底是什麼讓這些傢伙變成這樣的呢？」

克雷斯頓爺爺是極徹底的純愛派，他沒有和亡妻之外的女性有關係。

若是妓女程度的話，他在年輕時是有過幾次，但也只有當天的一時興起，並沒有頻繁地上妓院。

正因為這樣，他對這兩個人的互罵歪了頭，而且知道會一發不可收拾，便嘆了口氣。

領主宅邸的客廳，持續著父子壯烈的互罵。

不久，那就演變成用拳頭交談的互毆。

◇◇◇◇◇◇

正好就在那時候，傑羅斯和瑟雷絲緹娜與兩位護衛騎士再度來到了孤兒院。

「那個……傑羅斯先生？今天有什麼事情呢？」

「是魔法實驗喲。這間孤兒院的背面是教堂，所以很寬闊呢。我在想，關農田給孩子們照顧應該會不錯。」

「農田嗎……我也曾經想過，但小石頭和地面太堅硬，對孩子們來說是沒辦法的喲。」

「正因如此才需要魔法。那是只要好好練習，就可以運用在廣泛領域上的東西呢。魔法並不全然是為了戰鬥使用的道具喔。」

路賽莉絲不禁歪頭疑惑。對神官們來說，他們認為魔法就是傷害人的惡行。

他們相信自己使用的神聖魔法，才是真神的奇蹟。對於魔導士們，他們從沒有抱持什麼好印象。不過，傑羅斯卻在此投下一顆震撼彈。

「妳使用的治療魔法，與魔導士們使用的攻擊魔法，就領域上來說是一樣的東西喔。總之，這就是不弄錯用法就沒問題的事。」

「咦，我們的魔法是神聖魔法，那應該是神的奇蹟吧？」

「不是耶。妳在學習魔法時有使用卷軸吧？那跟古老形式的魔法書是同樣的原理呢。換句話說，這意味著神聖魔法和魔導士使用的魔法，會是同一個類別。」

「那麼，意思是神官也是魔導士嗎？」

「就是會變成那樣呢。如果普通魔導士是攻擊型，那神官就會變成是專門防禦的後方支援型。不過，雖然這是沒什麼意義的總結。」

一直以來，她都聽說神官的魔法是神的奇蹟所賜予之物。被給予那個神聖魔法卷軸，就代表對神官來說的位階上升。然而，傑羅斯卻說神聖魔法和魔導士的魔法是一樣的。就算這是真的，對神官們來說也等於不可饒恕的言語暴力。

「真、真教人難以相信。那種事情……」

「我也可以使用所有種類的治癒魔法喔。我能治療中毒，也可以淨化不死族。那是分類在光屬性魔法裡的呢。」

「好厲害……即使是最高祭司，實在也無法做到那種程度……可是，我不能同意……」

「我把魔法變成是重視效率且抑制耗魔，讓身體細胞活化的規格設計了。改良基礎魔法的話，之後構築魔法也會很輕鬆呢。」

「老師，您也有在改良恢復魔法嗎！」

魔導士的光魔法與神官的神聖魔法是一樣的，屬於同樣的系統。問題是它們分裂成攻擊或治療。以一方是破壞，一方是神的奇蹟劃分開來。

這種事情原本是不可能，但各式文獻在邪神戰爭的混亂時期消失，就算是有關魔法的也被盜賊仿造、搶奪並且失傳，最後傳開來的就是現今的魔法。

既然是以魔法文字構成，就算性質不一樣也同樣會是魔法。可是，文化常識是復興時起，就耗費漫長時光再次構築而成的，所以才會變成無法立即更正的狀況。

光魔法的一方被合併至宗教，成為了神聖之物，光屬性魔法被不完整地留下，研究到最後就變成攻擊特化的魔法。

「不過，我不想在目前的時代引起多餘的風波呢。異端審判也很令人厭煩。」

「老師……搞不好會造成世界動亂喲。」

「如果滿足現狀，什麼都不知情，是會很輕鬆呢。但魔導士就像是那種極具好奇心的人。一旦知道真相的話，一定會率先做起研究呢……哈哈哈哈♪」

「這才沒什麼好笑。神官們都是魔導士……這不是神蹟……知道這種事實，我該如何是好……」

「不用在意也沒關係吧？真相終歸是那種小事。就算知道了，現實也不會改變。若想改變的話，也要由某人發起行動吧。我啊～是不會去做的呢。」

視狀況不同，事情會有很大的變化。尤其這對宗教國家而言，會是個存亡問題。他們很難講不會失去自己國家的優勢。話雖如此，雖然那只是時間的問題，但混亂的規模也會因為時間早晚的差異而大有不同吧。神官之中也有許多惡毒的人，累積著不滿的人們也不少。

「比起那種事，我們趕緊來闢田吧。『不工作就沒飯吃』，對吧？」

「這是相當重要的事情吧？這樣宗教國家就會失去存在意義喲，老師……」

「以為神什麼都會替我們做，就大錯特錯了。神基本上是旁觀者，並不能為我們做些什麼。不管它看起來多像奇蹟、機率有多麼低，只要那裡存在著可能性，可能發生的現象就是會發生。但人們卻稱之為奇蹟並且崇拜，所以這才麻煩呢。」

「照顧我的祭司也說過同樣的話。傑羅斯先生，您討厭神明嗎？那可是罪孽深重的事情喲……你說不定會受到懲罰。」

「我很討厭呢。我因為那個不負責任的神，實際上還差點被殺掉呢。而且是被邪神所殺……不如說神才是敵人。」

「「…………………」」

兩人的思緒停了下來。

「「您、您是在開玩笑……對吧？」」

「這個嘛～誰知道呢。信不信就看妳們嘍♪」

他沒有說謊。何止如此，他實際上也是因為邪神的詛咒而死。

將該邪神如工業廢棄物一般封印到異世界——而且是遊戲世界裡的，就是這個世界的諸神。即便讓他轉生到這個世界，被不講理殺掉的事實也沒有改變。

因此神是他的敵人。

他隨便閃躲仍在試圖確認真偽，而來做各種詢問的兩人。來到教堂後方之後，便是個雜草叢生的開闊空間。

這裡原本安排要當作墓地，卻因為有損街景的理由而碰壁，便直接以這種形式留了下來。他們互相商量過好幾次該怎麼利用這片空地，結果卻沒想出好點子，就這麼被放著不管。

新街區創設之後，這裡就逐漸被人忘卻，並且變成孤兒院直至今日。

「伯伯，今天要做什麼？」

「伴手禮呢？」

「那女孩是伯伯的女朋友嗎？」

「給我肉！肉～～」

孩子們太有精神了。

「今天我想在這裡闢田呢。你們要是可以在後面看著，並且不打攪我，那就太令人感謝了呢～」

「嗯，我知道了。」

「沒有伴手禮啊。你真小氣耶，伯伯。」

「肉～…………」

「伯伯，你也是以修女為目標？」

而且也很沒禮貌。不過，小孩子不管在哪裡的世界都很類似吧。

「那麼，我就趕緊……『蓋亞操控』。」

傑羅斯把手貼在地面上行使魔法，雜草叢生的地面如生物般動了起來。雜草或小石子等全都分了開來，形成一片廣闊的農地。

藉由進一步在那裡製作菜畦，農地逐漸轉為可以立刻在上面灑種子或菜苗的狀態。

「好、好厲害……這就是那個可能性……能讓人幸福的魔法……」

「不會吧，那片草叢居然這麼快就被開墾好了……傑羅斯先生，您是個很厲害的魔導士呢。」

就連知道魔法的兩人，都覺得眼前發生的事才是真正的魔法。

那不同於治療魔法或攻擊魔法這些東西，而是特化於開拓的魔法。

「接著，在田的四周蓋牆……『石牆（弱）』。」

他在剛才闢好的農田四周圍了矮牆，防禦外敵入侵。

但，這片田應該會很怕來自空中的外敵吧。

「伯伯，你好厲害～～！」

「你真行耶，伯伯。」

「你是在修女面前耍帥嗎？真是變態啊，伯伯。」

「肉……肉～～～！」

有孩子對田完成一事很驚訝，也有孩子我行我素地在想其他事情。

「這樣蔬菜就可以自給自足，而且在旁邊只要栽培藥草等等，也可以變成一筆臨時收入呢。這種感覺怎麼樣？」

「我只能說很厲害。但是，您替我們做成這樣，我卻沒有任何謝禮……」

「我不是說過了嗎？『這是實驗』。妳不用放在心上。」

「所謂聖人一定就是指傑羅斯先生您這樣的人呢……無償的服務，這真是太棒了。」

「妳過獎了。我不是那種了不起的存在呢～」

路賽莉絲不知為何投以熾熱的眼神。

傑羅斯沒有發現，她開始對自己抱有好感……

漫長的單身生活，使他遲鈍到那種地步。

「您真的很厲害耶，老師。這個魔法會使用到多少魔力呢？」

「大約是８５吧。那會在一定程度上用到自然魔力，但還是意外地會造成負擔呢～再說，範圍愈廣所需魔力也會增加，這還有改良的空間。」

「照理講，威力愈大的話，所需的魔量也會愈多。就使用在這種幅度的土地上來說，我覺得負擔相當少喲。」

「施術者的魔力，使用到可以吸引自然魔力的程度，效率才會是最好的。這比我預想的還耗魔力呢。這樣一般人使用之後，馬上就會因為魔力枯竭而倒下了吧。這還不是專為一般人設計的魔法呢。」

「傑羅斯先生製作的魔法完成後，過普通生活的人們在農務上應該也可以變得相當輕鬆。我想即使這樣也很足夠了，不是嗎？」

「這個魔法在建築現場好像也能大大發揮效用，但推出前最好再改良一下吧～？畢竟耗魔力也很大，先把它做成限定規格，應該就沒辦法在戰場上被使用才對。可是，就是那點很困難。」

即使是方便的魔法也是有好有壞。它確實可以廣泛地活用在農務或施工現場，然而它也能使用在戰場上建造陣營或陷阱等等，正因為用途範圍廣，所以它也算是很棘手的魔法。

「嗯～要是做成限定規格，需要的魔力也會增加呢。（甚至能使用的魔導士可能就會很有限……魔法式也會增加，相對地會造成負荷。如果個人持有的魔力不多，甚至會變得無法發動了呢～可以簡化到什麼程度呢……雖然想盡量別讓人在戰場上使用，但若是個人的魔力操縱能力很高，連控制的魔法式都會不成意義，所以會很棘手。那裡就是問題了呢……）碎碎念……」

大叔加速思路，無視周圍地思考起魔法的改良之處。

「我不太懂魔法，但到頭來使用的都是人，不論怎樣的魔法，都是端看使用者的吧？我想是傑羅斯先生太多慮了呢……」

「是那樣沒錯，但這就是所謂的堅持喲。路賽莉絲小姐，我啊，不希望自己製作的魔法用在有關戰爭的地方上呢～雖然我想是沒辦法啦……」

就算是便利的魔法，按照使用者不同，也依然會變成危險的東西。

操縱地面的魔法雖然不適合使用在戰鬥上，但在某種程度上卻可以充分運用於困住敵人。就如路賽莉絲所說，那應該是端看使用者吧，但那裡也有很大的問題。

「那個，傑羅斯先生。即使這樣您也不滿意嗎？對我來說，我覺得這真的是很方便的魔法喲。」

「它的便利性會變成缺點，所以才是個問題。就算用途很侷限，大量使用的話，還是變成威脅。」

「大量……嗎？那只是移動土壤的魔法吧？我不覺得會變成那麼大的問題。」

「啊……是那麼回事嗎，老師。那確實很危險呢。」

「妳發現了嗎，瑟雷絲緹娜小姐。沒錯，例如說，面對前方蜂擁而來的騎兵軍團，如果有一百人使用了這招魔法，妳認為會變得怎麼樣？就可以輕而易舉把敵人陷入地面。進一步的說，因為它不同於攻擊魔法，控制很簡單，對於敵人的動作也可以充分應對。」

「傑羅斯先生……那換句話說，就是雖然不會殺人，但『可以封住敵人的動作』，對吧？怎麼會……那明明是這麼方便的魔法，居然會用在戰爭上……」

「因為過於方便，農民毫無疑問會被徵兵到戰場上呢。要是變成那樣，國內的經濟就會一口氣惡化。因為要被徵兵的人數很可能會增加呢。」

魔法可以提升種田的效率。可是使用起來的方便性，卻會把農民們趕到戰場上。因為很方便，所以可能會被當成當權者的工具。

傑羅斯對於未來的深思熟慮，讓路賽莉絲難掩驚訝。於此同時，面對傑羅斯的她不禁感到胸口劇烈的心跳。

實際上，傑羅斯只是舉例：「要打仗的話，大概就會是這樣吧？」

「噢，我一個不留神就變成教師模式了啊。不過，這點我就和克雷斯頓先生商量吧。反正我就算自己思考也得不出好答案，還很麻煩。我會把事情全權交給他。」

「老師……我想這是相當重要的問題喲。」

「傑羅斯先生，那樣是不是有點不負責任……無辜的人們將置身在性命危險之下喲。」

「我能做到的，頂多就是讓使用變得不方便一點而已。我會把麻煩事推給在上位的人喲。我就是不要負責任！」

話題回到農田上面吧。你們要在這裡種什麼？這裡相當寬闊，我推薦你們種植多種藥草，怎麼樣呢？」

話有點離題了，他原本是來闢田的，沒必要在孤兒院進行有關魔法的課程。所以他決定強行從沉重的話題拉回來。

題外話，大叔學會了「指導」技能，現在也以驚人的氣勢封頂中。

好像是那個的影響，他偶爾會像這樣不自覺地講課。

「咦？我、我想想……蔬菜是當然要種，但藥草的收入也很有魅力呢。可是，種子本身也很昂貴……到了緊要關頭，還真令人煩惱。」

「問題是肥料。從森林蒐集落葉做腐葉土應該會比較好嗎？剩飯也可以變成肥料吧。可以的話，也試著製作雞舍確保雞蛋來源，怎麼樣？」

「可是，農田管理只有我一個人是沒辦法的。我也有工作……」

「是要讓孩子們照顧喲。如果不趁現在教育工作的重要性，他們長大成人之後，就會是變成要突然把他們丟到社會上了呢。」

「您是要促進教育與糧食自給，對吧？不愧是老師，想法真棒♪」

「沒啦，這沒什麼了不起。我只是很火大他們認為跟人拿食物是理所當然。人早晚都必須自立！」

他對孩子很小心眼。四周籠罩著各種失望感。

「伯伯，你這樣很小氣喔。」

「吝嗇？你很吝嗇對吧，伯伯。」

「有什麼關係嘛。別那麼小氣啦，因為你是很好的大人呢～」

「肉、我想吃肉啦～～～！」

「……就是這點。要是依賴別人的話，當然要拿出相對的成果。我真想叫你們要肯吃苦。這些孩子個性還真是不錯啊……」

「不好意思！真的很不好意思！都是因為我的不周……」

路賽莉絲猛然低下頭。這種不曉得大人辛苦的小孩們實在是很自由自在。

「妳有種子嗎？我聽說要闢田，就把種子分成幾份，從宅邸帶過來……」

「瑟雷絲緹娜大人！不好意思，真的很抱歉！」

「這是什麼種子呢？別看我這樣，我很擅長農務，所以很好奇呢。」

「呃～這是『摩薩利洋蔥』、『巴比倫番茄』、『托比蓋立白蘿蔔』、『肌肉卜派』呢。」

「……那會是怎樣的蔬菜呢？我這裡有在大深綠地帶撿到的『曼德拉草』種子，還有『治癒草』的種子呢。數量太多，很煩惱要怎麼處理。」

「曼、曼德拉草！那種昂貴的種子，我不能收！」

「不，這原本就是免費的，而且我也還有。請別介意。」

曼德拉草是以高價販售的高級藥草，也會使用在中藥等地方。它是魔法藥的代表性素材，需求也相當高，總是處在缺貨狀態。

一株幼苗就可以大量取得種子並且繁殖，但由於會變成魔物的食糧，因此是種不太能取得的稀有藥草。

拔起來之後，它會發出臨死前的慘叫。據說聽見那個聲音就會立刻死亡，但實際上，就算聽見慘叫聲也不會死。但那會強行喚起強烈的罪惡感。

而且，由於它會在森林裡大量繁殖，基本上就跟雜草一樣，要是沒有以其作為食糧的魔物，它的生命力會強到擠滿森林。要一舉致富的話，那會是最適合的植物。

「那麼，就請你們種這個種子，培育蔬菜或藥草嘍。這攸關你們的生活，所以可要努力栽種喔。」

「咦～～～～？好麻煩～～～～」

「乞討還比較吃得到好料，對吧？」

「能輕鬆賺的風格？」

「肉～～～～！」

種田不受孩子們歡迎。

傑羅斯對這些孩子們微微一笑，就赤手空拳粉碎了旁邊的岩石。

「Hahaha——就算我是再溫厚的大叔，或許到最後也是會生氣的喔。你們就拚命說吧。雖然你們要是可以自己賺錢，我什麼也都不會說就是了。」

「「「「Yes, my lord！你就是國王！」」」」

孩子們見風轉舵得很迅速。好像立刻就理解那是惹不得的對象。

雖然很無關緊要，但他們是從哪裡學來那種話的呢？

「……我弄錯孩子們的教育方式了嗎？女神大人，所謂教育就是如此困難的事情，對吧……」

「不……我想那些孩子活得相當堅強。妳可別放在心上喲。」

路賽莉絲潸然淚下，瑟雷絲緹娜則安慰著她。

這天，這兩人之間萌生出一段忘年之交的友情。

後來，傑羅斯在第一線指揮，在農地裡種下種子。他不是神，並不曉得這會將成為牽涉今後孤兒院經營的改革。

不論如何，這間孤兒院都受到傑羅斯的影響，逐漸開始改革。

甚至在孤兒院栽種藥草變成主流……

雖然是題外話，但茨維特正好這個時候倒在床上。

因為他正面接下德魯薩西斯的左鉤拳，於是便被ＫＯ了。

至於領主館裡是否有響起比賽結束的鐘聲就不確定了。

第十話　大叔的學生增加了

瑟雷絲緹娜揮舞權杖，把泥魔像從頭部擊碎。

她不介意飛濺的泥土，朝著下個獵物轉身過去，施加橫向的一擊之後，核心被破壞的泥魔像便當場瓦解，形成了一座小小的泥山。

泥魔像的動作單調，其攻擊過程非常好判讀。實際上，瑟雷絲緹娜在數隻泥魔像伸出手臂的瞬間脫離現場後，泥手臂就會一齊襲向她剛才的所在之地。如果對手是人類的話，就要在打上來的瞬間伸手臂束縛對方，並在捉住後施加最後的一擊吧。其動作遲緩，不管數量再多，只要冷靜就很容易應對。

但長時間戰鬥的話，再怎麼說都會很辛苦，況且打倒之後施術者還會立刻補充過來。

瑟雷絲緹娜瞥了旁邊一眼，就看見老師傑羅斯在看狀況擲出魔石，透過讓魔石內部的魔法式啟動，生成了三隻魔像。

『增援是三隻……要加入戰力大致上要二十秒，這期間我要打倒三隻！』

瑟雷絲緹娜盯準手邊的魔像，然後衝入敵陣破壞核心。她立刻擊敗在她身旁想伸出手臂的魔像，然後把後方逼近的泥魔像一口氣從頭部擊潰。

她在這幾天期間也習慣了戰鬥訓練，面對泥魔像的動作，已經變得可以冷靜應對。

她持有的魔力本身就低，但她是能在伊斯特魯魔法學院裡拿下優秀成績的那種秀才。那樣的她無法上戰鬥訓練的課程，不過藉由見習，她的情勢判斷或分析能力變得異常的高。

雖然說是戰鬥訓練，那卻是以捕來放到訓練場的哥布林作為對手，並且單方面的射入魔法，但要是被找到破綻也會受傷，她也見過其中有人傷到骨折。她會分析那個情勢判斷是怎樣的內容，反覆進行置換到自己本身的腦內模擬。

學院學生的負傷原因，是對情勢判斷與理解上太過天真，甚至是出於「伙伴在所以沒關係」這種沒根據的安心感，所導致對伙伴的過度評價與大意。

「泥魔像的動作很緩慢，但不時會做出出人意表的攻擊呢……」

雖然她沒有破綻，就算這樣也並不算是安全。它們也會做出像是找機會從正下方伸腳踢擊，或利用倒下的伙伴身上的泥土強化自己身體，還有本以為是一隻，結果分裂成兩隻等等的融合攻擊。雖然這作為知識，她是知道史萊姆等等也會做出類似攻擊，但實際目睹，這則是相當棘手的攻擊。

「穿破吧，岩之矛，『岩矛』！」

她擊出地屬性魔法，瞬間驅散數隻魔像後，就面向增援的魔物揮舞權杖。可是，泥魔像卻忽然從視野中消失了蹤影。

「什麼！」

她一時之間不知道發生了什麼事。答案只是泥魔像瓦解了自己的身體構成，崩落至地面上。然而，這對她來說卻攸關著一瞬間的破綻。泥魔像用那副崩塌的模樣直接匍匐前進，然後纏住瑟雷絲緹娜的腳，阻止了她的行動。

同時，其他兩隻也伸出手臂捉住她，執行完全封住她動作的作戰。

「嗯～這樣就將軍了嗎？」

「還沒！『增強力量』！」

「哦？是無詠唱啊。妳是什麼時候……」

瑟雷絲緹娜無詠唱使用身體強化，強行掙脫泥魔像的束縛後，就先擊倒了兩隻魔像，接著再用權杖甩開最後一隻並將其破壞。

「漂亮。如果是這個等級，就已經可以安全獲勝了嗎。下次我想試試實戰呢……」

「真、真的嗎？」

「依我看來，妳似乎相當穩定，但要參加實戰就會需要監護人——克雷斯頓先生的准許呢……我在想要是他下達許可，近期內是不是要去實戰。」

瑟雷絲緹娜聽見傑羅斯這番話，就馬上回頭看向在一旁看訓練的克雷斯頓老先生。

老爺爺被充滿期待的眼神一看，就瞬間萌燒了起來，但想起事情的重要性，就轉為擔心的表情。

「嗯～……實戰啊，老夫認為還太早了……」

「沒那回事！學院的同學們也都已經會打倒史萊姆或哥布林了喲。倒不如說我太晚了！」

「可是啊……說到這一帶可以實戰的場所……」

沒錯，說到附近可以體驗實戰的地方，就只有法芙蘭的大深綠地帶。

那裡的魔物強度比一般還強，即使對手同樣是被當作嘍囉的魔物，要是大意輕敵也會通往死亡的危險地帶，而且那裡也是許多傭兵們厭惡的魔物之森。雖然只要不到森林深處，也不會撞見那麼強大的魔物。即便如此，那裡的危險度還是非常高。克雷斯頓老人家不情願也是情有可原。

『居然說要實戰！假如有什麼萬一該怎麼辦！那裡可是有很多像是哥布林或獸人那種會襲擊妙齡女孩的骯髒魔物耶！萬一，緹娜給那些傢伙做出那種事，老夫、老夫啊啊啊啊啊啊啊啊！』

看來他好像想到了其他事情。哥布林或獸人之中，偶爾也會有把不同種族當作苗床，來進行繁殖活動的魔物。其中獸人的繁殖力驚人，也有許多聚落受害。

尤其邊境農村經常被襲擊，那是種若是為了繁殖便不問性別的棘手魔物。

當然，雄性會襲擊女性，雌性則瞄準男性，這般在嚴酷環境下拚命留下後代。

「爺爺？您怎麼了嗎？」

「啊！不，沒什麼……沒什麼呀。」

『這個爺爺……剛才在想像什麼呢？』

傑羅斯無法看穿別人的想法，不過直覺好像很敏銳。

「好，我知道了！為了緹娜，就讓我準備一個師團的護衛吧！」

「一個師團？欸，爺爺！」

「好多！太多嘍！克雷斯頓先生！我們不可能那麼大規模行軍吧。要是大型魔物誤以為是食物，成群襲擊而來該怎麼辦！」

「若是為了緹娜，老夫有覺悟把那些不三不四的人當魔物的食物！」

發狂的老人擺出關節好像會變得很奇怪的姿勢，同時光明正大咬定要犧牲別人。因為他就是愛孫愛到那種地步，可是這樣有點太過火了。

「這番話很有問題。完全就是溺愛小孩的父母——不對，是溺愛小孩的爺爺嗎……（這個爺爺果然很奇怪）」

「這有什麼～只要提供遺族相應的錢，就總有辦法了吧。」

「克雷斯頓先生，您在想什麼啊。那是當權者絕對不能做的最差勁的行為喔……」

溺愛孫女的老人是認真的。他的頭殼壞到就算犧牲他人性命，也想保護孫女。

甚至大叔都忍不住吐槽……

「那麼多人進入森林，行動會被阻礙，反而很危險。危險度增加了是要怎麼辦啊！您想殺了孫女嗎？」

「能成為緹娜的替身也是他們原本的願望吧。他們就笑著下地獄吧。」

「擅自犧牲他人會給人帶來困擾。那是貴族該做的事嗎！」

「因為是貴族，才能玩弄他人的性命啊……幸好騎士團長也在感慨騎士們熟練度降低。機會正好，老夫就用重新鍛鍊為名義動員他們吧。」

「……好黑暗。真是黑暗到極點耶，漆黑到有股汙水臭味。」

克雷斯頓爺爺談到孫女的事情，就會馬上變得不對勁。

他的失控停不下來。面對不合常理的老人，傑羅斯變得很想抱頭。

「起碼也要準備上等素材的裝備吧。生存率會變高，而且就算無法準備，有素材的話，我也可以製作……」

「哦……那麼，你可以製作適合魔導士的裝備，對吧？」
「雖然要取決於素材。我可以把強度做到最大限度喔。」
「嗯——具體來說是怎樣的東西？」
「雖然說是魔導士，但沒有恰如其分的防禦力也是不行……皮甲之類的怎麼樣？」
——劈哩！
他瞬間聽見空氣凍結般的聲響。
克雷斯頓爺爺的表情同時愈發嚴肅。
「等一下，皮甲也就表示……當然，身體的尺寸也……」
「我也要量吧？畢竟尺寸不合會很危險……」
「傑羅斯先生……我們稍微私下談談吧。」
「為什麼！」
爺爺的眼神很不妙。
傑羅斯的雙肩被按住。老人特寫逼近而來，他身上好像寄宿著某種陰森恐怖的東西。
「換句話說……那就是要將緹娜的身體毫無遺漏、仔細、周密地測量，並細細玩弄似的做檢查，對吧——！」
「您怎麼會想到那裡去？那種想法不是很奇怪嗎！」
「對老夫可愛的緹娜……激烈交纏……像在舔著她一樣的四處撫摸，然後……」
「您想太多了。我不會鋌而走險到那種程度。對未成年的小孩出手，就人來說不是錯誤的嗎！」

克雷斯頓溺愛孫女超出了常軌。

那雙眼充血，呼吸紊亂且令人毛骨悚然的憤怒表情，說實在很恐怖。

「不過，如果年紀再大一些也不是不能考慮，但目前的她，就跟小孩子沒什麼兩樣吧……」

「小、小孩……您、您把我當小孩，是吧……」

「你是說老夫可愛的緹娜沒有魅力嗎——————！」

「你到底要我怎樣！」

溺愛孫女的老人沒辦法講理。只要是為了瑟雷絲緹娜，就可能若無其事地引發戰爭，因為滿溢出的疼愛，而說出亂七八糟的歪理。

這天，傑羅斯面對將情感往奇怪方向爆發的老人，度過了一段沒意義的時光。

結果瑟雷絲緹娜的裝備製作決定委託專任的工匠，而傑羅斯則是對裝備施以輔助性的加工。

另外，據說這項結論出爐前，他和抓狂的溺愛老人之間，持續進行了壯烈的討論。

◇◇◇◇

有個人影透過窗子望著瑟雷絲緹娜訓練的光景。

那人是瑟雷絲緹娜的異母哥哥，索利斯提亞公爵的長子——茨維特。

他被普遍認為是這個公爵家的繼承者，卻為了一位女性，在街上使用危險的魔法，現在應該正處在閉門反省的狀態。

他來到這棟別館的理由，就是為了讓祖父克雷斯頓重新鍛鍊自己。

這個國家的貴族們多半都被稱作魔法貴族，源自各個貴族都保有傳家繼承魔法。隸屬一族的全都會繼承這些魔法，這麼一來才會被認同是這個家系的貴族。索利斯提亞公爵家的魔法，是這個國家的最強戰力之一，被稱作祕傳魔法。

他在十三歲時繼承了那個魔法，事實上應該就是被當作了繼承人。

在他的家系裡傳承的魔法實在很強大，因為喜歡火焰，而被人頌為「煉獄一族」這個別名，並且一路留下了不愧於該別名的功績。

但，那個魔法因為一名魔導士，隨著他的信心一同被擊潰。

對方還是靠體術就令魔法無效化，完全沒有用到魔法。那位魔導士還趁勝追擊似的頻繁拜訪他迷上的女性——路賽莉絲的孤兒院。

令人生氣的是，他就只能遠遠看著對方和路賽莉絲開心談天的模樣。眼看就要完全淪為跟蹤狂。

他來到這棟別館備感驚訝的，就是沒有魔法才能的瑟雷絲緹娜的轉變。

「那居然是瑟雷絲緹娜……？真難以置信。她在短期間內是做了什麼……」

當然，那是因為她每天都反覆進行戰鬥訓練與控制魔力的特訓，以及在講座上也很認真學習的關係。但茨維特最驚訝的，應該就是她率先進行了近戰。

他所認識的瑟雷絲緹娜，是位個性有點陰沉，話裡不帶情感，宛如人偶般的少女。

茨維特也記得自己小時候一有機會就惹哭她，還樂在其中。

現在的她絲毫沒有那些影子，表現出率先投身戰鬥的好戰一面。

她會冷靜地觀察狀況，並預判對手的動作，然後確實地殺死敵人。雖然動作還不是很俐落，即使如此她也確實不斷顯著成長。

促使這些成長的，就是大賢者魔導士——傑羅斯。

「他可以獨自操縱那麼多魔像嗎……到底擁有多少魔力啊，可惡！」

他來這棟宅邸時，訓練就已經開始了，表示傑羅斯已經造出魔像、精密操控了一小時以上。假如一般人行使那樣的魔力，搞不好魔力會馬上枯竭並且倒下。

傑羅斯的魔量遠遠超出他的常識。

就茨維特所知，即使再怎麼高等的魔導士，能造出兩到三隻魔像就算不錯了。也有人最多做得出六隻，但數量增加的話，對命令的施術者也會成為精神上的重擔，魔像的動作容易變得單調且難以控制。

不過，傑羅斯造出三十隻以上的魔像，甚至精巧的操縱了那些魔像。明顯有異常力量的實力者卻不為人所知——這件事本身已經遠遠背離了他的常識。

如果是魔導士的話，誰都會夢想為國家所用，並為此在學院裡學習魔法或戰略。畢業之後成為各派系旗下的文職軍人才是捷徑。賢者級的魔導士不求權力或為國效命，反而像隱士般的活著，很教人難以置信。傑羅斯不僅對他表現出懸殊的實力差距，本人也完全不執著權力，還揚言很無趣。這種魔導士他從來沒見過。對他來說，大叔在他的常識之外。

話雖如此，茨維特一路以來所見的常識也並不是錯的。

研究魔法會花錢是理所當然，要得到那些研究費，加入擁有權力的魔導士團派系才是最保險的。儘管派系之間多少有對立，但來自國家的補助金每個月都會下來，所以生活不會窮困。實力不足而無法為國家所用的魔導士接踵而至，他們造成的犯罪案件也達到了相當的數量，國家同時也在統計上釐清了所有人都很貧窮。

這意味著資金籌措很不容易。會這樣也是因為不是緊急時刻，就沒有魔導士上場的份吧。

通常魔導士的生活很窮困，但有傑羅斯這種魔導士存在，就表示是他自己賺取研究資金，並且在不斷賺錢的同時持續研究魔法，然後創造出強力的魔法。

亦即傑羅斯是天才，不過他無法接受這點。

「他為什麼能操縱那種數量的魔像啊……這很奇怪吧。」

「不過，好像也並非如此喲，茨維特大人。」

「唔喔！是蜜絲卡啊，妳什麼時候……」

回過神來，他身旁就有一位穿女僕裝、戴眼鏡的女性同樣望著窗外。

她是瑟雷絲緹娜的專屬傭人，叫作蜜絲卡。

她是過去在本館宅邸任職女僕長的能幹傭人，因為教養與尊重他人的態度，因此在公爵家裡也被深深信賴著。茨維特小時候也受過她的照顧。

「這是怎麼回事？有什麼祕密嗎？」

「對傑羅斯大人來說，好像不是什麼祕密呢。因為他輕易就向瑟雷絲緹娜大人做了說明。倒不如說，辦不到那種程度的人，他或許根本不覺得算是魔導士喲。」

「怎麼可能。他可以精巧地操縱那麼多魔像耶。某種意義上，那是絕對沒辦法說出口的高等技術。就算想成是魔導貴族的祕術也可以耶！」

「是嗎？但是，那是對我們而言。對大賢者大人來說，好像是微不足道的事情喲。因為他是半開玩笑說明給大小姐聽的。」

「嘖！我的實力根本就望塵莫及嗎……所以咧？他是怎麼操縱那種數量的魔像？」

他好歹也是魔導士，會對未知的技術很感興趣。

何況，魔像操縱通常都會被人說是沒有用處的，想知道讓它們出色合作的祕密，應該就是他身為尚未被權力汙染的魔導士的證據。

不，其實他自從和父親互毆之後，不知為何腦袋就出奇的清晰。

簡直就像附身的邪靈離開似的，變得可以清楚看見周遭，但他不知道自己身上發生了什麼事。

現在茨維特好奇的是，同時操縱無數魔像的技術。

「有興趣嗎？您很討厭傑羅斯大人吧？」

「不要嘲弄我，我也是魔導士，對優秀的技術是會感興趣的。」

「那麼，我就把我知道的告訴您吧。」

蜜絲卡用手指推了推眼鏡，開心地做起說明。

就和剛才說過的一樣，魔像數量愈是增加就會愈難控制是種常識。

然而，傑羅斯操縱魔像的方法不是一般魔導士進行的那種直接操縱。而是以負責指揮官的傑羅斯為起點，把可以下達一定程度簡單指令的魔像當作分隊長，在它之下再設置會馬上執行簡單命令的魔像。施術者傑羅斯下達命令，分隊長魔像接受命令並且執行，接著各個魔像就會完成作戰。

粗略地說，騎士們戰鬥時的命令系統被編進了魔像。

他對分隊長魔像使用了較大的魔石，讓魔像可以自行補充己方魔像。如此一來施術者的精神負擔便會減少。就算是長期戰，也是可能辦到像是合作、執行作戰行動那種細微操作。

「不足的魔力就用魔石補充。重要的是，雖然那是擬真魔物，但瑟雷絲緹娜大人要升等，那就會是很合適的訓練。他說魔石的魔力之後再補充就好。」

「可是，即使如此魔力也會不夠吧。至少隊長等級的魔像會耗費大量魔力。」

「關於那點，製造魔像的魔法式裡有著祕密呢。傑羅斯大人說是『咒文迴路』。聽說，那好像是可以有效率地處理魔法式的積層型，至於細節我就不了解了。」

「他能靠自己的魔法造出軍團啊……真是怪物……」

「傑羅斯大人說過『我才沒什麼了不起，以前的伙伴還做出更厲害的事』。那人什麼方面都運用自如，但據說基本上攻擊魔法才是他的專長呢。」

「他是多厲害的猛將啊，妳說他的伙伴是指他們……咦？他之前說自己擅長劍耶。」

「唉，因為他們是五人挑戰貝希摩斯的瘋狂魔導士呢。是我們這種人無法理解的事吧。他大概是為了保護自身安全才鍛鍊近戰技術的吧。」

「所有人都是魔導士，而且居然是貝希摩斯！腦筋不正常也該有個限度吧！」

研究者怪人多。他隸屬的派系裡也有腦子怪怪的人，傑羅斯卻是出類拔萃地不妙。他甚至為了研究，做出那種挑戰災難級魔物的胡鬧行為。

那完全脫離了茨維特的常識範圍，對於只讓人覺得是被瘋狂所支配的無謀程度，他不禁感到顫慄與恐懼。

那同時顯示出世界有多麼遼闊，茨維特體認到身穿高等魔導士證明的深紅色法袍而忘乎所以的自己有多麼狹隘。

「我……何止不成熟，還是不值一提的嘍囉……」

「就是啊。但那是對方不好喲，因為他再怎麼說都是大賢者。」

「這世界真是充滿著謎團與神祕。居然會有那種瘋狂的魔導士……」

「探究未知就是那麼回事吧？茨維特大人，您也要精進自己呢。」

茨維特再次了解到自己的愚蠢。

「說到謎團……蜜絲卡。」

「什麼事？」

「我小時候就在想了……妳幾歲啊？因為外表完全沒變，所以我完全沒放在心上過，但回頭想了想，各方面都很奇……怪！」

蜜絲卡在他語畢的瞬間俯視他，並散發出一股毛骨悚然的氣息。

漆黑的氣息纏上茨維特，勾起了他未知的恐懼。

這是他有生以來初次感受到那樣的絕望，他本能地領悟自己逃不了。

在那裡的，是絕對的死亡。他只知道自己的愚蠢不但沒有改善，又犯下新的愚蠢行為。

「啊……啊啊……」

蜜絲卡把手貼在茨維特害怕的臉頰上，特別閃亮的眼鏡直逼他的眼前，不由分說地激起了茨維特的恐懼心理。

『我會被殺掉』──這時，他是真心這麼想。

「向女性詢問年紀……可是很沒禮貌的喲。我覺得，你趁我還笑著的時候解決才會是上策呢。好嗎……茨維特大人？」

「對不起，那我不會再問了，好嗎？」

「……剛才，你若無其事地問了我年紀，對吧？」

「我哪敢。我只是講話吃螺絲，妳多心了！」

他真心的向蜜絲卡磕頭道歉。敗給了未知的恐懼。

他親身體驗到，這世上存在著不可知曉的事。

同時也知道了自己的思慮欠周……

◇◇◇◇◇◇◇

「咦？想要我重新鍛鍊你？你怎麼還會這麼說？」

當晚，茨維特了解到自己的渺小，就立刻採取了行動。他抱著向傑羅斯磕頭道歉的覺悟懇求了他。

「我的等級確實超過了５０。可是看見你的實力，我只覺得魔導士的頂點是在遙遠的彼端。我不想在這種程度就結束！」

傑羅斯對茨維特認真的模樣實在也很為難。

瑟雷絲緹娜也有過去被他欺負的經驗，好像因為這樣，所以會對他抱有難以應對的這種想法。

他心裡有『是否可以同時看照這種關係的兩人』這種疑問，加上會忍不住猜疑他這種改變是不是有什麼鬼。

「魔導士的頂點啊。我覺得自己還差得遠……但你那什麼派系的沒關係嗎？你所說的話就意味著要離開那個派系，關於這點又怎麼樣呢？」

「唔！完了……我忘了有麻煩的傢伙。」

他所屬的派系是這國家兩大魔導士派系的其中一方——「惠斯勒派」。

那是深信攻擊才是魔導士真髓的好戰派，照理講是研究、鑽研攻擊系統或戰略的派系。要接受傑羅斯的指示，就意味著要離開這一派，魔導士們應該會把那當作是背叛吧。事實上，他都有目睹派系裡開發的魔法，而且採祕密主義的魔導士出乎意料地是靠不容背叛的團結力連結在一起。一個弄不好，自己也要有不惜被暗殺的覺悟。然而，他們的研究仍未得出結果也是事實。

「就算說是魔導士的真髓，那也只是窩起來自己任意把玩魔法喲。那還真的是會完全不顧對他人帶來困擾呢。」

「……由你來說的話，就格外有說服力耶。」

「因為我的稱號是『殲滅者』呢。雖然那意思是也包含我在內……」

「你是幹了什麼才會被取那樣的稱號啊……我可以問嗎？」

「請不要問。這是因為年輕所犯下的錯誤，雖然我很不想承認……」

不過，雖然是遊戲時代的事情，但他曾經做過相當惡毒的事。像是在團隊討伐上用自己開發的魔法，連隸屬己方玩家們也一併掃光、捕捉玩家殺手當作製作中魔法的靶子，或是把半開玩笑做出的附詛咒道具強行給對方裝上，並從外面嘲笑他的模樣。

這樣的他成為真正的魔導士時，深切感到自己是多麼危險的存在。

因為他知道如果實際存在的話，自己就會是十足的狂人。

「因為當時我也很不留情呢……甚至更勝於你……」

「呃……你那樣看著遠方，嘴裡在說些什麼啊？」

「不小心讓製作中的大範圍殲滅魔法失控，並且把伙伴一併捲入時，我可是很焦急呢。老實說，他們的報復很恐怖……我還以為真的會死掉。畢竟是認真要過來殺我……」

「真糟糕，總覺得你做了很不得了的事！是說，你的伙伴沒死嗎！到底是群多強壯的人啊！」

「因為他們的抗魔、防禦力全都高得很不尋常呢。那種程度是不會死人的。倒不如說，我還想知道能殺死他們的方法呢。」

「那種程度！大範圍殲滅魔法會是『那種程度』嗎！比起這個，你和他們不是同類嗎！」

「後來因為互相發射凶猛的魔法，損害因而擴大了呢～把應該打倒的魔物扔在旁邊不管……哎呀～地點是沙漠城市，可真是幫了大忙。」

「你到底是在做什麼呀！」

那是遊戲裡的事，他也無從得知真偽，所以就這麼接受了這番話。光是聽就很超乎常理且超乎規格，並領悟到傑羅斯是靠更勝於此的瘋狂向前猛衝。

那對於想作為高等魔導士在歷史留名的他來說，是完全相反的方向。

那不是美名，而是惡名。是不顧他人不停失控的壯烈日常。這樣居然還被稱作賢者，聽起來好像有哪裡很奇怪。

「當時還真是開心啊～……」

「你是哪種意思啊！是指和伙伴互相廝殺？還是以研究為名義的破壞行動！」

茨維特了解到——所謂的賢者，是遠離世間一般常識，全以自己的方便反覆進行魔法研究並且實踐的愉快又荒唐的犯罪者。他覺得那裡完全沒有旁人想法進入的空間，而是隨心所欲在戰場上以實證、實驗為名進行破壞行為並且玩樂。

是魔導士完美的反面教材。

「那就先不說了……你想以怎樣的魔導士作為目標？就其他人沉溺於權力的實際例子看來，那感覺不是什麼了不起的目標。」

「你真是戳到我的痛處……我想名垂青史，而且要被人稱為英雄……」

「真讓人覺得是對當權者來說很有利的事呢。而且，要保護什麼的話，就算是傭兵也辦得到，我不認為有必要執著在英雄呢。」

「嗯？只要戰鬥上很強，不就是英雄了嗎？」

「要看你成就了什麼吧。畢竟國家讚譽的英雄，是為了搪塞戰爭犧牲者們的親屬的東西。而且從敵方看來，英雄就會是仇敵，是要率先殺掉的目標。歷史上就證明了這點喔。」

大叔空閒時從書庫借書，學習了這個世界的歷史，蒐集了資訊。

茨維特所說的英雄，是指戰場上擁有拯救伙伴力量的人，就敵對者立場來說，同時也是殺了伙伴的可恨存在，若再次交戰就會是先被瞄準的目標。

要是招致怨恨的存在受到讚譽，就只會變成爭端的火種之一。

還會被捲入貴族間的派系鬥爭。如果毅然決定保持中立，可能就會被殺掉，實在不是很可以讓人放鬆的立場。他靠書庫裡拿出的書，在一定程度上調查過這個國家的歷史，其中揚名的戰士或魔導士都不得好死。

因此，傑羅斯認為，通常是不會想去當英雄的。

「不被支持的人是英雄，你就不覺得滑稽嗎？就我來說，我還比較喜歡不論是多小的事都會替人完成，死後作為英雄而受到讚譽的人呢。如果是國家表揚的那種英雄，去酒店的話，要幾個就有幾個──雖然是作為無論幾個都能替換的『國家說了算的英雄』呢。真希望你最少也要有目標的基準呢。」

「你是說我只是在看著懵懂的目標嗎？是在說，我以爺爺那種魔導士為目標並想超越他，是錯的嗎！」

「我沒說那是錯的喲。想怎麼存在是個人自由呢。不過，魔導士只是種不停專注在自己研究的家裡蹲，戰場上的功績可能會縮短自己的壽命。為何而戰是很重要的吧～唉，雖然這是很老掉牙的台詞～」

超級一流的魔導士，是會給周遭帶來麻煩的存在。雖然難說是英雄，實力卻是貨真價實的，因為那甚至會強到獲得賢者的這個職業。結果，鍛鍊自己並行動才有辦法做出結果，另外還要受眾多人們支持才會當上英雄。凡事都選擇戰鬥並不是唯一出名的辦法。

順帶一提，現在傑羅斯的心裡是——『我真是自以為是地說了些什麼啊……我明明就不是能說那種話的立場……』

表裡落差急遽。

「嗯，好吧。我在契約上是兩個月的家教，要增加一個人也是一樣。但，如果是抱著半吊子的想法上課，請注意自己可就會結束在那種程度。」

「真太令人感激了……回學院前，我絕對要學到些什麼。」

「要學到什麼就端看你。我可無法教到那種程度喔。因為我真的都是隨意在教。」

「那點我明白。我只是想擺脫現在的自己。」

知道世界寬廣的茨維特，雖然還沒確定方向，但也向自己的道路邁開步伐。

「那麼，你明天起就和瑟雷絲緹娜小姐一起接受實戰形式的訓練吧。要是不擺脫詠唱魔法就無法向前邁進，請你想成這樣。」

「好，看我的！我要以魔導士的頂端為目標！」

壓倒性的敗北，帶給他內心很大的影響。

雖然不知道是好是壞，但至少他沒有被慾望奪去目光，注視前方這點是確定的。

結果，自己的答案還是必須靠自己的力量尋找……

隔日……

「可惡！沒破綻耶，這種情況要怎麼辦啊！」

「哥哥……你先衝入敵營怎麼行……還往密集的地方……」

「因為對方是泥魔像，我才以為行得通嘛！這些傢伙也太無情了。」

「它們行動緩慢，但相對地很狡猾，所以我才叫你謹慎啊！」

「這可不是泥魔像的強度！這是詐欺啊啊啊啊啊啊啊啊啊啊啊啊啊啊！」

兄妹倆被泥魔像團團圍住，並且被狠狠揍了一頓。

我們偶爾也會和不對盤的人組隊，所以傑羅斯估計這會是個很合適的訓練。而狀況意外地順利。

結果，如果是瑟雷絲緹娜一個人的話，這場戰鬥她就會設法攻略下來，目前卻演變成逃脫大危機的戲碼。直來直往型的茨維特，好像很不擅長這樣的戰鬥。

「呼，還差得遠呢……」

「挑戰困難的緹娜……真棒……真美……」

傑羅斯不管那樣的兩人，而且做出了嚴格的評分。

就不用說他身旁有個看見孫女被魔像揍而萌燒的老人了。

他真的是各方面都很不對勁的人。

第十一話　大叔訓練後去採收曼德拉草

自從決定讓瑟雷絲緹娜累積實戰經驗，訓練內容就逐漸趨於嚴酷。泥魔像之中變得偶爾會摻入加強敏捷度的個體。

與其他個體相比，它整體上較為細長，看起來似乎比較脆弱，但那裡才正是別有玄機，它是一種特別增強機動力與不規則攻擊的個體。

它會用難以想像是泥造個體的靈敏動作玩弄他人，還會伸出手臂穿過其他魔像間的縫隙，來絆倒或束縛住人，時而還會從死角攻擊而來。

雖然這樣的攻擊手段實在很骯髒，但既然不知道實戰上會發生什麼，這種訓練就會變得很重要。法芙蘭的大深綠地帶裡，說起來就不只棲息著史萊姆或哥布林，還有大型肉食獸或猛禽類那種飛行類怪物，甚至也棲息著許多植物型魔物，構成弱肉強食的食物鏈。

也有必要培養瞬間判斷或自我診斷、懂得自己的能耐再行動，與時而撤退的戰況判斷能力。

像是識破自然界特有陷阱的知識就會更加重要，但瑟雷絲緹娜和茨維特沒有刺客或盜賊等技能，必須靠知識補足。

為此，他讓兩人在圖鑑之類的書上調查了魔物等等的知識。這種知識與其讓別人教，親自調查實際驗證才會化作自己的血肉。

當然，操縱魔力的訓練也是會一直進行。

「這東西！很纏人耶！」

茨維特用長劍以蠻力打倒泥魔像（瘦），將逼近的普通魔像縱向劈成兩半。是相當急迫且強行靠力量的攻擊。

對照之下，瑟雷絲緹娜就很謹慎，她把重點放在橫向攻擊，反覆著用盾牌防禦並逃脫，重視著安全性。最近也開始表現出在必要時給予猛烈一擊的技巧。

「哥哥，你走太前面了。這樣下去會被包圍喲！」

「囉嗦耶～我知道啦！可是，我對那個瘦傢伙真的很火大……」

傑羅斯與克雷斯頓遠遠看著，冷靜觀察兩人的戰鬥方式，然後把其評價寫到板子的紙張上。他們的職責是仔細從旁觀察戰鬥方式並記錄問題點，事後教導兩人促使成長。

「茨維特好像是直來直往型呢。看來是靠力量硬幹到底的力量型。」

「緹娜則是技巧派呢。考慮到嬌小的體型與力量，她重複進行打帶跑。」

「就搭檔來說照理講是很合得來……但顯然合作有點不穩定呢。」

「茨維特那傢伙有以情感優先來行動的傾向。他會忽然使出魔法攻擊，不會保留魔力，容易在後半段被逼入絕境……」

「唯有這點應該是經驗不足吧。他現在好像專注在學習劍的用法。他自己恐怕也了解這點，所以感覺是專注在一件事情上鍛鍊呢。」

「緹娜原本就沒學任何東西，所以好像正在做各種嘗試呢。她一改變動作，我馬上就可以知道了。她會千方百計、花招百出地改變方式應對。」

混戰上會成為問題的，就是連累伙伴。

茨維特在這方面有實戰訓練因此了解，但就算這麼說，他也沒有能夠讓人放心的實力。他一旦變得情緒化，就會馬上露出缺點。瑟雷絲緹娜原本就有在持續這項訓練，因此總是冷靜行動、著重在反擊。雖然很具安定性，但反過來說，她相對地做不出致命性的一擊。

能夠奮戰到現在的主要因素，就是泥魔像比較脆弱。

「要弄成石魔像或岩魔像也是可以，但憑現在的兩人會受重傷呢。無法一擊打倒就沒意義了。」

「你在胡說什麼，能辦到那種事的就只有你了吧？」

「只要精通劍技，誰都辦得到喔。雖然我不知道會花多少時間。」

「不每天置身戰鬥中是沒辦法的吧。你是惡魔嗎……」

不同於遊戲，有關武術的技能，不耗費整個生涯的時間就無法精通。事到如今，傑羅斯了解到現實與非現實的不一致。要精通技能的話，相應的時間與不間斷的努力就會是不可或缺的。

當然，藉由特定訓練學習是有可能的，但要更進一步鑽研學到的技能，就必須累積相應的經驗。大叔終於開始理解現實與遊戲的差異。

「哥哥，左邊！」

「什麼！唔喔！」

泥魔像（瘦）崩解下半身，把手臂彎得像鞭子一樣，從巨大泥魔像的胯下攻了過來。對始料未及的地方過來的攻擊，茨維特受到了直擊，並且被彈飛開來。

「這也太奇特且不合規則了。還真毛骨悚然……」

「竟然敢這麼做……『火球』。」

雖然那是他在倒地狀態下發出的魔法攻擊，但那也一直線地朝著泥魔像（瘦）飛了過去。

不過，它在機動力上比一般泥魔像更能敏捷移動，因此茨維特迫不得已的攻擊，真的是三兩下就被閃開。

「混、混帳！」

「焦急會正中老師下懷。他大概是集中瞄準動作單調的哥哥呢。恐怕是為了讓我們無法合作……」

「什麼！換言之……妳是想說我在扯後腿嗎！」

「這是事實！老師會確實攻過來，而且不漏看弱點。他至今也做過好幾次類似的攻擊，所以現在恐怕也……」

「這就是貨真價實的實戰形式嗎……真是毫不手軟。」

茨維特憤恨地瞪著傑羅斯。

可是，真正的實戰無法重來，會變得嚴格也是理所當然。

「……這是理所當然的。既然要訓練的話，就要請你們認真應對。如果有破綻的話，魔物就會毫不客氣地攻過來。為了存活下來，這就是必要的事。謹慎是再好不過的。尤其那片森林裡的魔物才是狡猾……」

「原來如此……在實戰上死掉就沒戲唱了。也就是說，魔物不會手下留情，對吧？」

「請你們最少堅持三個小時。在廣大森林中孤立無援是與死相鄰的。為了存活下來，需要的就會是冷靜的洞察力與純粹的力量，剩下的就只有想存活下來的原始意志。多餘的自尊心或虛榮不僅會害死自己，也會連累伙伴喲。因為在那片森林裡，生命的價值很低廉呢～」

「唔……雖然很火大，但這是正確的論點。你應該踏遍了更勝於此的地獄。」

「這種只是開始呢……無法大意的狀況可會無止境地持續下去。如果對手是一群飛龍就逃不了了……那個我還真是的是吃不消……」

「好在你這麼說……我好像確實很天真。事實上還存在一堆更不妙的魔物……」

希望重新鍛鍊自己的那番話好像是真的，他認真接受了傑羅斯的話。

些許大意招致死亡是自然法則，不會有任何人類世界的那種安全保障，常常都是強者或擁有狡猾智慧的魔物撿到性命，接著展開激烈的生存競爭。

比人類生活圈更加危險的環境，正在廣大的領域上擴展開來。

「不可能一時半刻就擁有力量。這世界沒有『絕對』的那種概念，而且就算是強者，些許大意也會成為致命傷。既然如此，為了存活下來，就只有累積無數次訓練。世上哪兒都不存在安全且輕鬆的道路。」

傑羅斯說著這番了不起的話，內心卻是──『我在說什麼自以為是的話啊……如果他們兩人因此死了，就會變成是我的教法不好吧，甚至可能會變成責任問題。現實與遊戲環境不同，要是這樣本領或生存率沒有提升的話，隔壁那位有點那個的爺爺不會默不作聲……』他是個膽小鬼，所以變得相當害怕。

應該任誰都不會想背負別人的性命，而且根據自己的教法，可能會聯繫至這兩人的死亡。不同於作了弊的自己，他必須對兩位學子施以適切的訓練，如果等級依然很低的話，前往一擊就會斃命的環境，本身就相當伴隨著危險。

因此，為了讓兩位能得到存活的技術，他才讓魔像執行了他所能想到的無情攻擊。

「真不錯啊～……我總覺得自己好像可以改變！學院裡沒教過這種事。」

「那間學院真鬆散……在這裡怎麼失敗都沒關係。請你們摸索自己理想的戰鬥方式盡情嘗試戰鬥，然後掌握技巧。那將會化作你們自己的血肉、成為你們自己的力量。」

『我真的到底是在講什麼啦！我的立場不是能夠說出那種話的吧。我明明大概只是想不到更勝於此的課程……唉，我也不能不鍛鍊了吧～……』

……他說的和想的不一樣。不過，既然是家教的立場，態度懦弱的話誰也不會跟隨。這是不曉得哪一部電影裡的軍隊形式，與不曉得是哪一部功夫電影的抄襲。

「老師果然很嚴格……但是，可以進行適合自己的戰鬥方式還真令人高興呢。」

「比起放著哥布林不管並要我們把那當靶子，這種才比較合我的個性。因為不管怎麼樣，對手都會來做很凶狠的反擊呢。」

「你們如果受傷的話，我會進行治療。別看我這樣，我也很擅長恢復系魔法呢。」

就算被打倒、受了點傷，他們也會被強制恢復，然後不斷進行無止境的地獄訓練。因為也有確保安全性，因此可以隨兩人想做的去訓練。

況且，這裡不存在會制式行動的敵人，還可以學到不測事態是會發生的這件事。再加上，壓倒性的不利狀況會間歇性地持續下去，所以也可以培養他們的心態。

在這個層面上，這訓練可以說是想得相當不錯吧。

即便這原本是為了讓遊戲時代的伙伴升等的訓練。

網路遊戲時，這是為了鍛鍊新加入的新玩家，而在各公會執行的方式。提升一定的技能與等級後，再組隊前往任務。就鍛鍊新人來說，這是剛剛好的訓練，現實中則必須操縱魔像，會使用相當大的精神力。雖然這項訓練是模仿遊戲時代，但要在現實中執行就會很費工夫。

「好，來吧！」

「要變得熱血是無妨。不過，你的內心應該要始終冷靜，否則馬上就會死嘍。敵人不只是在眼前，也在自己心裡。」

「極為接近實戰的訓練……真吃不消耶~……我一定要熬過去！」

「我無法教你們答案。我沒有那麼看破人生，重要的是你們的人生是你們的呢。要說我能辦到的，頂多就是重現我能想到的那些自己經歷過的混戰狀況，並讓你們兩人體驗而已。」

「等一下！也就是說……這個狀況……」

「沒錯，這就是我年輕時體驗過的地獄。當時有許多同胞都丟了性命……」

「真的假的……怪不得我覺得你很無情。」

當然，遊戲團隊討伐裡殲滅大量繁殖的獸人就是任務內容。

當時，指揮作戰的公會會長的指示失誤，大部分的伙伴都死亡回溯了。他後來就從公會這組織本身退出，變成單獨行動。

原因純粹是他附屬的公會會長太隨便。

「就算是智力低的魔物，只要數量湊齊也會成為威脅。加上，在無法使用大範圍魔法的混戰下，個人的本領與合作應該就會變得比什麼都還重要。」

「只要無法近戰就會死啊……在實戰中證實過的訓練，這豈不是最棒的嗎！」

「雖然這不是我的本意，但我也有同感呢。總覺得明白了老師的想法……為了不死去，所以我們要得到存活的手段呢。」

「必要時刻沒辦法使用魔法的魔導士，就只是個累贅。再說，在無法撤退的狀況下不能戰鬥，要是扯了同伴的後腿，等著的應該就只有被殺而已吧。這也會對伙伴造成損傷……不過，也要視當時情況就是了。」

傑羅斯對於自己說出了相當殘暴的話也有自覺。

可是，他的內心已經處在混亂當中。他在網路遊戲裡原本也相當隨心所欲地行動，給周遭帶來極大的困擾。然而他反而有樂此不疲的傾向。

他在假定要集體戰鬥的團體討伐戰上經驗很少，只有和幾個同類四處大鬧過。

由於是這種狀況，所以他就已經只能靠看氣氛與氣勢來行動。

「確實……我們被教導說『要是變成混戰，就要迅速往後退』，但老夫不認為戰場會變成所想的那種狀況。有時被包圍，就會變成這種狀況了嗎……」

「說起來，我們可以往後退嗎？戰爭不只是我們自己，對手也會研究戰略吧？不可能會有那種方便的狀況。」

「真是不夠嚴格呢——『總是做最壞的預想』明明就是常識……」

「我無話反駁呢……學院的訓練確實很鬆散，敵人未必都是很弱的傢伙呢。」

傑羅斯掏出懷錶，看了看現在的時間，露出了無畏的笑容。

「兩個小時……接下來的兩個小時將會是混戰狀態。請你們試著在這段時間內平安活下來。」

「老師，我們的魔力快乾了呢……」

「用魔力耗盡這種理由，敵人就會願意等待嗎？那種狀況下，如何存活下去就會變得很重要。如果存活下來就可以把敵人的資訊帶回去，活用在之後的作戰上。」

「換句話說，魔力耗盡之後才是關鍵時刻嗎。可以重來的實戰……這真是不錯……」

「……我知道了。我絕對會活下來！」

「那麼，接下來我會認真操縱魔像。你們應該會很難受，但請抱著死亡的覺悟來挑戰。」

泥魔像開始排起隊伍，逐漸整頓了陣型。

魔物中有時也會採取由智力高的個體來指揮的這種戰法。

面對宛如實戰的訓練，兩人都感到緊張與高昂。

『就是這個！我所尋求的就是這個……真不愧是賢者。不是一般的不留情！』

茨維特老早就對學院的鍛鍊本身覺得不足夠。

對這樣的他來說，這幾天難度激增的這項訓練很有做的價值。

『老師為了不讓我們死，而故意選擇了嚴苛的訓練呢。那麼身為徒弟，我就必須回應這份想法！』

對照之下，瑟雷絲緹娜也理解成沒有什麼經驗會好過實戰，彷彿無論如何都要跟上似的認真。在這狀況下，傑羅斯的評價則不斷升高。

兩名徒弟凡事都是這種狀態，相較之下傑羅斯則是……

『唉～搞砸了嗎？當時的團體討伐好像是獸人無限冒出的地獄……這會有點太得意忘形嗎～？何止這樣，我應該不會被他們埋怨吧～？』

他憶起遊戲時的狀況，並拿來與現實相比，因此受到不安苛責，內心非常慌亂。

雖然虛擬世界類似於現實，兩者卻是完全不同的世界。不論有多麼接近現實，實際上細微的地方還是會出現差異。他很煩惱要如何劃分那道界線。

然後，魔像們同時動了起來。

噩夢般的兩小時開始。

「可是，該怎麼說。緹娜的裝備，你就不能想點辦法嗎～？」

「克雷斯頓先生……您是在強人所難吧？」

瑟雷絲緹娜的裝備，是便宜的皮革背心，加上鋼製小圓盾以及權杖這樣的新手裝。正因為對手是泥魔像，所以那是就算所有服裝都弄髒也沒關係的便宜衣服。

「反正都會弄髒，因為是消耗品，用便宜貨就夠了吧。對手可是泥人偶喔。」

「是沒錯……可是太遺憾了。起碼要穿純白洋裝加上鎧甲裝會比較……」

「那會因為敵人濺血而弄髒……而且附在纖維上的血液，是洗也洗不掉的喔。」

「唔……真是屈辱。可愛的緹娜居然變得要穿那種裝備……」

「如果是純白服裝，明明就像是在說『請來瞄準我』。」

克雷斯頓爺爺是完全以孫女為優先。

「另一位孫子沒關係嗎？」

「茨維特是男人，也沒什麼關係吧？」

「…………………………」

茨維特也是穿著學院指定的訓練裝，也散發出了一股新手感。

然而，即使他們同樣都是孫子，卻因為性別差異而有天差地別的待遇。尊敬這位老人的茨維特得不到回報。至於茨維特得到回報的日子是否會到來，就只有天曉得了。

◇◇◇◇

兩小時後，兩人好像幾乎只靠毅力站著。

這是他們第一次長時間戰鬥訓練，假想實戰的修練是多麼痛苦的戰鬥，他們就如字面上所寫那樣親身體驗到了。

「如何？剛才的狀況，在真正的戰場上起碼會持續六天，久則持續一個月，體驗過極相近的狀況的感想是？」

「很、很痛苦……這種狀況會持續那麼久嗎……？」

「非常難受……這就是實戰……學院才不是什麼寬鬆……而是太天真……」

「這種只是小規模的戰鬥喲。大規模戰爭可不是這種東西。許多部隊都會在獨自指揮官的旗下統一完成作戰。那是更勝於此的地獄。」

「真的假的……哈哈哈，太棒啦！我能受到這種訓練真是走運。」

儘管魔力眼看就要枯竭，兩人卻沉浸在完成訓練的充實感裡。

傑羅斯對這樣的兩人遞出小小罐的酒瓶。

「老師……這是？」

「這是『魔力藥水』。孤兒院栽種了曼德拉草，我請他們分了一些給我，就試著做出來了。那植物的繁殖力很驚人呢～因為令人驚異的成長速度，農地差點就被埋起來了……就在幾天之內。」

「孤兒院裡種著那種東西嗎！是說，那是你出的主意吧！」

「也有栽種藥草喔。今後會成為很好的收入來源吧。」

孤兒院栽種的曼德拉草，成長速度很不尋常。只花一天就發芽，三天後就成長到可以採收。問題在於成長太快，大部分農田都快被塞滿，所以就急忙拔起做了疏苗。

要是被曼德拉草擠滿，就沒辦法培育蔬菜，農地的養分會全部被奪走。因為它們是沒有天敵的草食魔物，而且沒有被外面敵人啃食的憂慮，所以才會愈長愈多。

因此，趁它們還嫩且尚未完全成長時疏苗、採收，並且用那些曼德拉草製作而成的，就是傑羅斯遞給他們的魔力藥水。

「雖然這倒無所謂……」

「是啊……」

「怎麼了嗎？」

「「怎麼會用酒瓶啊！」」

「沒有專用的小瓶子，所以我才拿來替代。怎麼了嗎？」

內容物應該確實是魔力藥水。然而，這樣看起來像是好孩子大白天就在喝酒，顯得很不成體統。就傑羅斯的角度可能只是回收再利用，但就該物使用者的立場來說，如果被目擊者看見，觀感應該會很差吧。

這是彼此價值觀不同所發生的小事，但對於在乎社會上面子的貴族兒女來說，這再怎麼說都是個問題。

「今天的訓練就到此為止。明天會像平常那樣進行。話說回來，克雷斯頓先生，他們兩個的裝備要怎麼辦呢？實戰的預定日也近在眼前了吧？」

「沒問題。老夫有收到聯絡說近期內會完成。」

「那就好，但護衛的騎士們要怎麼安排？」

「好像會安排幾名年輕騎士。真是，德魯薩西斯講話真小氣。就兩個師團而已，也不會乾脆地派出，真是令人悲嘆。」

「「你是在強人所難嗎！是說，這樣人數不是倍增了嗎！」」

「爺爺……那再怎麼說都太亂來嘍……」

這位老人自從決定要去法芙蘭的大深綠地帶累積實戰，他就向身為領主的德魯薩西斯，請求調度作為護衛的騎士團。而且還是一個師團。

要是騎士團為了這種事而被派遣，對國民會很過意不去吧。

爺爺溺愛孫女是不會停止的。如果是為了最愛的孫女，怎樣的蠻橫行為他都會去執行。

這名老人的失控，將會永遠持續下去。

◇　◇　◇　◇　◇　◇　◇

戰鬥訓練後，傑羅斯到孤兒院露臉。

接下來要採收曼德拉草，所以他以比較隨性的打扮拜訪，只見路賽莉絲好像扶額煩惱著什麼。

儘管有點苦惱是否該出聲叫她，傑羅斯還是很在意，所以就決定試著搭話。

「妳怎麼了，路賽莉絲小姐？」

「啊……傑羅斯先生，歡迎您大駕光臨。」

「妳好像在煩惱什麼，有什麼問題嗎？妳看起來很沒精神呢。」

「其實，曼德拉草的事出了問題……」

「說來聽聽吧。所以，是怎樣的問題呢？」

「我想想……您來這邊看就會知道了。」

「啥……？」

路賽莉斯挽著傑羅斯的手臂，把他拉去了農田。

此時傑羅斯的心境，則沉醉在偶然貼上他手臂的胸部，還有點不知所措。

『這麼大的巨乳！好厲害的份量感！糟糕！不妙，我好像會變成禽獸。活著真是太好了……』

他是沒女友資歷四十年的單身中年人。

不僅性格寡言，對這種不自覺的碰觸也沒有抗性。

即使覺得不妙，但他還是忍不住希望這種觸感永遠持續下去。

然後在他被帶來的那片田裡……

——唔呀啊啊啊啊啊啊啊啊啊啊啊啊啊啊啊啊！

這裡響徹了臨死前的慘叫。

簡直就像某處的魔道具店。

「這、這是？」

「把曼德拉草拔起來就會像那樣……孩子們覺得那很有趣……」

「…………」

他看看農田，發現四個小朋友正開心地拔著曼德拉草。

——不要啊啊啊啊啊啊啊啊啊啊啊啊啊啊啊！

——住手啊啊啊啊啊啊啊啊啊啊啊啊啊啊啊啊！

「啊哈哈哈♪真好玩～～！」

「我的比較大聲吧？」

——呀啊啊啊啊啊啊啊啊啊啊啊啊啊啊啊啊啊啊！

「啊哈哈哈哈哈哈！好好玩～！來讓它叫更多下吧！」

——殺人凶手啊啊啊啊啊啊啊啊啊啊啊啊啊啊啊啊啊啊啊啊啊啊啊啊！

「我的才厲害喲。它說我是殺人凶手，真有趣～♪」

孩子們只是天真無邪地在拔曼德拉草，卻讓人覺得他們是不是在做恐怖又殘虐的行為。每當他們高興地拔起曼德拉草，這種植物就會發出異樣的慘叫。

不過，對曼德拉草來說，這可能就等同在被拷問……

「總覺得……有股邪惡的感覺呢。在教育層面上不太好。想不到會到這種地步……」

「曼德拉草在疏苗時明明就不會叫……該怎麼做才好呢。」

「妳就算問我……大概只能習慣了吧？」

「我不想習慣！那個叫聲會直接攻擊人的精神……」

曼德拉草成長迅速且繁殖力驚人，馬上就增長到蓋滿整片田。

藉由在那段期間盡量對嫩芽做疏苗，就可以種出擁有優質效果的曼德拉草，但那個曼德拉草在拔起來的瞬間，有像這樣發出慘叫的特性。

在發育不成熟的期間拔起就不會叫，進入採收階段的，卻會像這樣狂叫。慘叫得就像遭遇慘劇的受害者的那個聲音，會粉碎進行採收作業者的精神。曼德拉草是種精神破壞者。

「這好像會被鄰居誤會耶……搞不好人家會報警呢～」

「已經被誤會好幾次，每次都會落得要給衛兵們看這片田的窘境呢～……」

老舊教會的背後響徹慘叫，會讓人聯想到有點恐怖的發展。

那麼，高興地拔著那東西的孩子們，就會是殘虐的小惡魔嘍？

——救命啊啊啊啊啊啊啊啊啊啊啊啊啊！

「它說救命耶。」

「算是吧？」

「不夠用心……真老套。」

「我想聽那種更加打從內心發出的聲音……」

孩子們很殘酷。他們是小惡魔。喜歡惡作劇的惡魔。

「不過，這會變成孤兒院的收入，我們就重振心情來拔吧。」

「我不行……這不是一般的罪惡感，我的心靈好像會崩壞……」

「妳傷得很嚴重呢。沒辦法，我也來拔吧。」

他邊那麼說，邊把手放在附近長著的曼德拉草的莖上，接著用力地拔。

──不要啊啊啊啊啊啊啊！要被侵犯啦啊啊啊啊啊啊！

「居然給我出這招……真難聽。不過，這是……」

傑羅斯太小看曼德拉草了。他完全沒料過對方會使出這種模式，實在是止不住冷汗。路賽莉斯看著這裡，眼神不知為何很冷淡。

「傑羅斯先生，你這個人……」

「……我什麼也沒做喔！那是曼德拉草的慘叫！」

這各方面都很不妙吧。畢竟光是拔起曼德拉草，就有可能變成罪犯。

「您明白了吧？這在精神層面上相當危險。」

「我還是小看了它。沒想到它竟然會是這種東西……冤獄可能會因為曼德拉草而接連發生呢。這就像在客滿的電車裡捏造癡漢冤罪的ＪＫ（女高中生）……」

「雖然我不懂ＪＫ是什麼，但可能會變成冤獄的這點，我也有同感……」

要是被什麼都不知情的鄰居報警，或許會被當作獵奇心理變態而遭到逮捕。然而，他們還是必須拔起曼德拉草。

否則整片田就會被這種植物淹沒，特地栽種的蔬菜也會完全被滅絕。

尤其現在成長狀況適合採收，要出售曼德拉草可以說是最棒的時期。

錯過這時候，曼德拉草就會釋放種子，到時就會變成隨處繁殖這種束手無策的狀況吧。

——一口氣殺了我吧————！

——我才不會屈服————！

——受詛咒吧！惡魔們————！

「「「啊哈哈哈哈哈哈！真好玩～～～～♪」」」

因為大人勉強算是有明智的判斷力，所以精神上的打擊會太大。

天真無邪拔著曼德拉草的孩子們，實在令人羨慕。

——啊啊……還要～～～還要……再激烈一點……啊……啊啊……♡

「咦？不一樣的模式。」

「好色～♪」

「什麼東西很激烈呀？要去問問修女嗎？」

「就這麼辦吧。或是問伯伯。」

「「別這樣——————！別問！這對你們來說還太早啦！」」

不知道是蓄意還是偶然，曼德拉草刺激了孩子們的好奇心。

他們所知道的，就是它們確實折磨了兩名大人的精神吧。

曼德拉草真恐怖。這就像是富有智慧的孔明所策畫出的陷阱，令人無法想像是植物。

對於沒男友資歷十八年的路賽莉斯，與沒經歷過結婚的中年老頭來說，孩子們的純潔無瑕化為了凶猛的凶器。

「真是不得了的植物。簡直就像瞄準似的巧妙攻擊我們的精神……」

「雖然生活會變輕鬆，但在那之前我會變得不正常啦～……」

這天，路賽莉絲與傑羅斯開始煩惱起今後孩子們的教育方式。

事後，在他發現用大地操縱系魔法「蓋亞控制」採收會很快的時候，已經是兩人精神負面到可能導致憂鬱之後的事了。

——接著六小時後。

採收結束時，大叔與路賽莉斯也搞得遍體鱗傷了。

那不是肉體上的疲勞，兩人在精神上被入絕境，表情上露出危險的徵兆。

他們眼神空洞地直盯空蕩處，表情一副皮笑肉不笑，同時朝著空中對著誰說話。

「修女和伯伯怎麼了啊？」

「不知道。比起那個，這要怎麼辦啊？」

「要擺在陰涼處風乾喲。伯伯不是說過了嗎？」

「我想吃肉……肉～～……」

有精神的就只有孩子們。

雖然不曉得孩子們是不是想勤勞工作，但他們馬上就執行傑羅斯教導的保存方法，把曼德拉草擺在倉庫中風乾。

多虧孩子們的努力，孤兒院的財務才會變得富足，兩天後就可以吃像樣的餐點了。

然而，這天起孤兒院好像在背地裡被稱作「慘叫教會」。

另外，聽見曼德拉草傳聞的小偷會潛入農田，卻因曼德拉草的慘叫而被鄰居逮捕的事件層出不窮。

某種意義上，曼德拉草或許是很有效的防盜裝置。

◇◇◇◇

幾天後的深夜。

——強盜啊啊啊啊啊啊啊啊啊啊啊啊啊啊啊啊！

曼德拉草慘叫響徹寂靜的黑夜中。

「什麼！閉嘴！可惡！」

「糟糕！快逃！」

「「「「「「「是小偷！抓住他們！」」」」」」」

「怎、怎麼會有這麼多人啊！」

「我怎麼知道！」

今晚又有很笨的農田小偷因為曼德拉草而被逮。

同時，那些小偷會被逮去交換一些金幣，當作鄰居的臨時收入。

路賽莉斯並不曉得，附近的居民們會不斷等待小偷到來，並組成了可以馬上逮住犯人的組織。

鄰居們今晚也不斷地等著。等著新獵物上門……

第十二話　大叔會見領主

茨維特有兩位異母的兄弟姊妹。

一個是同年的弟弟，名叫庫洛伊薩斯，年紀十七歲。

因為生於同個時期，被身邊的人認為將會是繼承人之爭的競爭對手，但庫洛伊薩斯對別人完全不感興趣，總是以冷靜的態度隨便帶過。

茨維特從前在各方面就容易和人起衝突。老實說，庫洛伊薩斯並沒有把哥哥茨維特這個人看在眼裡。他對人類本身不感興趣，只專心傾注在魔法研究上。

在了解到他不是討厭人類，而是真心認為除了研究之外的事都無所謂的時候，茨維特就放棄對弟弟做出那種找麻煩的行為。

不過，這兩個人的態度對周遭帶來影響，逕自發展成了繼承人之爭，不過關於這件事，茨維特自己並沒有特別當作問題。

對沒興趣的事漠不關心，這點茨維特也是一樣。

另一人，則是在他旁邊專注分析、解讀魔法式作業的瑟雷絲緹娜。

這是他們的父親——德魯薩西斯，對當時在公爵家擔任女僕的女性「忍不住衝動」出手所生的側室之女。

他們異母兄弟倆的母親——第一、第二公爵夫人們知道這件事實，就立刻把瑟雷絲緹娜的母親從宅邸轟出去。

這在繼承人之爭的層面上是為防敵人增加的手段，同時也是想把吸引德魯薩西斯目光的她盡可能支開的計畫。

結果，瑟雷絲緹娜母親的身分就被祖父克雷斯頓給扛了下來，因為生出的是女孩，所以就不由得溺愛了孫女。

後來，瑟雷絲緹娜的母親年紀輕輕就因病過世，變得由克雷斯頓一個男人一手把她養大。然而，她那張遺傳母親的容貌，對公爵夫人們來說很礙眼，所以就把她視為了眼中釘。

夫人們的孩子——兩兄弟，特別是茨維特受到的影響深遠，從小時候就會做出陰暗的霸凌。庫洛伊薩斯則理所當然似的視若無睹，所以瑟雷絲緹娜就變得愈來愈閉門不出。

茨維特看來，索利斯提亞公爵家是這國家的王族分家血統，也是過去長達一百五十年以上保衛國家的魔導士一族。當然，他對祖先的偉業感到驕傲，同時夢想著有天也能保護國家或人民。

然而，他很不滿妹妹瑟雷絲緹娜不知為何使用不了魔法，卻還是待在自己敬愛的祖父身邊生活。他無法認可妹妹待在以「煉獄魔導士」馳名的祖父身邊，明明很無能，卻是自己的妹妹。重要的是，他受到母親討厭妹妹的影響，才會不抱任何疑問就對妹妹很冷淡。可是，瑟雷絲緹娜不是沒有才能，現在他明白那只是因為他以為理所當然的魔法式，其實有著滿是問題的缺陷。

就他聽見的傳聞，瑟雷絲緹娜要發動魔法本身是很困難的，課堂上的表現卻很優秀。作為魔導士是吊車尾，但因為其他部分全部獲得優秀的成績，因此她絕對不算是無能。然後現在，瑟雷絲緹娜的問題一切都解決了。

經由眼前的家教——大賢者之手……

「呃～所以，如果解讀這裡的魔法式，就會變成是『聚集魔力流動，必要魔量為10～50』。這東西表示在行使魔法上需要的魔力範圍，與可以控制的極限魔量。也有魔法式的極限數值——耐久魔量的這個含意。魔法式會需要預先決定好的魔力，但就算注入範圍之上的魔力，威力也不會提升。多餘的魔力反而會逆流，然後從魔法式中擴散出去……」

老實說，他本來很不喜歡這位大賢者。

可是，正因為自己尊敬的祖父認同他，重要的是他是個凌駕他人的實力者，所以他原本只是打算利用大賢者。雖然這只是到幾天前為止的事……

「換句話說，只要增減魔法式所需的魔量範圍，威力的強弱幅度也會改變嗎？透過簡單的魔法式，威力就會有所改變，對吧？」

「簡單來說是這樣，但可沒那麼單純喲。因為魔量變大，也會給儲存魔力並轉換成現象的魔法式耐久力帶來影響。

就算放入再多的魔力，如果構築魔法式的魔法陣很脆弱，魔力就只會擴散而已，這樣就會沒意義了。進一步地說，那也可能因為魔法陣崩壞，而引發失控現象，然後對周遭帶來巨大損害。不過，通常在那之前會先發生魔法式的崩壞現象就是了呢～」

大叔魔導士以好像很沒勁的言行繼續上著魔法式的課程。

老實說，茨維特沒想到會是這種境界的內容，所以覺得這個課程有趣到不行。倒不如說，因為傑羅斯淺顯易懂地說明了他不知道的事，他才得以順利地把知識裝入腦中。那些事非常新鮮，每一天都開始變得很有趣。

「真困難呢。也就是說，除了必要的魔力，還會需要提升魔法陣強度的術式嗎……」

「能讓那化為可能的就是積層型術式，透過兩種術式讓魔力循環，就是一種叫作『咒文迴路』的東西。強大的魔法術式……我想想……例如，範圍型魔法，一般魔法陣不畫在大張的紙上就無法構築，對吧？透過把它分割成好幾份，將處理的魔法式插入其中，魔法陣就可以更緊湊地聚在一起了呢～」

出乎意料的優秀。

遇見對祖父之外感受到強烈憧憬的人物，還是他有生以來的頭一遭。畢竟傑羅斯不會討好當權者。不如說，他很看重自己的生活方式，甚至會毫不留情向敵對者挑起戰鬥，對於自己身為魔導士的生活方式也很自豪。

這或許是茨維特的價值觀發生變化所致的誇大，但從他眼裡看來，他認為傑羅斯是透過實戰與實踐進行驗證，不斷走在魔法頂端上的高階存在。而且，還是自己敬重的祖父認可的逸才。

他的祖父克雷斯頓，經常對執著權力的魔導士提出異議，給各派系帶來影響。雖然這被他過去隸屬的派系——惠斯勒派視作背叛，但實力差距太大，他們無法做出暗殺或警告這種舉止。比起這個，克雷斯頓有王族的血緣關係，無法貿然敵對也就是目前的狀況。

克雷斯頓一口咬定『那種執著權力的人不是魔導士，提升自我才是魔導士的原本樣貌』，而停止所有與派系的瓜葛。雖然規模很小，不過他創了獨自的派系。

眼前的傑羅斯，就像是具體表現那種魔導士理想的真實人物。

他是靠自己賺錢來研究，不許絲毫浪費，一路重複理論與實踐的賢者。

而且是實戰經驗豐富，連在戰場上的存活方式都熟知的瘋狂睿智探求者。

與傑羅斯相比，其他魔導士是多麼地不值一提，兩者有不容分說的懸殊實力差距。

「那麼，有沒有什麼其他問題？」

連魔法文字都能解讀的那種魔導士，如何能說他不優秀呢。

在他眼底，他認為這位凌駕他敬重的祖父的魔導士，是個遙不可及的存在。他這幾天受了指導之後，充分理解了自己是望塵莫及的小毛頭。

傑羅斯比伊斯特魯魔法學院的講師陣營優秀，即使如此卻不在乎派系，他這股傲慢的傻勁相當高尚，看起來比任何人都像位魔導士。

大部分魔導士會奉承貴族，或希望進入國家機關，這位魔導士卻是兩者皆非的例外。

「我了解魔法文字可以解讀。不過，個人學得到的魔法數量是不一樣的，對吧？要怎麼選擇適合自己的魔法才好咧？按照你的道理來說，所有屬性的魔法都不存在擅長與不擅長的隔閡，誰都能學習一切的魔法，但實際上我們使用的魔法，是會根據個人資質而有所區別的。目前也有出現一群屬性派系的傢伙呢。」

「一定是個人喜好問題吧。實際上，我就可以使用所有屬性的魔法，但我偏好使用複合魔法……而且，主要是在使用以雷系為基底的魔法呢。視狀況，我也會使用其他魔法。總之，雖然我有拚死學習偏好的魔法，但不喜歡的就容易變得馬馬虎虎的～這就會是個人的自由了呢。」

事實上，很多學生都會依賴擅長的系統魔法，而不學習其他魔法。

這是他多少能接受的答案。

「可以學，但無法運用自如嗎。不過，就算把魔法式刻在潛意識領域裡也有極限。如果要增加使用的魔法數，又該怎麼做才好呢？」

「那樣術式構築的範圍會太大。如果減少浪費、弄得緻密，收納在潛意識領域裡的魔法陣本身就會變小，匯聚多少就相對會剩下多少容許量，因此就可以學得下其他魔法數量了呢。總之，能理解魔法式到何種程度、能否順利使用，魔導士就各憑本事了。」

「他們現在正在研究的魔法，魔法陣是一個小競技場的面積大，確實很浪費呢。」

「競技場？你們是在研究殲滅魔法嗎～？不過，如果使用平面魔法陣，就是會變成那樣的吧。而且需要龐大魔力，我不認為可以使用……」

「說得好像都見過一樣……」

「因為如果是魔導士，那就會是必經之路呢。魔法愈強大，魔法式就會愈複雜化，所以我馬上就知道了。魔導士的本領可以藉由把那弄得多小來推斷呢。」

最新魔法研究就像是茨維特剛才說過的那樣，不過傑羅斯的魔法式是上下左右立體化這種不曾見過的術式。形式是透過魔法文字的循環組成令人費解的謎題。

至少，那比56音式的魔法陣還先進了一百年。對於可以學習這些知識，茨維特心中萌生出難以言喻，如優越感一般的情感。

「必經之路嗎……你到底領先了多遠啊。」

「誰知道呢？因為我無意把自己的研究和別人比較呢。我既沒興趣，也不打算告訴別人。」

「也就是說，你是叫我靠自己抵達嗎？抵達那種極端的境界……」

「當然會是那樣～我為什麼就得把抱著極痛苦的心情抵達的研究成果交給別人呢？畢竟也不知道繼承的人物會用在什麼地方。重要的是它太危險了。尤其是可以大範圍殲滅的那種魔法呢。」

「能夠教我們的完全就只是入門嗎？如果接下來創造出不妙的魔法，那你要怎麼辦？那也可以用56音式魔法製作，對吧？雖然據你所說，那會是密度相當高的魔法式……」

「我不會負到那種程度的責任。再說，就算知道我的研究成果，誰也沒辦法使用呢。這也沒有轉交給別人的意義吧。」

茨維特的背脊感受到一陣寒意。

這不是因為恐懼，不如說比較接近情緒高昂吧。

傑羅斯的話，總歸就是他做出的魔法完全會是自己專用，不是別人能夠使用的那種魔法。既然那是別人無法使用，只是單純存在的魔法的話，就不會有什麼意義了。

這位賢者已經身在頂點，茨維特對於能給這樣的人物教導魔法的真髓，感到無以名狀的喜悅。

「你們很年輕，首先只能從基礎靠自己的雙手精通。記住給別人教就高興得忘乎所以，這就等於停滯不前了。」

「也就是說，你要我自己創造出自己的魔法嗎？真是不得了啊，這可不是老師該說的話呢。」

「只要了解基礎並徹底應用，就會很簡單嘍。剩下的就是看能否持續努力。懷疑常識、與自己的戰鬥……理論與實踐，魔導士總是孤獨的呢……呵。」

「不，你為什麼要在那裡耍帥？」

這幾天，他了解到索利斯提亞魔法王國的魔導士有多麼落後。

現在認識了這位賢者，他痛切感受到國內的魔導士們誤會得多麼離譜。魔法文字的意義、解讀方式、魔法陣的構築、自己與自然界魔力的運用方式，以及操縱、應用──每一種都是他們不知曉的事。

甚至還考慮到實戰上的心理準備，或者近戰技術，他充分了解到壓倒性的本領差距。

「簡單……啊。也就是說，我也辦得到嗎？」

「辦得到喲。不過，之後就攸關個人的努力，以及對世界法則能理解多少呢。至少先了解物理法則會比較好吧。這是基本，先學起來會比較好。」

「物理法則啊，原來如此，這不是很有趣嗎……我還是第一次聽見這種令人興奮的事情耶。講師們到底有多沒用啊。」

「哥哥……那不是講師的錯，應該只是教導那位魔導士的人們弄錯的關係吧？誰都知道邪神戰爭後大部分關於魔法的文獻都遺失了，誰也沒想過自己正在研究的東西是錯誤的吧。我覺得也沒人擁有指謫的知識。一切應該都是維持在摸索狀態持續到今天的吧。」

茨維特雖然粗暴，關於魔法上卻很有熱情。

因此，他很認真的聽課，每次都會用自己的方式做起驗證。

眼前的魔導士抵達了頂點，就算這樣也不滿足地持續研究，面對有這樣的人存在，會想試著抵達那片領域，就是所謂魔導士的天性吧。

「那麼，時間差不多了呢。接著的課程明天再繼續吧。」

「咦，已經差不多了嗎？真快……」

「已經延長將近三小時嘍。要是不適時休息，塞太多也無法吸收。我覺得休息也很重要呢。」

「真遺憾。不過，我還真期待明天呢。」

「近期我會讓你們兩位挑戰積層魔法陣。那是很簡單的東西，就請你們輕鬆地玩玩吧。」

今天的課程就這樣結束了。

傑羅斯離開教室後，瑟雷絲緹娜也不忘複習。對妹妹這種模樣，茨維特藏不住心裡的驚訝。

因為如果是以前，她連接近自己都不會……

「欸，瑟雷絲緹娜……」

「什麼事，哥哥？……」

「妳變了好多。如果是過去的妳，妳會最先從我身邊逃開呢。」

「是啊……不過，現在我也能使用魔法，雖然不到老師那種程度，但我也可以大略解讀魔法式。或許我已經和以前的自己不一樣了。雖然我沒有自覺……」

「那傢伙真是不得了的魔導士……我也很了解妳為什麼會改變。」

雖然這只是兩人的主觀看法，但與傑羅斯相比，所有的魔導士都輸他一截。

能受到那種最頂尖魔導士的教導，對不成熟的魔導士來說是很光榮的一件事。

他們現在請傑羅斯教的課程，是魔法式的構築方法，屬於基礎知識。這部分也明顯與學院觀點不同，且是經過實證後的東西。

「和那傢伙相比，我根本就是個小嘍囉。我怎麼會像那樣找他打架呢？不過，請求賢者教導，對魔導士來說根本等於是最高榮耀。真好耶～妳不是他的弟子嗎？」

「哥哥，你不也是弟子嗎？你不是正在上課嗎？」

「畢竟我有派系呢～是沒辦法成為正式徒弟的吧，學院畢業後我就是文職軍人了……啊～可惡！要是沒加入那種派系就好了！」

現在的惠斯勒派權力取向很強烈，魔法或研究戰略等等都是其次。

因為長時間待在那種地方，他在精神上也受到了污染。

他受到周圍讚揚，然後得意忘形了起來，那些結果就是嚴重的失戀。在某種意義上，就算說是被洗腦了也不為過。不，他開始懷疑自己實際上是不是受到了洗腦。

那是因為他回顧自己這兩年多的行為，實在有太多不自然的舉止。

想到是因為怎樣的理由而被解除，最近他腦袋莫名感到舒暢，就可以解釋那點。正因如此，他也有事情不得不先說。

「這是我的忠告。回學院之後，妳要注意和派系有關的人們。他們會打算把妳拉入陣營。」

「真稀奇耶。哥哥居然會給我忠告……這可是第一次喲。」

「我也不是笨蛋！現在的妳改變得很多。妳變得能使用魔法，也可以解讀魔法文字。變得甚至派系那些人不會對妳置之不理……」

「真麻煩呢。我覺得派系根本就沒有任何價值……」

「完全同意。認識了大賢者這種怪物，就會覺得那些傢伙的課根本就是胡謅。從基礎開始根本完全就不對嘛！」

他們兩個這幾天來往密切，最重要的是很有充實感。

兩人的學習能力大幅躍升，彷彿至今停滯的東西一口氣傾瀉而出。

知道得愈多，愈是覺得魔法這東西很有趣，雖然說是基礎，但學習那些事情會引出新的發現。重要的是，曾經疑惑的事獲得解決，並且能看見嶄新可能性的這點很有趣。

「真不想回什麼學院～～～！待在這裡，研究有進展多了。」

「是啊……再一個月就必須回去了呢……」

和傑羅斯的契約是兩個月。

所以再過一個月左右，他們就必須回學院上無聊的課程。

兩人認為那是浪費時間。

「話說回來，庫洛伊薩斯哥哥沒回來嗎？」

「庫洛伊薩斯～？那傢伙是聖傑魯曼派的重要候補，所以應該埋頭在研究裡吧。成天泡在研究大樓裡明明就是白費工夫……」

「是啊，那是白費工夫……他正在浪費寶貴的時間呢。」

「那傢伙說……『你要回老家嗎？那麼，請代我向父親問好。這點事情沒問題吧？畢竟你是我的親哥哥……』居然把別人當信差！」

「真是老樣子呢……他應該相當喜歡研究吧。」

次男庫洛伊薩斯只對研究感興趣，連和別人有瓜葛都認為是浪費時間。他對別人不感興趣，只把效率擺在優先，他那熱衷於研究的模樣，應該可以說是很有魔導士的樣子吧。

然而，對茨維特來說，他的言行也很令人厭煩。

「真是老樣子啊，那個裝模作樣的傢伙……但那傢伙運氣很差呢。呵呵呵……」

「啊……運氣確實很差。居然沒辦法上大賢者的課……」

「是吧？真期待看那傢伙表情的那一天……」

硬要比喻的話，他們就是火與冰。因為性格完全不同，他們知道彼此是絕對無法相容的存在。雖然這說不定只是他們沒有推心置腹地說過話……

「不過，那傢伙的態度很有魔導士的樣子……最近真是讓我有所思考了呢……」

「因為他的行為很像老師呢。但……他知識不足，而且還搞錯了。」

「這點很遺憾。雖然對我來說是很值得開心的事。是說，對耶……我當初會不喜歡那個傢伙，就是因為他很像庫洛伊薩斯嗎……」

「你就那麼討厭庫洛伊薩斯哥哥嗎？」

「最討厭了！那傢伙完全不想理我，周圍怎樣也都無所謂！我有天一定要灌那張裝模作樣的臉一拳！」

他不曉得因為個性不合而分歧，結果會變成公爵家繼承人之爭的理由。因為他們並不是敵對，只是因為不喜歡才沒有接近彼此。

他也是魔導士，別人的閒話根本無關緊要。

想到兩個哥哥這種狀況，瑟雷絲緹娜便嘆了口氣。

她只祈禱不要演變成內亂。

◇◇◇◇◇◇

隔日，傑羅斯來到客人用的接待室。

理由很單純，他是因為被溺愛孫女的瘋狂老人克雷斯頓給叫來的。

「呵呵呵……終於……緹娜的裝備終於完成啦！」

「您的興致異常高昂呢。我在這裡沒看見那個裝備耶。」

「老夫很高興，就忍不住交給緹娜了。她應該馬上就要來了……」

「您已經讓她試穿了啊……動作也太快……」

這位老人異常的興致高昂，等待穿著裝備的孫女到來。

克雷斯頓失控，傑羅斯就會忍不住吐槽。

「不能一直讓她穿著那種便宜裝備。畢竟，這是第一次為那孩子製作裝備呢。想必應該會很合適她吧。」

「……那另一位孫子呢？」

「他之前有新製衣服，所以應該沒差吧。而且男人的裝備都很粗糙不美觀呢。」

「……這爺爺還真是過分得乾脆。茨維特也真可憐……」

他太溺愛孫女而很偏心。茨維特得不到回報。

「這回老夫大筆揮霍了零用錢，從素材就精挑細選，準備了最棒的裝備。」

「真好奇是什麼素材，我很明白那恐怕花了大把銀子……」

「那當然！如果是為了可愛的孫女，老夫連靈魂都會出賣給惡魔！雖然是拿別人的命來賣啦……」

「這爺爺真是壞心得很乾脆呢。」

真是亂七八糟。而且，這老人是打從心裡這麼說的，所以非常惡質。

為了瑟雷絲緹娜，他恐怕會認真地把活祭品交給惡魔吧。

他對孫女的疼愛很罪孽深重。

「她早晚也會嫁人喔。到時您要怎麼辦？」

「……老夫不准許，老夫是不會准許的！我怎麼能把可愛的緹娜嫁給那些不三不四的傢伙！」

「要是那位可愛的孫女錯失婚期，您要怎麼辦？」

「屆時……對了，就嫁給你吧。放心，這國家的男魔導士是一夫多妻！反之也有一妻多夫呢。」

「請別若無其事地把我給捲進去！」

爺爺說出了不得了的話。

「這有什麼啊～……要是有了曾孫，不管你要消失到哪裡，我都無所謂喔。當然，即便是地獄也行……」

「把人當種馬再幹掉的幹勁十足啊。您有覺悟被我反過來殺掉嗎？」

「因為你要對老夫的可愛的孫女出手，那種程度的事就要給我做好覺悟。」

「您還真是墮落得很乾脆耶！老頭！」

在有關孫女的事情上，他完全就是個壞心爺爺。就被捲入的身分來說，這真的是教人受不了。不如說是太不講理了。

傑羅斯的吐槽也漸漸變得完全不客氣。

在他們爭論著蠢事的期間，旁邊的門就打了開來。裝備嶄新戰鬥道具的瑟雷絲緹娜從中現身。白色洋裝風格的服裝上，穿戴著銀白光澤的鋼製胸甲，手上拿著同色系單手用盾牌，連權杖都是絕品，雖然簡約卻裝飾得頗具品味。

連臂鎧跟靴子都加上不顯花俏的精細工藝，這番大張旗鼓的架勢讓人不禁覺得好像要上戰場一般。

「……那個～爺爺，那是要以魔物當對手進行實戰訓練，對吧？這、這是……」

「把祕銀纖維與艾爾克妮的絲混合織成的裝甲洋裝，外加祕銀與白蛇龍製成的麟甲。甚至有同系列的臂鎧和靴子……連權杖都是混黃銅，就算要當魔杖使用也是可行。老爺子……你到底花了多少？」

「你、你是指什麼？不是那麼大的數目……」

「這些裝備……不是寶物等級的嗎！況且，你還徹底按照自己的喜好走。」

「咦！咦————————！這是那麼昂貴的裝備嗎！」

克雷斯頓一臉佯裝不知，但可蒙混不過傑羅斯鑑定的眼力。

他顯然是使用了足以經營領地一年的預算。那實在不是光靠貴族零用錢就能設法做出的物品。

「克雷斯頓先生……我想再怎麼說也不會這樣，但您沒有私吞稅金吧？」

「真沒禮貌！那可是用老夫的錢去做的……雖然有賣掉一點寶物庫的貴金屬啦。」

「寶物？您有獲得現任領主殿下的許可嗎？總覺得那好像會需要相應的手續耶。」

克雷斯頓猛然把臉撇開。

換句話說，那是未經許可。既然是隱居身分，那就等同是侵占。看來他好像為了孫女而著手犯罪。

「這樣不是很好嗎……德魯薩西斯那傢伙，說護衛不會叫來七個師團。既然這樣，就算為了女兒，準備這種程度的小錢也沒關係吧？」

「護衛又增加了耶！而且侵占公款連反省都沒有！」

「我有好好只挑了老夫年輕時取得的貴金屬！我沒有沉淪到那種地步！」

「至少應該要辦手續。受牽連的可是您的孫女！」

「……唔！糟糕，我沒考慮到那裡……」

「您也太不謹慎了吧，您是不是快瘋了啊……」

這個老人的失控太離譜了。就算有怎樣的理由，既然是貴族的話，拿取與用途相符的金錢要辦正當手續就會是必要的。否則貴族也適用於侵占罪。

這個老人一口氣跳過了那個過程。

「唔……這還真不妙。沒辦法……我去和德魯那傢伙道歉吧……」

「爺爺……這再怎麼說都太過火了。」

「在他說沒辦法的時間點，他就算是沒在反省了呢。雖然說自我中心很有魔導士的樣子，但就公爵家看來，這應該是最糟糕的吧。」

「真是……父親大人也真是讓人頭痛，我真是傻眼到不行，什麼話也說不出口了。」

「誰？」「唔……德魯薩西斯。」「父親大人……」

三人同時回頭，看見那裡站著一位和傑羅斯年紀相仿，儀表堂堂的中年紳士。

從剛才的話推測，傑羅斯判斷他就是瑟雷絲緹娜和茨維特的父親。

「我和大賢者閣下是初次見面呢，你的事我有從父親那裡聽說。我是瑟雷絲緹娜和茨維特的父親，也是那邊那位麻煩老人的兒子，是身為現任領主的德魯薩西斯。我們好像給你添了相當多麻煩。尤其……是那邊那位老頭……」

「您客氣了。我叫傑羅斯．梅林，只是個區區魔導士。請別叫我大賢者。是說，領主閣下，您好像很辛苦呢……」

「這個臭老爸未經允許就撬開寶物庫的鎖，把保管在裡面的幾個貴重魔石脫手賣掉，還謹慎地消除痕跡，甚至準備了不在場證明……我因為那樣，工作不曉得落後了多少……」

「爺爺……你是在幹嘛啊！」

克雷斯頓爺爺的汗水流得像條瀑布。

現任當家德魯薩西斯，眼神冰冷地盯著這樣的墮落老人。

「你、你怎麼知道……？我應該……沒留下證據才對……」

「你不在場證明的準備落空了。因為那種狀況不僅在時間上不可能，距離上也有點可疑之處呢。經過我仔細調查後，馬上就知道嘍。想不到你居然會準備替身……對方招供是被你用錢僱用的。」

「唔……那個酒店在距離上果然……而且那傢伙居然背叛了我！」

「你想說的就只有那些嗎？都怪你，負責警備的人還自殺未遂。我必須讓你扛起責任……」

「那些不三不四的人想變得怎麼樣，關我什麼事！」

他完全沒有反省之色。何止如此，態度還一副理所當然似的滿不在乎。

換個角度來看，那也可以說是將錯就錯。

「唉……算了，原因都是因為我玩火，所以我也沒辦法太責備你……可以的話，我還真想叫你起碼辦個手續。那麼一來，也就不會演變成這場騷動……」

「確實……仔細想想，這個爺爺會變這樣的間接原因就是您玩火呢。難道您不會偶爾也想停止玩火嗎？」

「不會耶。我的使命就是給心裡背負著悲傷的女人帶來喜悅！」

「居然這麼斷言……這就是所謂有其父必有其子嗎……父子真相似。」

「爺爺……您就算不做到那種地步也……」

從瑟雷絲緹娜看來，就會變成是因為自己的錯，才有人自殺未遂。

而且，原因還是祖父為了她而闖出的失控舉動。

「請看。瑟雷絲緹娜這不是受傷了嗎，就因為爸爸你的失控……」

「唔！……老夫也許確實有點過火，可是……寶物庫的警衛士兵，好像是因為結婚半年後，妻子和年輕男人外遇而煩惱……」

「那是醜聞的問題。自殺未遂的真正理由並不是這個問題。所以父親大人，我要請你好好善後。我是不會幫你做的喔，原因就是你失控。」

「沒辦法……雖然這不是我的本意，可是我就來善後吧……嘖……」

「這老頭咂嘴了耶……而且還很不情願……」

大叔的用字遣詞變得更糟了，已經完全稱他為老頭。

好像已經不打算對這個老人客氣。

「對了，德魯薩西斯先生，這個爺爺到底賣了什麼啊？」

「兩顆飛龍的魔石。那是手掌大小的寶貴魔石，如今要得到那個東西，應該已經是近似不可能的吧。那可是皇家賞賜的重要物品……」

「飛龍的程度嗎……？我有喔，有飛龍的魔石……」

「什麼！還請你務必給我。再怎麼說，我也不想看見親父親被處刑。」

「是可以……老爺子，你欠我一份人情喔。」

「唔嗯～……沒辦法了呢。那就麻煩你吧……」

他要是有走前面的步驟，就不會變成這種情況，但即使如此，這名老人的態度依舊頑固。要是扯上孫女的話，好像就會變得很好戰。

傑羅斯嘆了口氣，但還是操縱道具欄，拿出大約三顆飛龍魔石，接著遞給了德魯薩西斯。可是，在場三人的表情都瞬間僵住了。

「什麼！這是多麼大的……這有我們保管的一倍大耶！」

「唔……不愧是法芙蘭大深綠地帶，居然有這種程度的魔石……」

「我、我有聽說老師打倒了飛龍，但居然是這麼大顆魔石的飛龍……」

「這本來就免費。請不用客氣。我還有四顆左右，因為我也受到你們的照顧呢。」

三人啞口無言。

換句話說，那意味著他正面挑戰了七頭飛龍，而且還打敗了牠們。

那原本就是成群狩獵的魔物，就可能性來說不會只有一隻，大部分傭兵甚至會在團體戰上出現眾多犧牲者。

那同時意味著眼前的魔導士一個人就與那麼多的戰力相抗衡。

「……真是感激不盡啊，大賢者。請你務必讓我彌補，我這笨蛋老爸也是……」

「我不需要地位和名聲，請給我一片土地。可以種田那種細緻土地就行了。」

「嗯……話說回來，還有土地的這回事呢。最近紛擾不斷，我都給忘了……」

「你還真冒失呢，德魯薩西斯……」

「你還以為是誰的錯啊，你這個臭老頭……」

原因就是這位爺爺。

「雖然還沒安排，但這是你救了我這個臭老爸和女兒的回禮。我就開墾這座別館的一個角落，當作你的土地送給你吧。我也會順便送你一間房子。」

「謝謝。我總算……總算能脫離無家可歸了嗎……真是漫長……」

「那棟『慘叫教會』的後方也很方便吧？周圍是我們的領地，我想應該可以安靜地生活。那樣可以嗎？」

「可以得到房子的話，我不會在意小細節。畢竟沒工作又沒房子會很不體面……是說，慘叫教會！那是什麼鬼啊？」

「你不曉得啊？最近蔚為話題喔。人家都說是慘叫四起的噩夢教會呢。關於你的住家，我回到宅邸後就立刻安排吧。」

他沒想到孤兒院會被以奇怪的別名稱呼。

而且謠言還傳到了領主耳裡。看來栽種曼德拉草，社會觀感好像非常不好。

那就先不說，德魯薩西斯意外地是個能溝通的領主。要是他不拈花惹草就會很完美，但他本人完全無意停止玩火。

他掉過頭，就立刻準備要走出房間。

「那麼父親大人，我還有工作，就先回去了。還請您千萬別闖禍喔。」

「好啦！這次老夫有點太過火了……嘖……（下次得做得不露馬腳……）」

「「這老頭……完全沒學到教訓吧！」」

這是他與領主之間的短暫邂逅。

無論如何，傑羅斯總算是得到了自己期盼的土地和房子。

雖然是不久後的事，不過那棟房子將成為今後的活動據點。

「話說回來，我沒看見茨維特那傢伙呢。那傢伙在做什麼？」

「咦？您這麼一說，我今天確實沒看見他耶～」

「哥哥大概是在預習吧？」

「老夫沒發現呢。因為很無關緊要。」

真可憐，茨維特被徹底給遺忘了。

說到那樣的他正在做什麼……

「哈哈哈♪我了解了！原來如此，這就是魔法式的解讀啊！好久沒這麼開心了呢♪」

……他興高采烈地實踐魔法式的解讀。

不論平時態度如何，他都是既優秀且認真的魔導士。

這天算起的三天後，他們便前往了法芙蘭大深綠地帶。

在魔物徘徊的大森林裡開始了以實戰訓練為名的新兵訓練營。

第十三話　大叔帶學生們前往危險地帶

地點是索利斯提亞大公爵家的別館……那天的早晨很熱鬧。

不，應該是拿著武器、穿著鎧甲全副武裝的騎士們四處走動。這景象與其說是熱鬧，不如說給人非常森嚴的印象。畢竟騎士們全都神情肅穆，他們對接下來要去的地方難掩緊張。

他們騎士的人數約為十五名，任務就是保衛公爵家的兒女。

安排這些騎士的人是前公爵克雷斯頓，以擔任最愛的孫女的護衛為名義，實際上則是為了把他們當作魔物的活祭品。

「十五名騎士……這應該叫做分隊吧？」

「嗯～……德魯薩西斯那傢伙，沒想到居然只派來這些人……」

「不，我覺得很足夠嘍！您打算增加多少犧牲者啊？」

大部分人的任務是護衛，此外為了讓他們累積實戰經驗，也有許多年輕騎士。

沒有半個魔導士，光是這樣就可以明白騎士團和魔導士團的關係有多差了吧。

魔導士團沒意思派魔導士當護衛。

「可惡的魔導士團長，老夫之後再來抗議吧。不累積實戰經驗的魔導士有什麼用處。」

「我有同感，但克雷斯頓先生，您明明就有其他目的……」

那當然就是當瑟雷絲緹娜的替死鬼。

王族的親戚索利斯提亞公爵家，由克雷斯頓成立的派系──索利斯提亞派，原本就和騎士團關係良好，從其他派系看來，令人厭惡的狀況不斷持續著。

「克雷斯頓先生，您也有派系吧？您沒從那裡叫來魔導士嗎？我想如果要鍛鍊，這會是很剛好的機會。」

「嗯……很遺憾，他們沒有足以累積實戰的本領呢。每個人都是生產職業，如果是戰鬥職業就可以派來這裡了，很遺憾的是全被我拒絕了。」

「這樣啊……」

傑羅斯心想『他們就是知道你溺愛孫女的模樣，才會本能地感到危險而逃避吧？』但刻意沒說出口。

因為他已經了解就算說出口也沒意義。

當他們在進行這樣的對話，眼前騎士們則正把行李塞入數台貨運馬車，紮實地進行出發的準備。食材是必備，當然也有帳篷或烹飪器具這種必需品。他們在物品數量上，盡量準備了長達一週的戰鬥訓練所需的量。

「大公爵閣下，就快準備好了。」

「辛苦了。這次孫子們就拜託你嘍。」

「請交給我，我會賭上性命保護他們。」

「嗯，我很期待你的表現。」

騎士對克雷斯頓恭敬地低下頭，瞥了在一旁的傑羅斯，就突然感到某股異樣感。他所知道的魔導士，就只是從後方射魔法，如砲台一般的人們，連攪亂或掩護第一線都不會去做。儘管如此態度卻很自以為是，是讓人很受不了的一群人。

然而，眼前的魔導士明顯給人和自己人很相近的印象。他再次望向大叔的瞬間，他便釐清了理由。

「劍……而且是雙刀流？魔導士拿劍……嗎？」

「就算我是魔導士也是會近戰的喲。不然就會死在戰場上了呢。」

他因為對方的回答而理解了。眼前的魔導士是征戰沙場的猛將，甚至理解近戰的重要性。看見和這國家風格迥異的魔導士，他便了解到世界的廣闊。

「戰場啊……您是魔導士吧？您好像能夠理解近戰的重要性……」

「當然。只因魔力見底就無法戰鬥的魔導士，你說能派上什麼用場呢？如果不能保護自身安全，就只有死了呢。」

他了解到眼前的魔導士不是泛泛之輩。

傑羅斯度過了能夠斷言在戰場上會死的實戰，是精通魔法與劍技的明顯異類。從他身上纏繞的氣場看來，他可以推測對方是實力相當強的人物。

「我很清楚您是異國的魔導士。真想給這國家的魔導士們聽聽呢。他們才不會做什麼近戰訓練。」

「那種魔導士應該不是先死，就是會頑強活下來並且擁權吧～……我愈聽愈覺得，這難道不會拖累認真的魔導士們嗎？真可憐呢～」

「那正是頭疼之處。實情就是和騎士關係友好的魔導士只能躲起來聯絡。要是被其他魔導士發現，似乎就會被作為叛徒對待……」

「真棘手。騎士既是劍也是盾。他們的職責就是拚命擋住敵人並消滅對方。魔導士則是輔佐騎士、提高生存率，同時為了讓戰鬥變得有利而行動的幕後推手。是不可或缺的。彼此對立怎麼行呢？」

「這個國家的現狀就是無法實現那些職責還搞分裂。真是慚愧至極……」

「這件事我有從克雷斯頓先生那裡聽說。魔導士怎麼能擁有權力呢。我想我們這種魔導士，必須是鍛鍊魔法，且不斷挑戰的探究知識者呢。」

傑羅斯與騎士之間萌生奇妙的共鳴。

「不好意思，這麼晚才報上名來。我在這個分隊擔任隊長，叫作阿雷夫．吉爾伯特。」

「您客氣了。我叫傑羅斯．梅林。只是一個求道之人。」

他們彼此握手。

「傑羅斯先生是教老夫兩個孫子魔法真髓的優秀魔導士，你們或許也有很多事可學。」

「哦……我是有感受到一股和這國家的魔導士不同的氣質，原來如此……原來您是那麼優秀的人物啊。魔法了得，劍的本領也……」

「嗯……他們兩個每天都以實戰形式被嚴格訓練呢。」

「那還真不錯。他們兩個都有保護自己的手段了嗎……」

「雖然還很笨拙，但已經被灌輸過精神上的準備了。」

換句話說，就意味著連近戰的重要性都被嚴格教育過。

大部分魔導士都不喜歡那種戰鬥，要是魔力乾了就會立刻撤退。

然而，在實際的戰爭上，並不是總會有那種方便的狀況。

最壞的情況，甚至可能會發生如泥沼一般的混戰，要有全滅覺悟。

「了解實戰的人果然就是不一樣呢。您很了解現實。」

「過獎了。我因為不足之處，好幾次嚐過差點死掉的苦頭呢。可以的話，我想教人那些事就是長者的義務，但我很苦惱怎樣才可以好好傳授。畢竟，當老師還是我的初次經驗。」

「因為要把自己的經驗告訴別人很困難呢。那樣就夠了喔。騎士團長也經常說：『最近的魔導士們都很墮落，那樣在戰場上根本活不下來。』我也有同感。」

「戰場是變幻莫測的魔物呢，我覺得最大限度的手段是必要的呢。這個國家就那麼缺人才嗎？」

「因為除了魔法之外根本沒什麼料的人，真的很唯我獨尊呢。假如發生戰爭，他們應該會全死在戰場上吧。」

總之，他弄清了魔導士們相當天真。

後方就是安全的。他們沉溺在這種沒根據的安心感裡，因為沒體驗過實際的戰場，所以無法理解自己有多麼愚蠢。

平穩的時間太長，所以他們忘記了戰爭的恐怖。

可以理解那點的，就是在小規模戰鬥上殺過人的騎士，對於只從後方射擊魔法的魔導士來說，那些事太過間接，他們無法理解奪取性命的意義。

「漫長的平穩將使人墮落嗎……『居安思危』可是相當重要的喲。」

「您說得真好呢。就像您所說的那樣，他們太不了解戰鬥了。」

「權力慾啊，老夫就只有研究慾望呢～那些傢伙……還真是令人悲嘆。」

這個國家的魔導士們好像非常極端。然而，和平根本就是近乎幻想的東西。不管哪裡都是爭端不斷。從小吵架或村子間的對立，乃至大陸國家間的大戰等等，實際上現實就是爭端不斷。

就算同樣都是人類，如果國家不同，習慣或文化就會不一樣，若摻雜了宗教等因素，爭端的種子就不缺了吧。那會因為某些狀況而爆發，並一口氣蔓延開來而引起戰亂。

那只是規模大小之差，本質上幾乎沒有不同，那裡不存在正義等等的這種詞彙。從其他觀點看來，那是不存在於任何地方，且極為曖昧的事情。

魔導士本是中立的，卻因為獲得權力而愚蠢地大幅變了樣，對於被捲入那些爭端的人來說很傷腦筋。

「差不多準備好了呢。大公爵閣下，您孫子們準備得如何？」

「老夫這邊也差不多了……他們還真慢。」

「我穿身上的衣服去就行，所以沒關係，但那是那麼費工夫的事嗎？」

閒聊的三人身後的玄關入口大門打了開來，話題中的兩位孫子帶著驚人的行李量現身。

瑟雷絲緹娜在巨大背包裡塞了一堆行李，茨維特也同樣揹著不知是哪裡在賣的那種特大後背包。好像相當重，兩人都死命地邊抖邊設法拖著行李。

「準……準備好了……」

「我有點……塞太多了嗎？好重……」

「「「怎麼會變那麼大件的行李！」」」

看來瑟雷絲緹娜大部分行李都是換洗衣物，而茨維特好像都是各種實驗道具類。由於傑羅斯也會煉金術，因此出自想要挑戰的這份上進心，他也收購了機器與材料，就結果來說行李好像就是增加了。他們看上去像是某款遊戲主角小販，這會是錯覺嗎？

「沒辦法減少行李嗎？」

「換衣服對女人來說是必要的！另外還有我很感興趣的書籍，我想要當場確認上面寫著的內容是不是真的……」

「應該也有藥草之類的吧？我想當場試試呢，行李內容幾乎都是調配用的機械與材料。」

兩個人都是認真的。那裡充滿了非比尋常的熱情。

傑羅斯無法對兩個年輕人的熱情棄之不顧，便莫可奈何地決定把行李收到自己的道具欄裡。

「還真是方便的魔法耶。那是什麼原理……」

「要是了解那點，我就不用辛苦了呢。也不是不能製作類似的道具，但魔道具對行李是有限制的呢～而且這是真身不明的魔法……老實說，我不覺得可以製作出來呢。」

「那是指『道具背包』嗎？還真方便呢，我也好想要。話說回來，即使是老師也有不懂的魔法，對吧？」

「當然。因為我不是神呢，從全知全能的存在看來，我根本就是塵芥般的存在。」

說起來，地球的諸神在替女神們的疏失善後時，祂們在讓傑羅斯等人轉生時給的力量究竟是何種原理，渺小的人類之身不可能會了解。

魔法式本身在理論上有可能製作，但需要的魔力與龐大的魔法式，實在不是那種可以控制的東西。

其實，他有偷偷嘗試製作簡略道具欄的魔法式，結果釐清了那是無法使用的東西，了解到那是光靠理論也束手無策，既令人費解又棘手的東西。

「總之，我們準備好了。這一星期要受您照顧了。」

「有鼓舞人心的魔導士在，還真是幫了大忙。我們也要麻煩您照顧了。」

在阿雷夫與傑羅斯互相寒暄時，後方則是……

「緹娜啊，妳千萬要小心。要是有騎士蠢蛋對妳出手，就跟老夫說，老夫會馬上採取必要手段。」

「你、你打算做什麼呢！爺爺……」

「也沒什麼啦，妳不必擔心喔。也有事情是別知道會比較好的……」

「爺爺！」

克雷斯頓爺爺釋放出漆黑的氣場，對與孫女的暫別依依不捨。

『這、這個人……雖然事至如此，但牽涉到孫女，他就會和平時判若兩人。這只能說是病了。』

平時是為人民著想的優秀人物，但扯上孫女的話就會突然失控。

那真的是失去分寸到讓人不覺得是同一個人。應該是因為他就是那麼溺愛孫女，到有點走火入魔的徵兆。

茨維特則和騎士們談話，詢問在當地的安排。

因為騎士們在訓練上也是會前往法芙蘭大深綠地帶。應該也很習慣這部分的程序了吧。

於是，一行人便乘著搖搖晃晃的馬車，往東前往了法芙蘭大道。

◇◇◇◇

茨維特在搖晃的馬車中，開口詢問心裡早就對傑羅斯抱持的疑問。
「欸……」
「怎麼了，茨維特？」
「你為什麼有那樣的實力，卻當瑟雷絲緹娜的家教？你很討厭被當權者利用吧？」
「當然。這又怎麼了？」
「此外，你還從爺爺那裡得到土地做為報酬了吧？這不是很矛盾嗎？」
傑羅斯眺望遠方，抬頭仰望藍天。
「茨維特……年紀一把的大叔，居無定所又沒工作，你覺得怎麼樣？」
「就和流浪漢沒兩樣吧。」
「對。你不覺得那種漂泊不定的人，就人類來說是最糟糕的嗎？我覺得人拚命工作，並以微薄薪資簡單過活才健全。我覺得有家能回去是很重要的呢。」
「……想不到你的個性很厚臉皮呢。」
「我不會幫助當權者，但替有未來的年輕人稍微指路，我想是可行的喔。你們早晚也可以理解每天平穩是多麼幸福的事吧。」
「是嗎……抱歉，我還亂猜你是不是有什麼陰謀。」

「別在意。事實上我也很形跡可疑。」

他們進行了那樣的對話，但他的內心其實是……

『我就想要個家啊！我在這個國家，是沒有任何關係和信用的中年老頭。不可能那麼簡單就找到工作。首先魔法也很不妙，我要是使用了煉金術，這帶的市價可能會暴跌，而且弄不好，總覺得國內的囉唆傢伙全都會過來找我。再說，我才不想以傭兵為家業！』……他的精神狀況好像相當瀕臨極限。

傑羅斯．梅林，四十歲。

想結婚、想要溫馨的家庭。對自己的年紀感到焦慮。

已不再是能夠半開玩笑周遊世界的年紀。

他微小的夢想，就是在小小的家和溫暖的家人一起生活及耕田。

◇◇◇◇◇◇

馬車搖搖晃晃大約過了兩天，一行人在法芙蘭大深綠地帶的邊緣——番紅花平原的一隅設了陣。騎士們搭帳篷，傑羅斯使用地系魔法製作岩石障壁圍住周圍，兩名弟子則是在周圍挖溝設陷阱。

出沒這一帶的頂多是哥布林與草食性魔物，雖然極罕見也會出現捕食者的肉食性魔物，但憑現在的戰力也不成問題。

雖然這也能說是戰力過剩，但既然他們是公爵家兒女的護衛，或許也可說算是很少吧。

他們騎士的職責，就是讓兩人累積實戰，同時也能說是為了提升自己等級的修練期間。雖然問題是這段期間內是否會有合適的對手……

「喂，師、師傅……你在做什麼呀？」

「師傅？我……嗎？」

「嗯……我的身分也是在向你學魔法。個人情感就先不說，我應該用相應態度對你才對吧？」

「你可以不必在意呢。所以，怎麼了嗎？」

「我有點好奇你在做什麼。那是魔法紙吧……？」

傑羅斯剪了一張縱向長型沒寫任何魔法的魔法紙，用筆在上面寫了魔法文字。很可能是「魔法符」類，但那些魔法文字非常精密，是現在魔導士無法解讀之物。茨維特偶然瞥見，好像很感興趣。

「這個嗎？我在想來做隻使魔。」

「使魔？那是符咒嗎？難道說，你打算捕捉附近的魔物？」

「不，不需要那種東西。不過，請你看著吧。因為很有趣。」

茨維特暫時旁觀了這幅光景。

毫不猶豫疾走的筆尖，不斷寫著他所不知道的魔法式，魔法符的樣子逐漸完成。以無數文字構成的魔法陣既精緻又美麗，完美到會令人發出讚嘆。

而且，傑羅斯還理解那些魔法文字寫出來的意思，並且藉由操縱那些文字，構築了他所不知道的魔法。

因為茨維特也是魔導士，因此他對這個魔法符的用途極感興趣。

「嗯，就是這種東西了吧。」

「完成了嗎？比起那個，那張魔法符有什麼效力啊？」

「要試試嗎？『成為我的雙眼，展翅飛翔吧，虛偽之鳳。』」

傑羅斯詠唱啟動指令，魔法符就吸收四周魔力，化作鷲的模樣顯現出來。

這個魔法符不是用魔法束縛生物當作使魔，而是創造出用魔力構成的人造魔物。當然，因為那是由魔力所構成，它的魔力早晚會散開並消失，由於不用伙食費與照顧的工夫，所以可以當作相當省錢的使魔來使用。

雖然有時間限制，不過要偵查的話，這就會是很方便的魔道具。

「這、這還真厲害……」

「與其說是使魔，反而比較接近魔像呢。我在附近蒐集灰塵構築身體，並在牠的內側封入了魔力，因此可以使用相當長的一段時間。牠也可以拿來攻擊，就像這樣……」

傑羅斯把魔石給了鷲獸，它就用嘴巴叼住，吞了下去。

「剛才那是什麼？讓它吃魔石……？這樣啊，藉由給予魔石，就可以長時間使用了嗎！」

「正確答案。雖然有時間限制，但可以藉由給魔石延長喔。很方便吧？」

「這不是比半吊子的使魔還好用嗎？」

「也不完全是。哥布林程度的話是沒問題，對手若變成大型魔物，施術者的等級就會發揮作用了呢。不成熟的魔導士是派不上用場的。」

「嗯～那種東西……等等，你說依據等級！那麼，你召喚出的那隻使魔的強度是……？」

「飛龍程度的話，說不定可以輕鬆贏……算是戰力過剩呢～」

這是超乎常理的使魔。

例如說，茨維特的等級是57（後來稍微升級了），使魔等級就會連結，同為57。論強度的話，他就只有一隻獸人戰士長（除去等級，只有身體能力上的數值）的強度。不過，如果是異常高等的傑羅斯，他的使魔等級隨便都會超過1000，強度就和高等的龍一樣。當然，需要的魔力也不是普通的多。

說明白，就是怪物等級。

「那、那豈不是怪物嗎……我可沒聽說過那種使魔。」

「雖然會大量耗魔呢。不過，我是無所謂。你要用用看嗎？很好玩喔。」

「……我、我可以嗎？」

「這種程度的東西沒辦法做，就實在不能稱作魔導士呢。請你好好參考。」

「耶！我要趕緊試試♪」

今年十七歲的茨維特，開始歡欣鼓舞得像小孩一樣。

他的本性單純。瑟雷絲緹娜在他的身後投以羨慕的眼光。

結果，傑羅斯也做了魔法符給她。然後……

「這東西好有趣♪簡直就像是自己在天上飛一樣。」

「是啊♪而且，原來這個世界這麼寬廣啊，我都不知道呢。」

……兩人把使魔的視線與自己連結，主動進行偵查的實際訓練。

對兩人來說，魔法符是具有研究價值的奇怪玩具。他們一邊確認其效力，一邊盡情享受著從空中看見的景色。他們實際上身處地面，使魔看見的景色，卻直接映到了他們的腦裡。

只要想起初次看見３Ｄ電影時的感覺就可以了解吧。真實的臨場感使兩人的情緒高昂，是種足以吹散兩天的旅途疲勞的東西。

不管兩人的傑羅斯則是……

「哦，發現了獸人群集……很近呢……」

他確實地做了偵查。他切斷視覺連結，前往分隊長阿雷夫身邊。

「阿雷夫先生！」

「怎麼了嗎，傑羅斯先生！」

「附近有獸人群集呢。數量大約二十隻，等級大致上是３０級前後……他們成群朝這裡過來，要怎麼辦呢？」

「獸人！這可不成。全體人員！準備戰鬥！」

騎士們聽見號令，就一齊整裝出動。

他們中斷建置陣地的作業，就如平時嚴格訓練那樣，轉至為了戰鬥的作業。

他們熟習地裝備鎧甲，並拔劍確認狀態，有的則是拿弓張弦。

「好快……熟練度相當高呢。」

「你能那麼說我是很高興，但所有人的等級都在２５前後呢。」

「那麼，現在就是練等的時刻了呢……」

「傑、傑羅斯先生？」

站那裡的不是魔導士傑羅斯，而是會讓人聯想到凶猛肉食野獸盯準獵物的那種獵人。他從道具欄拿出和騎士團借來的弓與箭筒，然後露出無畏的笑容。

「來吧……開始狩獵啦！」

他再次重回野性，回到長達一周的野外求生的那個時候……

事後被騎士們稱作「當時的傑羅斯模式」之超乎常識的夜叉再次降臨。

騎士們的動作迅速。

聽見茨維特或瑟雷絲緹娜的報告，就立刻組成能夠應對的陣型，並瞄準著獸人們出森林的時機。他們一直有從空中監視，先發攻擊的準備相當萬全。

「他們正在戒備中呢……」

「獸人群呢？分開了嗎？」

「不，他們以原本的狀態停了下來。」

正因為獸人是豬，所以鼻子很靈。他們運氣不好處在上風處，因此被發現正在等著。因此獸人們才會當場不動，窺伺著這裡的狀況吧。

「明明就是豬，還真是機靈耶。在野生的世界裡，不謹慎就無法存活下來嗎……」

「獸人的腦筋意想不到地好呢……老實說，我沒想過會好到這種程度。」

「等待不合我的個性，但攻進去也很不謹慎……」

「那麼，我就把牠們逼出來吧。『從天而降的制裁之箭』。」

「「「咦！」」」

傑羅斯用魔力凝聚成的弓，往天空射出閃耀的箭矢。

那些箭在空中分裂成無數箭矢，並蒐集附近的灰塵，化作高速飛來的岩箭，往獸人群的後方落下。

他操縱魔法，留意不要殲滅獸人。

忽然置身攻擊下而混亂的獸人，率先從森林逃了出來。

「弓，預備————！」

騎士們同時舉起弓，為了射出弦上的箭而用力拉弦。

慌張的獸人們完全沒看騎士們，只為了逃離魔法攻擊而死命奔跑。

騎士們盡量引獸人出來，為了同時掃射減少數量，等待著獸人們靠到最近。

接著……

「放箭————！」

箭矢同時射出。混亂的獸人完全不曉得這是陷阱，數量確實地逐漸削減。

「剛才那樣有七隻死亡，五隻重傷。數量上我們比較有利呢。」

「騎士隊，拔劍！」

他們一齊抽出鋼劍。

「上啊————！」

「「「「喔喔喔喔喔喔喔喔喔喔喔喔喔喔喔喔喔喔！」」」」

騎士們忽然發起突擊。

所有人都拿著盾牌，全副武裝。

獸人用手上的粗糙棍棒打過來，牠們不僅被盾牌給擋住而無法正面攻擊，而且動作還很單調。甚至因為沒擁有假想以人類作為對手戰鬥的技巧，因而陷入確實受到劍擊的窘境。

另外，就算他們擅長使出全力的攻擊，那些動作也常會大幅擺動，只要能夠衝入牠們懷裡，實在是三兩下就會被刺穿且倒下。

「喝——————！」

瑟雷絲緹娜以權杖用力砸了獸人頭部。

「就是這裡！『空氣刀』！」

在極近距離被劃上真空之刃的獸人倒了下去，她成功地擊敗一隻。

對照之下，茨維特則用簡單的魔法牽制，並用長劍確實地殺死虛弱的獸人。

「真慢！這樣泥偶還更強呢。太單純簡直不成對手！接招吧，『火球』！」

茨維特與瑟雷絲緹娜的戰鬥方式很類似。

靠過來的魔物就用武器應戰，找到破綻後用初級魔法牽制，敵人懼怕了之後再予以最後一擊。

差別是茨維特傾向前衛，他會率先去挑戰敵人，對照之下，瑟雷絲緹娜的風格大概就是謹慎地斟酌對手的態度，找到破綻再用力砸下致命一擊了吧。

是一擊必殺型與防禦優先型的差別。

「大意可是不行的喲！因為這是實戰，沒有性命的保障。」

即使如此敵人也不成對手，就是傑羅斯每天進行無情訓練的好成果了吧。

兩人還有餘裕簡單交談，即使在近戰上，他們對團體戰也並非熟練，卻增長了能充分應戰的實力。

反過來說，表示傑羅斯的訓練就是如此無情。

「話說回來，老師呢？」

「不知道。因為變成一片混戰了呢，他應該在某處打豬吧？」

「我知道他沒問題……哥哥！危險！」

「呃！」

擺脫魔法攻擊損害的獸人揮起棍棒，往茨維特砸了過來。

接著只見那頭獸人的頭部被突如其來的劍矢貫穿，無力地倒了下去。

「發生了什麼事……？箭矢是哪來的？」

「哥哥，是老師從那裡射的！」

傑羅斯不知何時跑到樹上狙擊。

要是覺得地方不好，就會從手臂射出金屬線，在樹叢間飛來飛去。

「……他是魔導士吧？」

「……照理來講是，但那樣可是刺客呢。」

「糟糕！又有一群獸人往這邊過來了！數量是……十五！」

其他的獸人部隊，眼看就要接觸這邊。

傑羅斯好像也發現了，他把弓對準那個方向，一擊殺了三頭獸人。

然後把弓放入道具欄，接著拿出的是閃著銀白色光芒的「廓爾喀彎刀」。

獵人襲擊獸人。他在那裡不帶有情感，就只是淡然地完成狩獵這個作業而已。

傑羅斯和五位伙伴都被稱作殲滅者。那份力量的恐怖性，不只是他開發出的魔法，也在於不知不覺間秒殺敵人的隱密性。要說的話，他就是怪物的殺戮者。

回過神來，他就深入敵人內部，用大範圍殲滅魔法驅散小嘍囉，並以近戰毫不留情地斬殺敵人。

戰鬥方式是和魔導士完全相反的戰士系風格，但他其實是生產職業，這件事不太為人所知。

「把虛弱的獸人確實地殺掉！毫髮無傷的傢伙就交給傑羅斯先生！」

「「「喔喔喔喔喔喔喔喔喔喔喔喔喔喔喔喔喔喔喔！」」」

獸人的生命力強、身體強壯，因為是很頑強的魔物，所以不太有辦法徹底殺掉。

其中以異樣強度為豪的傑羅斯，倏地斬斷從背後而來的獸人首級，並對下個獵物投擲小刀。那完全不是魔導士的戰鬥方式。

這場戰鬥，持續到所有獸人都被殺了為止。其結果……

「哦？升等了！」

「我也是！」

「真是一番苦戰呢。」

「嗯，就第一天來說很辛苦呢。真想快點休息～」

騎士們的等級顯著提升。那也是因為，傑羅斯並不是殺了所有獸人。他在減少了一定程度的數量後，盡可能削弱了其他獸人。

例如說，像使用毒藥、讓獸人麻痺這般引發異常狀態是理所當然，他還小心注意了不要一發斃了獸人。

雖然他看上去所向無敵，但也沒忘記這是訓練的一環。

「我也升級了……是59等……」

「我是32……」

在第一天就完成升級，茨維特和瑟雷絲緹娜好像有點不安。

要是這持續長達一個星期，沒人會知道自己變強後的人格會變得怎麼樣。

畢竟他們的老師傑羅斯太極端了。

「呃，天哪……怎麼會這樣……」

「怎麼了，師傅。突然叫出奇怪的聲音……你怎麼臉色蒼白啊？」

「……是那傢伙。那傢伙要來了……那些恐怖的傢伙……」

傑羅斯好像沒聽見茨維特的聲音，他就這樣連接著使魔，因恐懼而顫抖。

「傑羅斯先生。你害怕成那樣的魔物……正朝著這邊前進嗎？」

四周瞬間籠罩緊張氣氛。

正因為知道傑羅斯的強度，騎士們才會理解那意味著多麼危險的東西。

「在其他意義上很危險的傢伙來了……沒錯，就是瘋狂人猿！」

「「「「啥！」」」」

他們同時發出聽起來很愚蠢的聲音。

瘋狂人猿確實是很強的魔物，但群體中的弱小個體會單獨行動，因此憑現在的戰力是可能充分應對的。那不是傑羅斯需要害怕的事。

當大家都對此納悶時，卻因為接下來的一句話，理解了其中真正的恐懼。

「那些傢伙……不知為何會瞄準男人的屁股。我……我也差點被從後面來……」

——啪嘰！

附近的空間凍住。何止如此，還產生了龜裂。

「你、你說什麼……？」

「瘋、瘋狂人猿……那種魔物，不就只是獸人嗎？」

「糟糕，尤其我們的貞操……」

「對那些傢伙來說，這裡是可是後宮。我們必須逃……」

「不會吧，這裡在別的意義上豈不是危險地帶嗎！」

那些傢伙現出了身影。那是一身白色體毛，全長將近兩公尺的大猿猴，牠們的表情像是醉了似的猥褻。不過，有極少部分變成了發狂禽獸，厲害到簡直就像凶猛的巴比倫塔。

這樣的瘋狂人猿，帶著彷彿要舔遍人身體一般的視線，看著騎士們或傑羅斯等人，接著發出『嗯哼~♡』這般聲音。所有人的背脊都颳起了極寒的風暴。

「「「「逃、逃啊——————！」」」」

他們之前勇猛地與獸人一戰，卻在一隻大猿猴面前瞬間瓦解。

他們全力逃亡。全神貫注、一心一意地擠出所有力氣逃命。

當中也有人褲子被脫下，但好險沒失去重要的東西就了事。

知道所有人都平安無事地徹底逃脫，他們都互相擁抱，喜極而泣。

法芙蘭的大森綠地帶，那裡是魔物橫行的不祥森林。

這片大地上，在各種意義上都存在危險的魔物，是片很危險的領域。

◇◇◇◇◇

從白猿手中逃出的一行人，在野營陣地裡吃了有點提早的晚餐。

騎士們在堆在中央的篝火前圍成一圈坐下，把溫熱的湯倒入手上的盤子。辛香料與香草的香味，實在是一種很勾人食慾的東西。

傑羅斯把偏硬的麵包撕碎泡湯，接著感慨萬分地把食物送入嘴裡。

「……真是豪華到和剛來這世界時無法相比呢。重要的是，肉有味道很棒♪」

這也不是要說給誰聽，而是他靜靜嘟噥出的一句話。他接著津津有味地咀嚼美味的肉。

那絕對不算是奢侈的東西，但樸質的味道在口中散開，令他微微綻放了笑容。

他回憶起長達一週的野外求生。當時的食物只有肉，那個肉還得靠狩獵才能得到，連水都無法簡單取得。光是在森林前進，每天就是不斷被魔物襲擊。

雖然是普通的菜餚，但那也是十分幸福的事。

茨維特邊讀書，邊開始研究關於配藥的知識，其他人也自豪似的聊著今天的戰績或英勇故事。當中也有人冷靜交談著有關戰鬥的反省之處。

最引人注目的，就是那些抱膝臉色慘白害怕著的男人們，但就先不管他們了。

因為他們都是經歷過難以置信的體驗的人。

「那麼……實戰訓練才剛開始。一週後會變得如何呢？」

誰也沒發現，傑羅斯露出意味深長的笑容。

傑羅斯自己親身體驗並理解法芙蘭大深綠地帶的恐怖。

即使相對安全的這個地方，魔物的強度也算是很高。雖然絕對沒辦法大意，但無論如何，他都決定享受現在可以感到心滿意足的食物。

危險的森林開始染上黑暗，地平線的那端染上細細一抹緋紅。

儘管知道真正危險在後頭，大叔還是悠哉地用完餐點，拿出飯後一根菸，用「火炬」魔法點了火。

靜靜吐出的煙霧隨風而去，消失在繁星閃爍的夜空。

短篇　伊莉絲轉生

「入江澄香」，十四歲。

是個在附近市立國中上學，極為普通的國中生。

父親是貿易公司的中階管理職，母親在附近的小菜店打工，弟弟則是國中棒球隊的王牌。她就是在這種真的極為普通的家庭裡長大。

她幾乎沒有社交關係，基本上和周圍的人講話都不對盤。她也有自覺自己有點脫離一般社會常識。畢竟，她對藝人或流行這種所謂的女孩話題都不感興趣，反而有些迴避的傾向。

她找不到與年紀相仿的少女們的共同之處，主要喜歡遊戲故事或角色、以前的漫畫或搞笑藝人這些東西，當然經常和其他女生們聊不起來，所以就變得很自卑了。

就結果來說，她被孤立也是遲早的問題。她被周遭認為會「異於他人地冷眼旁觀事物」，是會被附近的人說「陰沉」、「很宅」之類的孩子。

雖然並不是對家庭有所不滿，但不知為何總是窩在房裡，因此就變成了存在感薄弱的人。不如說，弟弟比較受到疼愛，但這些對澄香而言都是無所謂的事。

她的興趣是輕小說和遊戲。半年前拿出大筆壓歲錢買下了網路遊戲「Sword and Sorcery Ⅶ」並且沉迷其中。那天，她也在遊戲裡試圖精通魔法職業，不斷反覆進行升等行為。

沒錯，是截至那天為止……

「……這裡是哪裡？」

回過神來，所在之處便是一片草原。

周圍還很明亮，可以看見太陽掛在天空的正上方，讓她了解到現在應該是過了正午的時分。

然而，她覺得難以置信的，應該就是有兩輪月亮的這件事吧。她不由得揉揉眼皮，試著確認好幾次自己的眼睛是不是有問題，但怎麼看，天上依然是兩個月亮。

「這……難不成是異世界召喚！不會吧，真的假的！是劍與魔法的世界？或許我會被叫做勇者，太好啦————！是冒險耶！」

我們通常會在此感到困惑，準備好情勢判斷之前會很慌張，但在那裡的人目前是國中生。

就像有中二病這個詞一樣，她好像有期盼非現實狀況的傾向，很輕易就理解了自己的狀況，接著開始摸索下一步要做的事。

當然，因為她在空無一物的草原上，以城鎮為目標，就會是約定俗成的發展。

不過，她有事情必須在那之前做。

「如果是慣例的話，或許可以看見能力參數吧？能力參數，開啟————！」

澄香因為那是異世界慣例之物而展開了行動。喊得格外用力。

不過，能力參數畫面就如她想像的那樣打了開來。她對這狀況感到很興奮。但……

「郵件？會是誰呢……啊，難不成是神明？或召喚我的某個人？」

從郵件標題是『關於妳現在發生的事』看來，她覺得那是說明自己為何會來到這個世界的信件。

澄香滿心雀躍地打開那封信。

『我是風之女神溫蒂雅。說明啊～因為很麻煩，我就說明重點喲。』

內容好像相當隨興。

『過去啊～勇者打敗了邪神～因為沒徹底殺掉，所以就只好封印祂了呢～

然後啊～因為封印衰弱，我們很煩惱該怎麼辦，最後就抽籤決定再次封印到異世界裡了呢。沒錯，就是指你們在玩的那個世界呢。你們能打敗那位邪神是很好～但通常根本就不會想到祂居然會捲入在那個世界玩遊戲的人並自爆吧？

因為我們是瞞著那邊的諸神進行，所以祂們非常不滿呢～沒辦法，所以就讓妳轉生到這邊的世界了。嗯，要死要活都請便。

光是讓妳重生就算很親切了吧？順帶一提，妳在遊戲時的持有物，我全都幫妳在這邊世界重新構築了，妳要覺得慶幸。就這樣～』

這真的很隨便，極為不負責任。那個女神什麼的完全放棄了管理責任。而且給其他世界的諸神添了麻煩，也看不出任何反省之色。

澄香可以理解的，就只有自己已經死了的這點。

「這不是異世界召喚，而是異世界轉生嗎……我再也見不到媽媽他們了……」

想也不用想，內容很殘酷。

他們逕自把邪神封印到不屬於他人世界，還是其他神明在管理的世界，同時，儘管結果演變成奪走許多人命，字面上卻完全看不見反省的樣子。

何止如此，還可以讀出有種將錯就錯的感覺。祂們的行動太隨便了。

完全沒有那種像是勇者，或為防世界滅亡等等的背景。那純粹是人為事故與邪神自爆恐攻，澄香受到了不少打擊。

總之，她是沒任何理由就被殺，只是別人為了逃避那項責任，才讓自己轉生到這個世界。關於那件事，這個世界的諸神完全沒在反省。

反倒說了『我讓妳轉生到這邊的世界了，妳就覺得慶幸吧。之後就隨意地活下去吧。』

叫人就這樣接受有點不合理。嗯，通常來說是這樣。

不過澄香並不需要什麼理由。

從無聊的日常中解放，倒不如說，她很開心能踏入未知世界。想到接著有冒險生活等著，她就止不住胸口的悸動。

總之，她就是屬於比較輕微的中二病。

「不論如何，既然都來到了異世界，我得完成經典發展呢♪首先是找到城鎮。」

就算待在空無一物的草原上也沒有意義，為了有目的行動，她決定先以城鎮當作目標。

她並不是有什麼目的地，但無論如何「食衣住」都是必要的，不找到據點城鎮，什麼也不會開始。

從澄香是在現代社會上生活過的女孩子這點看來，她當然不可能露宿野外。

於是，她發現了一件事。

「……我沒辦法在野外求生，怎麼辦……」

食衣住當中，「食」是最重要的。室內派的澄香當然沒有野外求生的技能。她回到家就是專心打遊戲，除此之外，邊吃點心邊看電視，就是她每日的例行公事。

就算沒有住宿的地方，休息在哪裡都可以辦到，但問題在於食物。既然她沒有狩獵經驗，要確保糧食就會很困難。澄香的冒險一下子就碰了釘子。

就她邊走邊看見的能力參數，她弄清了現在保持著遊戲時虛擬角色的規格。

即使如此，她的等級是２３７。就這個世界的基準來說，是位一流的魔導士。應該遠比初出茅廬的傭兵還強吧。然而，她在設定上仍是非常缺乏近戰等能力層面的攻擊型魔導士。

假如「飛龍」或「巴西利斯克」等出現，沒有前衛職業在身邊的澄香，是絕對不可能打倒敵人的。只會有逃命一途。

假如碰見就確定會死亡，難得的嶄新人生，就很可能會在此拉下帷幕。

「嗚……肚子餓了～城鎮在哪裡～？」

真哀傷，她的道具欄裡沒有食材，只有回復道具或素材。

她獨自走著路，心裡只有不安，於是漸漸流下眼淚。

幸好澄香很走運。

「啊……是村子。」

在太陽下山，周圍開始染上黑暗時，澄香在走了大約一小時的山丘前，發現了樸質但感覺是村莊的人造設施。隨著愈來愈靠近，她了解到一件事，就是那好像不算是很大的村莊。

渴望村莊的她跑了起來。

村子四周圍上了以木板釘成的牆壁，澄香也可以理解，這是以防禦為目的的障壁。那麼一來，魔物棲息的可能性就會很高。

「有人在沒錯吧？來想辦法請他們分我食物吧！」

澄香重新提起幹勁，重要的防備心一下就拋開了，她全力跑了起來。一般來想，這是很危險的徵兆，但此時的澄香太高興了，彷彿變成一輛失控的特急列車。

她在抵達村莊前面是有發現這點，也有盜賊這種壞人出現的可能性。

輕小說裡也有過整村都連手犯罪的這種事，所以澄香在最後關頭恢復戒心，準備好隨時都能攻擊的架式，一面謹慎地潛入村子的大門。

幸好那是普通的村莊，但她馬上就察覺狀況有點奇怪。

男人們手拿農具四處徘徊，還視地點搭起了路障。

他們環顧四周且戒備著，簡直就像在戒備什麼東西襲擊一樣。

澄香稍微警戒著，同時決定向附近的村人搭話。

「怎麼了嗎？總覺得戒備非常森嚴……」

「嗯？怎麼了，小姑娘。就旅行者來說，妳還真是一身輕便呢。妳是從哪裡來的？」

澄香的持有物在道具欄裡，所以從身為村人的大叔看來，就旅行來說，想必是覺得她一身輕裝吧。

「我迷了路，想要去城鎮，但不知道該往哪走才好……」

「那還真傷腦筋呢，而且運氣也很差。」

「…………什麼～？」

對澄香來說，光是找得到村落就很值得慶幸了，但她不懂那為什麼會連結到運氣不好。男性農民嘆口氣，親切地為她做說明。

「這座村莊啊，最近一直被哥布林襲擊。村民們還沒出現損害，但未必遲早不會造成損害。最近每天都是這樣。」

「唔哇～……真辛苦呢。」

「很辛苦啊……牠們好像是被哥布林的高階種統帥著呢。有統籌行動所以很棘手，還會想把村子裡種的蔬菜連根拔走。城鎮上也來了傭兵，但兩個女人怎麼會有辦法呢？傭兵公會是人手不足嗎？」

她好像來到了很棘手的村莊。

不過，對於連錢都沒有的澄香來說，她也只能受這個村子照顧。

無論如何，她都必須確保能睡覺吃飯的地方。

「那些哥布林們，真是煩得不得了呢。」

「所謂高階種，是指哥布林王？」

「不，好像是『哥布林騎士』。如果是『將軍』的話，這個村子早就被擊潰了。」

對澄香來說，這是一輛順風車。如果是哥布林或哥布林騎士的話，她擁有足以打敗對手的等級。

假如是王的話就會很棘手，但騎士的話，規模就是二十～三十隻。靠澄香的魔法擊退是有可能的。

她在想，如果在此交涉，似乎可以確保食物或睡一晚的地方。

接著，她決定立刻付諸行動。

「大叔，我也來幫忙吧？別看我這樣，我可是魔導士喲。」

「啊？小姑娘妳嗎～？那如果是真的，是很令人感激啦……但是啊，那可不是兒戲喔。」

「我知道喲。相對的，你能分給我住宿地方與食物嗎？我來到這裡之前被可怕的大叔們追，就不小心弄丟了錢和食物呢～」

「如果是魔導士，應該可以反擊對方吧？」

「人數多的話，就算是魔導士也只能逃跑了喲。畢竟被包圍就完蛋了。」

「……我知道了。妳應該比之前來的兩位女傭兵還好吧。畢竟女人中的其中一位，看待小孩子們的眼光很不妙。這是為了解決眼前的危機。」

鄉下的男人們很慷慨。

重要的是會把人情放在優先，對有困難的人相當設身處地著想。

更何況是少女獨自旅行，他們在各方面都會很親切。

「成交♪哥布林何時會出現呢？」

「日落時……正好就是現在呢。」

說時遲那時快，瞭望台的警鐘，在壞的那方面上的恰好時間點，高亢地響起了鐘聲。

「是哥布林！哥布林來了～～～～～！」

「居然來了。妳一來馬上就遇到，真是場災難啊。」

「平時都是從哪邊過來的？哥布林的話，應該都會從森林過來。」

就魔物的習性來說，哥布林會棲息在森林或岩山附近，並為求食材而集體行動。

雖然是經典，如果牠們的行動有統籌過，領袖級又是高階種的話，群集或戰力變強是很普通的事。

包含農田在內，村子的四周都圍著木板釘成的牆壁。就算這樣，牠們的體力也比人類優秀，雖然是小嘍，也絕對不是能夠小看的魔物。

「是從東側森林來的呢。小姑娘，跟我走！」

「交給我吧，我會把牠們全部滅了！」

男人和澄香奔向位於東邊的農田。

因為她也有好幾次團體討伐戰的經驗，所以可以在一定程度上預測魔物的行動。

哥布林的首要目標是食物，其次就是確保繁殖用的雌性。總之，就是人類的女性。哥布林在自然界中是相對弱小的魔物，是被其他魔物捕食的一方。

為了留下子嗣，食物的存在就會很重要，但牠們就算狩獵也常反被撲殺。為了繁殖，牠們無論如何都有必要確保其他種族的雌性。

就被盯上的這方看來，這應該是場災難吧。

他們一抵達農田，就看到外牆已經被開了個小洞，讓外敵得以入侵。

當哥布林對手的是兩位女性傭兵。身材高挑的女性率性地留著一頭隨風飄逸的長直紅髮，她橫砍一刀就輕鬆擊敗了哥布林。另一位則像在保護她身後似的舉著小圓盾擋開攻擊，並拿著的彎刀費工地砍碎哥布林。

那是留著栗子色鮑伯頭的女性，她眼旁的黑痣很性感。

就澄香所看見的，紅髮女性是E罩杯，栗子色頭髮的女性與其說是C，看來更接近D罩杯。從胸部平坦的澄香看來，那實在讓人很羨慕。

「晃來晃去好美啊～……」

「叔叔，你在看哪裡啊……現在不是緊急狀況嗎？」

「噢，對耶！」

「男人啊……胸部嗎？果然是胸部嗎！女人的魅力難道就是胸部嗎！」

澄香發自內心地吶喊。

澄香的母親只是普通的女性，不過胸部很豐滿。她從小就看著母親的內衣，想說自己有天也會變成那樣。遺憾的是，她的胸部卻是勉強算是平均之下的A罩杯。

由於體型也很嬌小，所以容易被看成比實際年齡還年幼。

以前，她目擊過同年級生看見母親就臉紅的模樣，事後弄清楚了那位同年級生看著的，就是母親的巨乳，並了解到男人全部只對模特兒體型的女性感興趣。

雖然澄香本身也備受疼愛，但是她對此的認知是自己被當小孩對待。在乎體型的澄香覺得這很沒意思。

從青春期少女看來，那種心境在各方面上都很複雜。

就先不說那些事，澄香對哥布林群集接連侵入而來的洞構築了魔法。

「不是比我聽說的還多嗎！去吧，『冰風暴』！」

她製造冰塊射了進去，讓中彈地點一口氣結冰。聚在破洞附近的哥布林於是瞬間凍結，變成品味很差的裝置藝術。

因為是在連發生什麼事都不曉得的期間凍死，在某種意義上，這或許是打倒魔物最溫柔的方式。

「小姑娘，妳真厲害耶……」

「洞也堵起來了，但說不定還會被開其他洞。趁現在打倒入侵的哥布林吧。因為數量應該沒那麼多。」

「嗯，交給妳啦！這些傢伙的麻煩之處就是數量呢。」

男性農民揮舞柴刀，敲破哥布林的頭。

澄香看見腦漿四濺、衣服染紅的模樣，便摀住了嘴。

那彷彿是殺人瞬間，或是獵奇恐怖片，不是看了會讓人感覺很好的畫面。

那段期間，兩名傭兵也一個接一個擊敗哥布林，再加上村裡的男人們的努力，入侵的哥布林幾乎都被收拾掉了。

「外面那些傢伙還在耶。牠們平常明明就會逃走。」

「難不成……目前為止都只是偵查？」

「也就是說……有騎士以上的高階種！」

哥布林是弱小的魔物，但智力算是很高。

事實上，牠們為了成群狩獵會分成好幾個群集偵查，發現獵物就會和伙伴報告，並擬定先下手為強之類的戰略，直到獵物變得衰弱為止，都會進行糾纏不休緊咬不放的戰鬥方式。

就動物上來說，牠們的習性應該很接近鬣狗。會透過製作、使用武器來減少損耗並提升攻擊力，所以對村民而言，意外地會是很棘手的對手。

實際上，圍住這座村子的牆壁是高牆的構造，內牆與外牆之間有可以通行的道路，但那裡卻被開了個洞，讓外敵得以入侵。

恐怕是反覆襲擊了好幾次，而調查過內部構造了吧。

剛才襲擊而來的，是為了入侵而設下的誘餌。主力的哥布林則是躲了起來，一點一點不停對牆壁開洞，如此便能成功侵入村莊。雖然說是魔物，也絕不能小瞧牠們的智力。

「爬上外牆！用弓迎擊！」

「這些傢伙是怎樣啊……原來有這麼多嗎！」

「好啦，趕快！別讓牠們入侵村子半步！」

「這場戰爭結束之後，我就要和女朋友結婚了……」

「真好啊。那麼，戰爭結束後到酒館喝一杯吧。我請你喝上好的酒。」

「你也要準備沙拉喔。有加鳳梨的那種。」

雖然也有人在立死亡旗，但澄香還是趕緊爬上了包覆在外圍的外牆上，試著看看外側的狀況。

哥布林的數量應該隨便就超過了一百。牠們散了開來，盯準村子防禦最薄弱的地方攻過來。

如剛才敘述過的，哥布林絕對不是愚蠢魔物，牠們擁有在大自然生存時理解狀況、盯準敵人弱點，並確實攻過來的智力。

遊戲裡是三兩下就會被打敗的嘍囉角色，現實中卻是最狡猾且勤勉的生物。知道要以數量彌補自己的弱小。

牠們很可能襲擊了村莊好幾回，並推測了對手的戰力。既然集體攻了過來，就表示有準備好確保侵入路線的大略基準，但澄香沒有了解到那種程度。

那也是攸關生存的戰鬥之一。

「首先，必須瞄準聚在一塊的部分呢。『蓋亞之矛』。」

因為澄香使用的魔法，地面突然冒出無數岩槍，將哥布林從腳邊往上串起刺死。她緊接著使用「岩針領域」，讓哥布林無法輕易靠近。

哥布林本來就不可能穿什麼鞋子，無法前進充滿荊棘的地面。

面對在這種情況下驚慌失措的哥布林，村人們放箭應戰。

「無詠唱啊？妳年紀輕輕，卻很厲害耶。」

「現在不是說那種事情的時候吧！要繼續上嘍！」

「好！接著小姑娘攻擊下去！把哥布林們全宰了！」

「「「「喔喔喔喔喔喔喔喔喔喔喔喔喔喔喔喔！」」」」

村民們順勢一鼓作氣地果斷用弓箭一再攻擊。

然而，雖然弓箭確實很有利，但要一擊打倒哥布林，就只能瞄準頭部。不過，村民的本領沒那麼高強，他們無法瞄準，只是在隨便放箭。

不過，這在牽制上也很有效果，哥布林無法貿然進攻。

「好機會！『龍捲風』。」

形成的龍捲風像在捲入哥布林們那樣輕鬆吞噬了群集，從那兒被拋出的哥布林則摔到「岩針領域」上。

被無數的尖刺刺中，哥布林痛苦得四處打滾。

「……小姑娘，妳好狠啊……真是無情。」

「……………………」

雖然是偶然的結果，但那幅光景太殘酷了。

牠們簡直像在針山受審的罪人，是幅悽慘哀號的地獄圖。

「比、比起那種事，其他哥布林呢？」

「正在攻入西側！誰快輪派去那邊吧！」

「大叔，這裡就拜託你。我去！」

「小心喔。尤其流箭很可怕。」

「謝謝。我沒問題，這裡就麻煩嘍！」

澄香跑在防禦牆上，哥布林好像打算分成數個部隊襲擊，但人數最多的部隊，已經因為澄香之手而處於毀滅狀態。

然而，她沒看見關鍵的高階種的蹤影。哥布林本身沒什麼了不起，但數量太多也很令人傷腦筋。牠們還在外牆之外，所以算是沒關係。要是被入侵就會變得很棘手了吧。

澄香不斷奔馳，留意到群聚的哥布林正貼著牆壁，打算攀登的光景。她立刻發動魔法。

「『爆破』。」

——轟隆隆隆隆隆隆隆隆隆隆隆隆隆隆隆隆隆隆隆隆隆隆隆隆！

炎系最強魔法——「爆破」。

這個異世界裡，可以使用這項魔法的魔導士，說實在應該相當少吧。

由於它是大範圍魔法，故威力是最高級別。甚至受到熱浪餘波襲擊的哥布林們都被燙傷。

她盡量集中以控制損害範圍，但他們聚在一塊，所以損害相當大，簡直就像熾熱的地獄。全身著火四處滾的哥布林顯得很可憐。

「呵、呵、呵，投入所有的財產買下魔法卷軸是正確的呢……啊，魔力不夠了，糟糕……會暈眩……」

這個魔法的缺點，就是因為它是未改造的魔法，所以耗魔量很凶。如果亂射的話，魔力馬上就會枯竭。不過，她也沒有可以亂射的魔力吧。

澄香急忙喝下魔力藥水「能量補充・Great！」讓魔力恢復。她總覺得在此脫離戰線會很不妙。

這個回復道具，是她走在遊戲的城鎮裡，跟在街角販售道具的「可疑小販」那裡買來的東西。效果非常出色。

順帶一提，遊戲時，既有的未改良魔法一般在魔法店就可以購買。

「好強……她是哪家的孩子啊？」

「不是我們村子的吧。是傭兵嗎？是說，她還真厲害……」

「嗯……哥布林就像塵埃一樣……」

哥布林因為剛才的一擊，幾乎都被驅散掉，現在即使是村人們似乎也足以應戰了。

「欸，沒有其他哥布林了嗎？」

「這裡沒有。不過，沒看見那傢伙的蹤影呢。」

「那傢伙？啊！是哥布林騎士，對吧？」

「牠平時都會在那些傢伙當中，現在卻不見蹤影，是消失去哪兒了？」

即使是哥布林或其他魔物，牠們在率領群集上都是其中最強的魔物。

不見該魔物的身影是很奇怪的。明明這麼大規模攻過來，領袖魔物不可能不現身。牠很可能是在某處觀察戰況，或是在哪裡設置某些圈套吧。

她想起ＶＲＰＧ的哥布林也會像那樣制定作戰攻打過來。

「叔叔們，有沒有哪裡人手比較少呢？雖然是大概，但外面的傢伙可能是佯攻喔。」

「這種數量嗎！可是……牠們可是哥布林耶。我不覺得腦筋有好到這種程度。」

「也是呢，畢竟是哥布林……」

普通村民沒有魔物的知識，認為哥布林也只有和野生野獸同等的智力。

這就是一般人的認知，不認為牠們會像人類一樣制定作戰攻過來，就是這世上的常識。但，那份認知卻是錯誤的。

正因為是弱者，才會思考如何有效率地打倒敵人，人類也是那樣存活過來的種族。怎麼能說哥布林就不一樣呢。

「農田有敵襲！那傢伙出現啦————！」

所有人望向農田，就看見剛才澄香堵住的洞穴冰塊被弄碎，出現了特別大隻的哥布林。

不過，那不是哥布林騎士，而是牠的高階種。

「是哥布林將軍……那可不是騎士喲。」

「「「「什麼————！」」」」

哥布林將軍，是僅次於哥布林國王或皇后的強大魔物。事到如今，牠擁有讓人不認為是哥布林的強度，憑一般的傭兵是應付不來的。

看來牠好像在最初潛入的部隊裡，但因為澄香的魔法堵住了洞穴，而無法從防禦牆的內牆與外牆之間出來。

哥布林將軍和其他哥布林一起撲向了村人們。

「逃啊！是哥布林將軍！要是應戰可會死人！」

「可惡！外面還有哥布林！」

「現在先逃並關上農田的門吧！我們無法當這些傢伙的對手！」

牠並非所向無敵，但如果是高階種，魔物的強度就會躍升，因此也相對能提升那麼多危險度。

村民要當牠的對手，再怎麼說都有點困難。

「我不擅長肉搏戰耶～」

澄香專職魔導士，但並非無法進行肉搏戰。

她無疑遠比村人的戰力還來得強。她馬上就下來農田，揮舞「盧恩木杖」，把一副囂張在田裡四處走動的哥布林打趴。

女性雙人組的傭兵好像也在應戰哥布林，無奈數量很多。

她們不可能應付所有哥布林，外面的哥布林也同時入侵而來，這樣下去村子應該會淪陷。

重要的是有哥布林將軍在。那位哥布林將軍猛然逼近紅髮女性。

「嘉內！」

「什麼？咿！」

雖然她好不容易接下了哥布林將軍的劍擊，但那一擊很沉，紅髮女性被掃飛了出去。同行女子則在動搖之際遭到攻擊，雖然勉強避了開來，這次卻是被哥布林們給團團包圍。

「『歸向導引・閃電之箭』！」

不知被輸入多少電力、具有追尾性能的雷箭，讓哥布林們一瞬間死亡。觸電的哥布林身體麻痺，叫嘉內的紅髮女性就趁機用巨劍擊飛了哥布林的首級。血液噴了出來，把她染得一身紅。

「唔……好噁。」

「真是幫了大忙。我是嘉內，另一位是雷娜，我們是被這個村子委託僱用的傭兵。不過，那傢伙很棘手喔。」

「我叫……伊莉絲，流浪的魔導士。哦～那麼我會用輔助魔法強化，兩位就重複進行打帶跑吧。」

她不小心以遊戲感覺自報姓名，但澄香決定別在意這種事，心想「唉，算了」。

現在的狀況不能因為名字的事分心。

「我知道了。但，牠比我所想的還頑強喲。」

「唉，因為是哥布林將軍呢……是說，牠來了！」

不知是因為伙伴被殺而火大，或是純粹的自暴自棄，哥布林將軍一邊胡亂揮劍，一邊往這裡猛衝過來。

「散開！」

三人配合嘉內的聲音，各自散開。

「『增強力量』、『力場護盾』、『速度增幅』。」

「發動多重魔法？年紀輕輕，真難以置信！」

「不管怎麼樣，都幫了大忙。喝——————！」

嘉內砍上去，哥布林將軍就想擋住攻擊並且橫砍，但她很快就跳到後方，以順著哥布林將軍斬擊的形式，離開了牠的攻擊範圍。

「雷娜！」

「好的好的，交給我！」

叫做雷娜的女性打帶跑之後，馬上就縮短對峙距離，從背後發動攻擊，接著再次離開敵人身邊。澄香在那空檔發動魔法牽制。因為無法在田裡使用炎系魔法，所以她就使用地系魔法「岩彈」加以攻擊。

嘉內和雷娜則會在那個空檔攻擊，透過澄香進行掩護，來玩弄高階種。

『咦？這隻哥布林將軍……很弱耶。』

網路遊戲出現的哥布林將軍，雖然也是有等級差距，但那算是很不好對付的怪物，澄香有種覺得不足夠的感覺。

「唉，算了。飛走吧，『電漿重擊』！」

一道極寬的閃電從哥布林將軍頭上劈落，雷娜在牠變得焦黑的瞬間，從牠身後將廓爾喀彎刀刺了進去，把將軍從頸部底端斜砍至腋下。

這裡不同於遊戲，只要連細微的破綻都不放過並予以一擊，即便敵人是高階種也是可以打倒的。

剛才，哥布林將軍因為澄香的攻擊身體麻痺，因此束手無策。

這果然和遊戲不同。現實中的哥布林屍體不會消失不見，而會被留在原地。

村子外面好像也結束了戰鬥，村民們從圍住四周的防禦牆下來。

「好厲害，你們打敗將軍了啊！」

「叔叔，外面的哥布林怎麼樣了呢？」

「全都逃走了。我們暫時是安穩了呢。」

「哥布林本身很弱，但湊齊數量就會很棘手呢。」

「說得沒錯。這樣就暫時可以放心睡了。那麼，再多做一件工作吧……」

村子的男人們拿刀插入哥布林，剖開了哥布林的腹部，接著拖出了內臟。澄香因為這幅太過殘酷的光景，而差點昏厥過去。

然而，這是為了支解並確保魔石等稀少素材的重要行為。

說起來，哥布林是被稱作「沒有可用素材」的沒用魔物，若能確保魔石就值得慶幸了。

即使賣了那些魔石也沒幾塊錢，依然或多或少是筆收入。

「嘖，這裡沒有魔石。是年輕的傢伙呢。」

「我這裡算是有魔石，但很小顆……這個能賣嗎？」

「我支解的那隻算是很大顆喔。你們運氣很不好呢。」

雀躍地支解哥布林的光景有點恐怖。男人們邊笑邊支解人形生物，一片相當異樣的光景映入了澄香的眼簾。

兩位女性傭兵好像也在支解哥布林將軍，澄香不小心看見個某齣慘劇舞台。

「小姑娘，支解結束之後，妳就把屍體燒了吧。畢竟幾乎都是妳打倒的呢。」

「嗯……嗯，我有點累了，所以正在休息……」

「哦，因為是魔導士呢。妳連續發了那麼多魔法，應該也會發生魔力耗盡的情況吧。」

澄香並不是魔力見底。她還留有大約一半的魔力，看起來也沒有特別疲累。她只是看見支解的情景，變得不舒服而已。

後來，他們燒了被集中到一處的哥布林屍體，但哥布林的屍體以高溫燃燒的話，就會產生異樣的臭味。

那真的是到了催人嘔吐的程度……

三十分鐘後。

「欸，伊莉絲……妳剛才說『流浪』，為什麼妳要獨自旅行呢？」

「因為我想逃脫無趣的日常生活……我想進行刺激的冒險……嘔嘔嘔～！」

「沒辦法『支解』是要怎麼辦？那可是傭兵的必要技能喲。」

「我專職魔法……會在這方面努力，所以沒關係……支解我沒辦法。」

一直以來生活在現代社會中的澄香，根本沒辦法支解到剛才都還活著的生物。

不過，現在的她也不可能會知道，這場邂逅會使得她們三個人開始組隊行動。選項不知不覺間就顯現了出來。

後來，這個村子完成工作後，舉辦了一場簡單的宴會。

◇　◇　◇　◇　◇　◇　◇

第二天依然持續處理哥布林屍體。村子現在仍處於祭典般的狂歡之中。

也因為長期受哥布林折磨，害獸消失使得城鎮恢復頻繁的往來，澄香終於可以去城裡了。

雖然只有一點點，但她得到了旅費，也可以寄宿好幾天。

「哎呀～小姑娘來村子真是幫了大忙耶。想不到會出現將軍。妳真了不起！」

「那些話，我昨天也聽過嘍。比起那件事，我也收到了錢，這樣好嗎？」

「妳沒辦法支解吧？比起妳救了村子應得的回禮，這只是份薄禮啦。」

不是所有哥布林身上都可以獲得魔石，即使如此也有一筆相應的數量。多虧在村子裡唯一的雜貨舖把所有魔石全數拿出去換錢，澄香的手頭也寬裕了一些。

「小姑娘，妳接下來要怎麼辦？」

「嗯～和嘉內小姐她們去城鎮之後登錄成傭兵，並且累積實力。我也想去去地下迷宮之類的地方呢～」

「妳想要一舉致富嗎？賭運氣也該有個限度喔，那可是攸關性命。」

「與其說是錢財，應該是冒險吧？我想看看至今不曾見過的世界。」

「冒險嗎～……我年輕時也曾經夢想過。」

澄香明天就會離開這座村莊，前往城鎮。她打算在那裡登錄成傭兵，自由地四處看看嶄新的世界。

「妳要去桑特魯城嗎？要小心喔，那裡也有很多不正經的大人。」

「謝謝，我會試著努力的。」

雖然是幾天期間，她和村民們也做了交流，算是變得很親近。

要離開這個村子也總覺得有點寂寞，但那是澄香第一次自己選擇的路。

「伊莉絲，妳知道雷娜那傢伙在哪裡嗎？我在任何地方都沒看見她……」

「咦？沒看見……雷娜小姐不在嗎？」

「嗯……她該不會是出手了吧？」

「妳是指什麼？」

澄香歪頭，就看見那位雷娜從旅館出來的樣子。

皮膚光潤……

「她剛才從旅館出來……皮膚非常光滑呢。」

「果然啊……」

澄香覺得不可思議地俯瞰突然抱住頭的嘉內，同時歪了歪頭。

「什麼果然呀，嘉內？」

「雷娜……妳又做了對吧？」

「嗯……做了。很可愛喲～♡」

此時的澄香，不知道雷娜是去幹了什麼事。

知道她的性癖，則是不久之後的事了。

「諸位！開宴會啦！開大型宴會啦啊啊啊啊啊啊啊啊！」

「長老興致真是高昂。」

「你血壓又會上升然後昏倒喔。」

就這樣，他們今天也開了宴會，據說喧鬧持續到了深夜為止。

隔天，澄香和宿醉的嘉內等人一起搭上馬車，前往據點城鎮桑特魯。那是為期約五天的馬車之旅。

澄香把自己的名字換成伊莉絲，向新世界的生活邁出一步。

她小小的胸口懷抱著夢想與希望，馬車載著這樣的她，徐徐前往城鎮。

伊莉絲的異世界生活，於是就這麼展開了。

一個半月後，伊莉絲再次完成了新的邂逅。

對方是稱霸最強之座的五位魔導士之一，是她也很憧憬的「殲滅者」。

此時的她，仍無從得知自己將和大叔魔導士長久來往下去。

賢者大叔的異世界生活日記

©Y.A 2017

Kadokawa Light Novels

八男？別鬧了！ 1~10 待續

Kadokawa Fantastic Novels

作者：Y.A　插畫：藤ちょこ

敵營魔法師使出英靈召喚魔法
威德林被迫與師傅艾弗烈對打!?

威爾勉強和師傅艾弗烈打成平手，於是他急忙開始研究對策。另外泰蕾絲與紐倫貝爾格公爵的初次交鋒也以平局收場。接著威爾等人攻下沙卡特並將那裡當成據點。當威爾再度與艾弗烈交手時，他利用艾弗烈必須服從塔蘭托這點取得先機……

各 **NT$180~220/HK$55~68**

台灣角川

Kadokawa Light Novels

妹妹人生〈上〉 待續

Kadokawa Fantastic Novels

作者：入間人間　插畫：フライ

「我在這世上最親密的人，是我妹妹。」
入間人間筆下最纖細感人的兄妹愛情故事

對愛哭，沒有毅力，只會發呆，沒有朋友，讓人操心，無法放著不管的妹妹，哥哥以一生的時間守護她成長。描述從小朝夕相處的兄妹，成年後對彼此產生情愫，選擇共度人生。風格多變的鬼才作家入間人間，獻上略帶苦澀的兄妹愛情故事。

NT$200/HK$60

台灣角川

國家圖書館出版品預行編目資料

賢者大叔的異世界生活日記 / 寿安清作 ; Arieru譯.
-- 初版. -- 臺北市 : 臺灣角川, 2018.03-
冊 ; 公分
譯自 : アラフォー賢者の異世界生活日記. 1
ISBN 978-957-564-078-1(第1冊 : 平裝)

861.57 107000209

Kadokawa Fantastic Novels

賢者大叔的異世界生活日記 1

（原著名：アラフォー賢者の異世界生活日記 1）

2018年3月26日　初版第1刷發行
2018年4月23日　初版第2刷發行

作　者：寿安清
插　畫：ジョンディー
譯　者：Arieru

發行人：成田聖
總　監：黃珮君
總編輯：蔡佩芬
編　輯：黎夢萍
美術設計：廖怡姿
印　務：李明修（主任）、黎宇凡、潘尚琪

發行所：台灣角川股份有限公司
地　址：105台北市光復北路11巷44號5樓
電　話：（02）2747-2433
傳　真：（02）2747-2558
網　址：http://www.kadokawa.com.tw
劃撥帳戶：台灣角川股份有限公司
劃撥帳號：19487412
法律顧問：寰瀛法律事務所
製　版：巨茂科技印刷有限公司
ISBN：978-957-564-078-1
香港代理：香港角川有限公司
地　址：香港新界葵涌興芳路223號
新都會廣場第2座17樓 1701-02A室
電　話：（852）3653-2888
